Donna Barba Higuera

Zeta-1 : ANNEE ZERO

Traduit de l'anglais (États-Unis)
par Valérie Le Plouhinec

hélium

À papa : des tout premiers contes du soir à nos bavardages quotidiens, merci pour une vie entière d'histoires.

Loi n° 49-956 du 16 juillet 1949 sur les publications destinées à la jeunesse,
modifiée par la loi n° 2011-525 du 17 mai 2011
N° d'édition : FI 507
ISBN : 978-2-330-18710-1
Dépôt légal : premier semestre 2024

Illustration de couverture : Romane Granger
Conception graphique de la couverture : Katie Fechtmann

1.

Lita jette une nouvelle bûche de *pinyon*[1] dans le feu. Devant nous, une fumée douce monte dans le ciel étoilé. Son genou craque quand elle se rassoit à côté de moi sur la couverture. La tasse de chocolat chaud à la cannelle qu'elle m'a préparée est toujours là : pour une fois, je n'y ai pas touché.

Lita enfonce une main dans sa poche.

— J'ai quelque chose pour toi, Petra. Puisque je ne serai pas là pour fêter tes 13 ans…

Elle me tend un pendentif en forme de soleil, avec une pierre noire et plate au centre.

— Si tu le places devant le soleil, la lumière traverse l'obsidienne.

Je le prends et l'élève devant moi, mais il n'y a pas de soleil. Rien que la lune. Je sais que j'imagine parfois des choses invisibles, pourtant je suis convaincue de voir une faible lueur passer

---

1. Le *pinyon pine* pousse dans le sud-ouest des États-Unis. C'était pour les peuples autochtones d'Amérique du Nord un arbre sacré à la fumée purificatrice, synonyme de sagesse, et un symbole de protection.

au centre de la pierre. Quand je l'éloigne de mes yeux, cette lueur disparaît complètement.

Lita me montre un pendentif identique autour de son cou.

— Tu sais, me dit-elle, les peuples de la péninsule du Yucatán pensent que l'obsidienne est une pierre magique. Un portail pour retrouver ceux que l'on a perdus.

Elle pince ses lèvres, et sa peau brune se plisse sous son nez comme l'écorce d'un vieil arbre.

— Je ne devrais pas être forcée de partir, dis-je.

— Il le faut, Petra.

Elle regarde au loin, longtemps, avant de reprendre la parole :

— Les enfants doivent rester avec leurs parents.

— Mais toi, tu es le parent de papa. Donc il devrait rester avec toi. Comme nous tous.

Au moment où je prononce ces mots, je comprends combien c'est naïf.

Lita a un petit rire grave et tendre.

— Je suis trop vieille pour partir si loin. Mais pour toi... *Dios mío*, une nouvelle planète ! Tu imagines !?

Mon menton tremble et je presse la tête contre elle en lui serrant la taille.

— Je ne veux pas te quitter.

Un profond soupir creuse son ventre. Dans le désert, derrière sa maison, un coyote hurle à la lune pour appeler ses semblables.

Aussitôt, les poules se mettent à caqueter et une chèvre pousse un bêlement.

— Il te faut *un cuento*, dit-elle.

Elle parle d'un de ses contes à dormir debout.

Nous nous allongeons sur le dos pour contempler le firmament. Dans le souffle chaud du désert, elle me serre contre elle plus fort que jamais. Je ne veux plus jamais bouger d'ici.

Elle pointe du doigt la comète de Halley. Vue d'ici, elle n'a pas l'air si dangereuse.

— *Había una vez*, il était une fois, un jeune serpent de feu *nahual*, commence-t-elle. Sa mère était la Terre, son père le Soleil.

— Un serpent *nahual* ? Mais un *nahual* est une créature mi-humaine mi-animale : comment le Soleil et la Terre pourraient-ils être ses...

— Chut ! C'est mon histoire.

Elle s'éclaircit la gorge et prend ma main entre les siennes.

— Serpent de Feu était en colère. Sa mère, la Terre, le nourrissait et le soignait, mais son père, le Soleil, restait distant. Il faisait pousser les récoltes, mais il apportait aussi les grandes sécheresses et la mort. Par une journée très chaude où le Soleil était au-dessus de lui (Lita agite le bras en direction des cieux), Serpent de Feu voulut le défier. Sans écouter sa mère qui le suppliait de rester pour toujours auprès d'elle, il fila vers son père.

Lita garde un instant le silence. *Je sais que les pauses font partie de sa stratégie pour maintenir le suspense. Ça fonctionne.*

— Et ?

Elle sourit et continue :

— Sa queue crépitant dans son sillage, Serpent de Feu fila de plus en plus vite, jusqu'à ne plus pouvoir s'arrêter. Mais à mesure qu'il approchait du Soleil, il comprit son erreur. Les flammes de celui-ci étaient bien plus fortes et plus puissantes que toute autre chose dans cet univers. Alors le *nahual* contourna son père et se hâta de repartir vers chez lui, mais c'était trop tard. Le feu lui avait brûlé les yeux et il n'y voyait plus. (Lita fait claquer sa langue.) *Pobrecito*, aveugle et incapable de ralentir... Jamais il ne pourrait rejoindre sa mère.

Elle soupire. C'est maintenant le moment, dans toutes ses histoires, où sa voix se fait plus légère, comme si elle vous indiquait simplement où se trouve la *panadería* – la boulangerie – la plus proche.

— Depuis, tous les soixante-quinze ans, il refait le voyage dans l'espoir de la retrouver. Chaque fois, il passe assez près pour sentir sa présence, mais trop loin pour la serrer dans ses bras.

— Sauf cette fois-ci, dis-je, en sentant la chaleur remonter dans mon dos.

Lita m'attire à nouveau contre elle.

— Oui. Dans quelques jours, le Serpent de Feu retrouvera enfin sa Terre mère. *Y colorín Colorado, este cuento se ha acabado*, conclut-elle : c'était la formule consacrée.

Je passe ma main sur la sienne, encore et encore, mémorisant chacune de ses rides.

— Qui te l'a apprise, cette histoire ? Ta grand-mère ?

Elle a un petit haussement d'épaules.

— Quelques passages seulement. Dans l'ensemble, c'est surtout moi qui l'ai inventée.

— J'ai peur, Lita, dis-je tout bas.

Elle me tapote le bras.

— Mais dis-moi, as-tu oublié tes inquiétudes un petit instant ?

Je ne réponds pas, soudain honteuse. C'est vrai que son histoire m'a fait un instant oublier. Oublier ce qui l'attend, elle, ainsi que tous les autres.

— N'aie pas peur, dit-elle. Moi, je n'ai pas peur. Ce n'est que le *nahual* qui rentre chez lui.

Je contemple en silence le serpent dans le ciel.

— Quand je serai grande, je ferai comme toi, Lita. Je serai conteuse.

Elle se redresse et s'assoit face à moi, jambes croisées.

— Conteuse, oui. Tu as ça dans le sang. Mais comme moi ? Non, *mija*. Tu dois découvrir qui tu es, toi.

— Et si je gâche tes histoires ?

Elle prend mon menton dans sa main douce et brune.

— Tu ne peux pas les gâcher. Elles ont traversé les siècles et sont passées par une multitude de bouches et d'oreilles pour arriver jusqu'à toi. Maintenant, à toi de te les approprier.

Je pense à Lita et à sa mère, et à la mère de sa mère. À tout ce qu'elles savaient. Qui suis-je pour reprendre le flambeau ?

— Je ne perdrai jamais tes histoires, Lita.

— Tu sais, la planète où tu vas aura aussi un soleil, ou deux. (Elle tapote son pendentif du bout de son ongle.) Tu me chercheras en arrivant ?

Ma lèvre inférieure tremblote et quelques larmes perlent au coin de mes yeux.

— Je n'arrive pas à croire qu'on va te quitter.

Elle chasse une larme de ma joue.

— Tu ne peux pas me quitter. Je fais partie de toi. Tu m'emmènes avec mes histoires, *mis cuentos,* sur une nouvelle planète, des siècles dans le futur. J'ai de la chance !

Je l'embrasse sur la joue.

— Je te promets de te rendre fière.

En refermant le poing sur mon pendentif d'obsidienne, je me demande si Lita observera les retrouvailles du Serpent de Feu et de sa mère à travers la pierre sombre du sien.

2.

La navette volante qui relie Santa Fe au site de lancement, dans la forêt de San Juan, près de Durango, nous y conduit en moins de deux heures. Dont une demi-heure occupée par un sermon de papa nous expliquant, à Javier et moi, que nous devons cesser de nous chamailler, être gentils et travailler dur.

Je trouvais ça bizarre que le gouvernement ait choisi un parc national dans le Colorado plutôt qu'une base militaire. Mais en découvrant les routes isolées et les kilomètres de forêt dense, je comprends mieux. Même trois immenses vaisseaux de colonisation interstellaire, affrétés pour une évacuation de la Terre, pouvaient ici passer inaperçus.

Au départ, il y a environ sept ans, l'entreprise Pléiades a commencé à construire ces luxueux vaisseaux tout confort pour emmener les riches en balade dans la galaxie. Je me souviens des publicités sur écrans géants le long des aérovoies : l'intérieur était digne d'un hôtel cinq étoiles. Des lustres violets – la couleur de Pléiades – éclairaient les acteurs aux vêtements raffinés qui souriaient face à une nébuleuse factice, un cocktail à la main.

Une voix d'homme, onctueuse comme s'il se gargarisait tous les matins à l'huile d'avocat, résonnait par-dessus les trilles discrets d'un piano : « Pléiades, le voyage interstellaire réinventé. Une vie de luxe parmi les étoiles, pour les aventuriers de l'élite. »

Je songe à ce que sont devenus les trois vaisseaux. Ces faux clients aux dents artificiellement blanchies n'avaient rien à voir avec ce que nous sommes, nous qui embarquons : des « terraformateurs » chargés de préparer le terrain dans le premier, des scientifiques dans le deuxième, et dans le troisième un certain nombre de dirigeants qui, à en croire le gouvernement, méritent de vivre plus que les autres. Comment ma famille a-t-elle été sélectionnée ? Serions-nous là aussi si papa et maman avaient été plus vieux ? Comment les élus de l'État ont-ils choisi ? Et combien de ces politiciens ont reçu un billet coupe-file ?

Je culpabilise de me sauver de la Terre en laissant tant de gens derrière moi. Mes parents n'ont été informés du lieu de rendez-vous qu'hier, veille du départ. D'après papa, les vaisseaux de Pléiades étaient jusqu'alors entreposés dans un immense hangar souterrain de l'ancien aéroport de Denver : leur premier voyage officiel n'était pas prévu avant deux ans. Les vols d'essai dans l'espace proche, il y a quelques mois, ont été une réussite, mais notre départ va précipiter leur première traversée interstellaire.

Si une éruption solaire n'avait pas dévié la comète il y a une semaine, nous aurions regardé Serpent de Feu passer à proximité de la Terre sans nous en inquiéter, comme toujours depuis la nuit des temps.

Le hall des départs n'est rien de plus qu'un ancien poste de gardes forestiers reconverti, à l'entrée du parc national.

Au poste des gardes, on nous dit de rejoindre le vaisseau à pied, en empruntant un sentier qui s'enfonce dans la forêt. D'autres familles se rassemblent derrière nous en attendant leur tour. Le bosquet de trembles et de pins filtre le soleil comme le vitrail de Jonas et la baleine qui orne notre église. Au-dessus de nos têtes, des oisillons me font sursauter en se mettant à piailler tous en même temps. Je vois une maman hirondelle quitter le nid pour retourner au ravitaillement. Les petits se taisent aussitôt. Je concentre mon étroit champ de vision sur leurs têtes minuscules qui dépassent du nid. Je commence par les plaindre d'être si chétifs et sans défense… avant de me rendre compte que d'une certaine manière, les oiseaux ont de la chance. Eux ne se doutent de rien et ne verront rien venir.

Nous suivons toujours le chemin, qui ressemble à n'importe quel sentier de randonnée. Pour une évacuation définitive de la Terre, on ne pourrait imaginer ambiance plus bucolique. Pourtant, mes parents m'ont dit que d'après le système de surveillance des réseaux, beaucoup de groupes extrémistes et complotistes soupçonnent que quelque chose se trame dans la région.

Mon petit frère, Javier, s'arrête net quand nous quittons le couvert des grands cèdres. Devant nous, sur un vaste terrain ouvert et verdoyant, se dresse un monstrueux vaisseau. Une gigantesque mante religieuse d'acier et de verre. Il m'agrippe le poignet.

— Petra… ?

Tout au bout du terrain, je devine une réplique exacte de notre vaisseau. Avec la distance, il semble deux fois plus petit que le mastodonte devant nous. Je cherche des yeux le troisième avant de comprendre qu'il a déjà dû décoller. Papa nous explique que le contact a été perdu après un ultime signal radar, alors qu'il approchait d'Alpha du Centaure.

— T'inquiète, tout va bien, dis-je à mon petit frère.

Je l'incite à avancer alors que, comme lui, je voudrais faire demi-tour en courant.

Je pense à Lita, à mes professeurs et à mes camarades de classe. Je me demande ce qu'ils font en ce moment. Je refuse de les imaginer terrifiés et cherchant à se cacher de l'inévitable.

Je préfère visualiser Lita et *tía* Berta, sa sœur, allongées dehors sous la couverture rouge et noir à franges, en train de boire du café « amélioré » et de regarder le Serpent de Feu rentrer chez lui.

— Berta ! Ce n'est pas le moment de lésiner !

Lita penche la bouteille et verse un onctueux liquide brun dans son café.

— Tu as raison, répond tante Berta. Inutile de le garder pour Noël prochain.

Lita se sert encore une rasade. Elles entrechoquent leurs tasses en terre cuite, boivent une lampée et s'adossent, épaule contre épaule, contre le pacanier centenaire de tía *Berta.*

C'est l'image que je garderai d'elles.

Avant que mes parents soient sélectionnés, beaucoup de gens pillaient déjà les magasins. Quand j'ai demandé à maman pourquoi ils prenaient cette peine alors que tout aurait bientôt disparu, les larmes lui sont montées aux yeux.

— Les gens ont peur. Cela en pousse certains à faire ce dont ils ne se seraient jamais crus capables. Nous sommes mal placés pour juger qui que ce soit.

Je ne comprends toujours pas comment certains peuvent rester si calmes pendant que d'autres saccagent tout. Je devrais être heureuse que mes parents aient été choisis pour aller sur Sagan, la nouvelle planète. Au lieu de ça, j'ai la même impression que si on m'avait donné la dernière gorgée d'eau sur Terre, et que je l'avalais devant tout le monde.

Je lève les yeux vers la comète et lui fais la grimace. *Je te hais !*

Telles des fourmis rejoignant leur nid à la queue leu leu, mes parents, mon frère et moi traversons le pré en silence, accompagnés par plusieurs scientifiques et une famille qui compte un jeune garçon blond. En arrivant plus près du vaisseau, au lieu d'une piste de décollage en ciment comme je m'y attendais, je ne discerne que de l'herbe rase.

Maman s'exprime avec calme.

— Quand on arrivera là-bas, tu n'auras même pas conscience que le temps a passé. Il n'y a rien à craindre.

Cependant, je vois qu'elle secoue doucement la tête, paupières serrées, comme si elle désirait oublier où nous sommes.

— Et quand on sera sur Sagan, continue-t-elle, on repartira de zéro. On vivra comme dans une ferme, en autosuffisance, et il y aura d'autres jeunes de ton âge.

Elle ne peut pas me réconforter. Je ne veux plus jamais me faire de nouveaux amis. J'ai même dû libérer Rápido, ma tortue, derrière chez Lita. Peut-être arrivera-t-elle à survivre à l'impact, bien cachée dans son terrier, et à vivre sa vie sans moi ?

— C'est nul, dis-je à mi-voix. Je ferais mieux d'évoquer mes problèmes de vue, comme ça on ne nous laisserait pas monter à bord.

Papa et maman échangent un regard. Maman m'attrape par le coude et me tire à l'écart. Elle sourit à l'autre famille qui nous dépasse.

— Qu'est-ce que tu racontes, Petra ?

Je sens monter mes larmes.

— Et Lita, alors ? On dirait que tu t'en fiches.

Maman ferme les yeux.

— Je ne peux même pas te dire à quel point c'est dur pour nous. (Elle souffle, puis me regarde.) Je suis désolée que ça te fasse aussi mal, mais ce n'est vraiment pas le moment, là.

— Quand, alors ?! Dans des centaines d'années, quand elle ne sera plus là ?

Quelques mètres devant nous, l'ado blond se retourne. Son père lui donne un coup de coude.

— Petra, on n'est pas certains de ce qui va se passer.

Maman leur jette un coup d'œil furtif, attrape le bout de sa tresse et le tournicote entre ses doigts.

— Je pense que tu mens, lui dis-je.

Elle regarde papa et pose une main sur mon bras.

— En ce moment, Petra, le monde ne tourne pas autour de ton nombril. Ça t'arrive de penser aux sentiments des autres ?

Je suis sur le point de répliquer que bientôt le monde ne tournera peut-être plus du tout, mais je sens comme une vibration dans mon bras. C'est maman qui tremble. Elle indique du doigt la direction d'où nous venons.

— Tu as bien vu les gens qui attendaient à l'entrée ? Ils donneraient tout pour monter à bord avec nous.

Je détourne les yeux. Je ne veux pas repenser à la femme qui tendait son alliance et son bébé vers le garde armé. « Pitié, pitié », répétait-elle en silence quand nous avons franchi le portail. Comme l'avait prédit la surveillance des réseaux, cette jeune famille et des centaines d'autres avaient compris que le gouvernement cachait quelque chose ici.

Maman se baisse pour me regarder au fond des yeux.

— Tu veux repartir ?

Je repense à la mère avec son enfant, et j'imagine ce que ça me ferait si je ne revoyais jamais papa, maman ou Javier.

— Non.

Une femme et une jeune fille approchent, main dans la main. La fille porte un sweat à capuche avec une corne de licorne argentée. En passant, elle me dévisage avec suspicion.

— Suma, *tt-tt*, souffle sa mère.

La fille regarde ailleurs.

Maman jette un coup d'œil vers elle.

— Donc, tu veux bien garder tes opinions pour toi, pour l'instant ?

Elle se remet en marche et dépasse papa et Javier. Papa me fait les gros yeux en remuant la tête. Je saisis le message : il en a assez. Javier me rejoint en courant et trébuche sur un caillou. Il me tombe dans les bras, je le retiens de justesse avant qu'il s'étale par terre. Il me prend la main.

— T'inquiète, tout va bien, me rassure-t-il, répétant ce que je lui ai dit il y a quelques instants.

Cette fois, c'est lui qui me pousse à avancer.

J'inspire un bon coup quand nous arrivons au niveau de la rampe d'accès à la mante religieuse. La proue, vaste comme un terrain de foot, nous surplombe. Les hublots alignés tout autour évoquent une bouche entrouverte dénudant de longues dents effilées. Deux immenses pattes arrière articulées arriment le vaisseau au terrain.

Au loin, des taches minuscules montent vers le ventre de l'autre insecte géant, qui doit décoller peu après le nôtre.

Javier montre du doigt deux compartiments ovales, semblables à des ailes, à l'arrière de notre vaisseau.

— C'est là qu'on sera ? demande-t-il.

Papa fait oui de la tête.

— C'est plus grand que mon école entière, souffle Javier.

— Eh oui, dit maman en affichant un sourire factice, comme si on était sur la route de Disneyland. Très peu de vaisseaux peuvent emporter autant de monde aussi loin.

— Et on sera endormis ?

— Comme pour une sieste.

La « sieste » en question est le seul point positif de toute cette histoire. Mais contrairement aux mini-siestes d'une demi-heure de mon petit frère, celle-ci va durer trois cent quatre-vingts ans.

3.

Je me demande comment j'ai fait pour ne pas comprendre ce qui se tramait quand j'ai surpris « par hasard » une conversation entre mes parents, une semaine avant le départ.

Ils avaient baissé la voix dans le salon – je connaissais la technique. Ça voulait dire que même si nous dormions (du moins en principe), ils ne voulaient pas courir le risque d'être entendus. J'ai arraché la tête de ma poupée American Doll Josefina et étalé ses cheveux bruns sur mon oreiller. Je ne jouais plus avec elle depuis déjà cinq ans, mais je la gardais sous la main exactement pour ces occasions-là.

Je suis sortie de ma chambre et je suis passée à pas de loup devant la porte de Javier. Son aquarium projetait assez de lumière pour que j'y voie dans le couloir. Un soupir si sonore qu'il aurait pu réveiller Josefina est sorti de sa chambre.

— Tu vas où, Petra ?

Je me suis dépêchée de le rejoindre, en faisant malgré moi grincer la porte.

— Nulle part. Je vais juste chercher un verre d'eau.

Il s'est poussé dans son lit pour me faire une place. Au lieu de son pyjama, il portait son sweat à capuche Gen-Gyro-Gang. Cela faisait trois jours qu'il ne le quittait plus. Depuis que des généticiens chinois avaient réussi à cloner un mammouth laineux, et que le bébé animal, surnommé Wally Wooly, était apparu sur la scène mondiale, tous les enfants de moins de 8 ans possédaient un sweat GGG avec Wally sur le devant, entre un bébé hypacrosaure et un dodo. Il m'a tendu son livre préféré, *Les Rêveurs* de Yuyi Morales. Une édition en vrai papier qui appartenait à papa quand il était petit. Ce bouquin était très vieux, il avait été écrit longtemps avant l'invention du librex et des générateurs d'histoires.

— Pas maintenant, Javier.

J'ai reposé le livre sur l'étagère au-dessus de son lit.

— Mais… a-t-il gémi.

L'espace d'une seconde, les voix de papa et maman se sont tues, et j'ai posé l'index sur mes lèvres.

— On est censés dormir.

En me penchant pour l'embrasser, je me suis cogné le petit orteil contre son sommier. J'ai plaqué une main sur ma bouche et je me suis écroulée à côté de lui sur le matelas.

— Désolé, m'a-t-il chuchoté.

J'ai grogné tout en massant mon orteil.

— Ce n'est pas ta faute. C'est moi qui n'ai pas vu.

À cause de mes saletés d'yeux.

Javier m'a pris la main.

— Ne t'en fais pas, Petra. Je serai tes yeux, moi.

Un nœud s'est formé dans ma gorge et je me suis blottie contre lui. J'ai pris sa main et passé mes doigts sur sa tache de naissance en forme de constellation, un ensemble de petits points bruns au creux de son pouce. C'était un message muet, connu de nous seuls. Je me suis calée contre son oreiller, ma tête contre la sienne, et nous avons regardé sa grenouille naine africaine faire des allers-retours entre le fond et la surface de l'aquarium. Avec ses pattes minces et ses pieds palmés, on aurait dit une petite tomate hérissée de quatre cure-dents.

— Tu la nourris trop, elle est vraiment bouboule.

— Justement, je l'ai appelée *Gordita*.

J'ai pouffé de rire et continué de caresser sa tache de naissance jusqu'à ce que son souffle ralentisse. La maman dessinée sur le dos de son livre nous observait d'en haut. Ses yeux et sa bouche exprimaient la bonté, comme ceux de Lita.

Je me suis glissée hors du lit. Comme il faisait sombre dans le couloir, j'ai pensé qu'il valait mieux que j'avance jusqu'au salon pour écouter. J'y suis allée à tâtons, en tâchant de ne me cogner dans rien, et j'ai continué à quatre pattes jusque derrière le canapé.

— C'est un peu morbide, disait maman. Cent quarante-six personnes, exactement le nombre de Moniteurs sur chaque vaisseau, c'est le minimum pour que l'humanité perdure avec une diversité génétique suffisante, au cas où nous mourrions tous.

Entre eux, mes parents passaient leur temps à émettre des hypothèses scientifiques pour s'amuser. J'ai cru que c'était encore une de leurs conversations d'intellos.

Maman a continué.

— Ça me donne l'impression que les Moniteurs se sacrifient pour nous.

— Ce n'est pas par hasard qu'ils ont été choisis pour cette mission, a répondu papa.

— Mais on fera tous le voyage.

— Ils sont quand même passagers. Et on ne sait pas précisément ce qui nous attend. Qui sait si leur vie sera meilleure ou pire que la nôtre ?

La conversation semblait de moins en moins théorique. Dix heures ont sonné à la pendule de la cuisine.

— Allume le journal, a dit papa en se tournant vers l'écran.

Je me suis un peu redressée pour regarder entre les coussins du canapé.

« Ce soir, nous nous rendons au Forum mondial pour la paix, où un mouvement international est en train de prendre de l'ampleur. (La présentatrice a haussé les sourcils sans qu'une seule ride vienne barrer son front.) Ce… nouveau mouvement intéressant a fait l'objet de beaucoup de louanges, mais il a essuyé encore plus de critiques. »

Un homme aux cheveux coupés ras sur les tempes et au nez pointu a pris la parole. Sa voix douce contrastait avec ses traits acérés.

« Ce siècle a déjà connu bien des épreuves. D'autres nous attendent bientôt. Imaginez un monde dans lequel les humains parviendraient à s'entendre. Avec l'Unité collective, nous pouvons éviter les conflits. Sans conflits, pas de guerres. Sans le coût des guerres, pas de famine. Sans différences de culture, d'apparence, de savoir… »

J'ai un peu avancé la tête pour mieux voir. Derrière lui, des hommes et des femmes aux cheveux décolorés et lissés en arrière, en uniforme, se tenaient en rang, le dos raide, les mains jointes l'une sur l'autre. Rien que des sourires identiques, et pas une trace de maquillage.

« Ce sont les inégalités et le manque de cohésion qui nous ont apporté tant de troubles et de malheur. Cet effort collectif assurera la survie », a conclu l'homme.

— Ouais, à quel prix ? a grogné papa, même si le type ne pouvait pas l'entendre.

— Mais est-ce que ce n'est pas ce qu'on fait, nous aussi ? a demandé maman. Survivre ?

Papa a soupiré.

L'homme a reculé d'un pas pour s'aligner avec les autres. « Rejoignez-nous. Notre Collectif est plus fort qu'un individu isolé. Avec votre confiance, nous pourrons effacer les douleurs et les peines du passé. Nous… »

Tous ont fini la phrase à l'unisson : « … créerons une histoire nouvelle. »

Papa a coupé le son.

— Je pense que ce qu'ils ont en tête, c'est une survie d'un tout autre genre. Comme si *ça*, ce n'était pas terrifiant, a-t-il dit en pointant le doigt vers la télé.

Je me suis de nouveau accroupie. Le monde que proposaient ces gens ne me paraissait pas si mal, à moi. Pas de guerres. Pas de famines. Pas besoin de se demander comment s'habiller le lendemain à l'école.

Comme s'il lisait dans mes pensées, papa a continué.

— Le plus effrayant, ce n'est pas tant ce qu'ils veulent, mais ce qu'ils proposent pour y arriver.

Comme je me couchais généralement bien avant l'heure du journal, je savais qu'il devait me manquer des éléments. Que proposait ce type de si effrayant, au juste ?

J'ai vu papa secouer la tête.

— L'égalité, c'est bien. Mais être égaux et être tous pareils, ce n'est pas la même chose. Parfois, quand on parle sans vraiment réfléchir à ce qu'on dit… Enfin bref, ce n'est pas évident, leur dogme.

Je me suis promis de regarder le mot *dogme* dans le dictionnaire le lendemain.

— Tu ne penses pas que quelques-uns vont s'en sortir ? a demandé maman en indiquant l'écran.

— On n'a pas le temps de s'inquiéter de ça. On a des soucis plus pressants, comme la course aux vaisseaux avec les autres pays.

— Je te garantis que le Japon et la Nouvelle-Zélande au moins en possèdent quelques-uns qui partiront dans les jours qui viennent. La question, c'est de savoir si eux aussi emportent en secret une colonie viable, a dit maman en soupirant. Ce Collectif n'a peut-être pas tort : pour ce qui est de la paix et de la coopération mondiales, c'est mal parti.

J'ai entendu que papa lui tapotait le genou.

— Ce sera notre boulot de nous rappeler tout ce que nous avons raté et de faire mieux pour nos enfants et nos petits-enfants. D'accepter nos différences et de trouver quand même un moyen de faire la paix.

J'ai discrètement regagné mon lit et j'ai poussé Josefina par terre. Je me suis demandé si l'un de ces Moniteurs dont ils parlaient m'aiderait à ranger ma nouvelle chambre. Dans quelle région allait nous emmener ce vaisseau, pour la nouvelle mission de papa et maman ? Et comment pourrais-je empêcher Javier de trop gaver sa grenouille ?

J'ignorais encore, cette nuit-là, que mes parents, contrairement à moi et aux gens qui étaient passés au journal, savaient déjà ce qui se préparait.

Nous ne serions pas éveillés pour parler avec les Moniteurs ou mettre le bazar dans notre chambre. Notre destination n'était pas un lieu situé ailleurs sur Terre. La « mission » de mes parents se déroulerait au-delà de notre système solaire, sur une planète appelée Sagan. Les Moniteurs, choisis pour veiller sur notre sommeil, ne vivraient même pas assez longtemps pour la voir. Mais avec un peu de chance, leurs arrière-arrière-arrière-petits-enfants seraient là quand nous nous réveillerions.

Quant à la grenouille de Javier, elle est maintenant dans un étang, en train de se gaver autant qu'elle veut.

4.

Il paraît que l'inventeur d'En Cognito (le Savoir téléchargeable) s'est acheté une place à bord du troisième vaisseau en offrant son invention à tous les passagers quittant la Terre. C'est grâce à lui que, pendant le voyage, je recevrai dans mon sommeil les cours de géologie et de botanique que mes parents ont choisis pour moi. Mais comme j'ai presque 13 ans, j'ai aussi eu le droit de prendre une option. Mon option En Cognito à elle seule vaut sans doute plus que notre maison et celle de Lita combinées : ce sont des centaines d'années, des vies entières de folklore et de mythologie, qui seront implantées dans ma tête d'ici à notre arrivée sur Sagan. Je ne peux même pas imaginer le nombre d'histoires que je connaîtrai alors.

Nous gravissons toujours la rampe. Je suis tellement absorbée à penser que Lita serait fière, que je remarque à peine ma mère en train de faire signe à mon père. Papa prend Javier par la main, et au même instant maman me saisit par le coude.

— Je te tiens, me glisse-t-elle à l'oreille.

Tout à coup, je comprends ce que nous sommes en train de faire et j'ai envie de pleurer. Je sais ce qu'ils ne disent pas tout haut : ils ne peuvent pas prendre le risque que je fasse tout tomber à l'eau. Les organisateurs ne veulent pas de quelqu'un qui ait un « défaut génétique », comme mes yeux, sur la nouvelle planète.

Au moins sept personnes attendent en haut de la rampe, toutes jeunes, toutes vêtues de combinaisons identiques gris foncé. Seules leurs têtes affichent la variété des teintes de peau humaine, du blanc au brun foncé. Ils observent la foule et abordent un à un les groupes d'arrivants.

Un jeune homme qui porte des lunettes rondes à fine monture s'approche de nous d'un pas vif. Il baisse les yeux vers sa tablette et sourit à maman.

— Docteur Pena ?

— Oui, répond-elle, mais c'est Peña, avec un *tilde*. Ça se prononce comme gardé*nia*.

Il sourit encore.

— Pardon. Peña.

Il clique sur sa tablette, qui émet un bip, puis se tourne vers mon père.

— Et… docteur Peña ?

Papa confirme de la tête.

— Peña : deux adultes, deux mineurs, dit l'homme dans son holostylet. Enchanté. Je suis Ben, le Moniteur des enfants sur le vaisseau. (Il nous fait signe d'entrer derrière lui.) Pardon de vous presser, mais il n'y a pas de temps à perdre.

Il jette un regard nerveux en direction de l'entrée du parc, derrière les arbres. Je tourne la tête, mais ne distingue que la forêt.

Les autres Moniteurs et leurs passagers disparaissent déjà dans l'entrée béante du vaisseau.

— Allons-y, dit maman, presque pour elle-même – mais aussi pour m'indiquer d'entrer avec elle.

Des bandes lumineuses violettes entourent la porte d'entrée, exactement comme dans la pub pour Pléiades, mais derrière il fait noir, à l'exception d'une faible lueur bleutée. Tous les autres indices rappelant qu'il s'agissait à l'origine d'un vaisseau de croisière spatiale ont été effacés. Je déplace mon regard d'un côté à l'autre pour avoir une meilleure image de mon environnement, comme me l'a conseillé l'ophtalmologue. J'y vois encore à peu près quand il y a beaucoup de lumière, mais dans la pénombre je suis obligée de tâtonner, même chez moi, faute de quoi je risque une chute fatale en marchant sur les jouets de Javier. Ma maladie s'appelle *rétinite pigmentaire*, et c'est comme regarder le monde à travers un rouleau en carton de papier toilette. C'est censé s'aggraver avec l'âge.

En me retournant pour jeter un dernier coup d'œil dehors, je me cogne dans quelque chose.

— Pardon ! dis-je, avant de m'apercevoir qu'il s'agit de l'encadrement de la porte.

Javier et moi pouffons de rire. Maman met un doigt sur ses lèvres et secoue la tête pour nous faire signe de nous tenir.

Je ferme les yeux et j'inspire à fond : ma dernière bouffée d'air sous le ciel ouvert de la Terre.

Nous continuons de gravir la rampe à l'intérieur du vaisseau. Une navette sombre et brillante, immobile dans l'ombre tel un cloporte, attend de prendre son service dans quatre cents ans.

La soute contient des rangées et des rangées de conteneurs métalliques, empilés comme dans un entrepôt. Ben nous guide jusqu'à un ascenseur dont la porte vient de se refermer sur les deux familles arrivées en même temps que nous. Pendant que nous patientons, il nous montre une porte en acier au-dessus de laquelle clignote une lumière bleue, et dont le verrou est protégé par un boîtier transparent.

— Garde-manger et filtres à eau, traités et scellés pour l'arrivée sur Sagan.

Puis il indique un coin sombre de la soute et regarde papa et maman.

— C'est là que seront installés vos labos.

Voyant l'air surpris de papa, il sourit.

— Je sais que ça ne paie pas de mine pour l'instant, mais ne vous en faites pas : au moment de l'arrivée, tout votre matériel vous attendra en état de marche. (Il fait ensuite un geste vers la rampe par laquelle nous sommes entrés.) Quant à cette partie-là, elle aura été transformée en rampe de lancement pour la navette.

L'ascenseur est de retour. La cabine cylindrique tout en verre est insérée dans un tube de métal sombre. Ben appuie sur le 6 et la porte vitrée se referme.

Nous commençons une ascension qui semble interminable, enfermés dans ce gros tuyau suffoquant. Javier se cramponne à la jambe de papa.

— Le pire est derrière vous, dit Ben pour le rassurer. La distance entre la soute et l'étage principal fait la moitié de la hauteur totale.

Aussitôt qu'il a parlé, le petit « ding » annonçant l'étage en question retentit. Nous continuons de monter, mais hors du tube de métal. À travers les parois de l'ascenseur, nous découvrons le corps caverneux du vaisseau. J'éprouve la même sensation de vertige que la fois où je suis sortie du tunnel qui débouche dans le stade olympique de Dallas, un jour de sortie de classe.

Javier lâche la jambe de papa pour mieux observer l'espace immense.

— Wouah ! fait-il, les mains à plat contre la vitre.

Je suis moi-même époustouflée : j'ai devant les yeux un atrium aussi vaste que six terrains de football.

Ding ! Deuxième étage.

À l'autre bout du vaisseau, face à nous, des centaines de cabines privées bénéficient d'une vue dégagée sur le terrain verdoyant en contrebas : un parc immense qui occupe presque entièrement le premier niveau. Des allées, telles les nervures d'une feuille d'arbre, serpentent dans la verdure. Les bancs et les tables éparpillés le long des chemins ressemblent à des miniatures, vus de là où nous sommes, quinze mètres plus haut. Les lanternes qui éclairent les allées clignotent comme des lucioles.

Une piste de course à pied suspendue, semblable à celle d'un stade avec ses huit voies séparées par des bandes blanches, encercle le deuxième étage. Derrière, j'aperçois des équipements sportifs et les rectangles turquoise dessinés par des piscines individuelles. Autour de nous, des points humains montent et descendent dans d'autres ascenseurs vitrés.

Ben nous indique une porte, en face des cabines qui donnent sur le parc.

— Ma chambre est ici. Juste au-dessus du cinéma, précise-t-il en désignant le premier niveau.

En effet, il y a un amphithéâtre en plein air, avec une scène et un holoécran bien plus grand que ceux du Cinétrak 8. Je me demande qui se chargera de la programmation des films…

— La cafétéria, continue Ben.

Un vaste espace ouvert, qui pourrait être la cafète de n'importe quel centre commercial, se dresse à côté du parc. Les tables et les chaises sont directement soudées au sol. Des rations de nourriture, en assez grande quantité pour tous les Moniteurs pendant plusieurs siècles, sont rangées dans des petits casiers serrés, du sol au plafond. J'ai un haut-le-cœur en pensant à la manière dont ils se procureront le liquide pour les réhydrater. Il est impossible que le vaisseau dispose d'une citerne assez grande pour contenir toute l'eau fraîche nécessaire pendant trois cent quatre-vingts ans… Le mur de magna-ondes est par ailleurs la seule chose qui évoque une cuisine normale.

Ding. Quatrième étage.

Tout mon émerveillement s'envole quand je me rappelle pourquoi nous sommes là. Et puis je ne me servirai de ces équipements que durant peu de temps avant l'atterrissage… Quand je songe à tout ce que j'abandonne pour ceci, j'ai comme un rocher dans l'estomac. Renoncer, par exemple, à la cuisine de Lita, à l'odeur terreuse des cosses de maïs mises à tremper et à celle de la sauce aux piments verts… Je baisse les yeux vers la cafétéria, où je suis certaine de ne trouver ni *masa* ni *chile verde*. Lita ne se serait jamais adaptée ici, de toute manière. Je revois ses mains brunes et ridées déposer des cuillerées de *masa* dans une cosse de maïs…

Je bats des paupières pour essayer de chasser mes larmes avant qu'elles ne débordent. Je ne peux pas être la seule à me dire que tout ceci est une énorme erreur. Dieu va finir par comprendre et Il déviera un peu la comète de Halley… ou le *nahual*… appelez ça comme vous voulez, pour le remettre sur la bonne trajectoire.

Ding ! Cinquième étage.

Je regarde vers le haut, en espérant que personne ne remarque mes yeux embués. Le plafond en dôme, à encore au moins trente mètres au-dessus de nos têtes, est formé de deux écrans géants. Des nuages passent dans un ciel réaliste. D'énormes batteries de LED diffusent une lumière blanche, comme dans la serre de maman.

Ben, debout à côté de moi, lève aussi la tête.

— Le ciel passera en phase nocturne dans deux heures, pour qu'on se sente comme à la maison.

De nouveau, il désigne le parc.

— On a même de vraies plantes !

— Magnifique, dis-je tout bas.

Maman m'embrasse sur la joue : c'est le signe qu'elle n'est plus fâchée. Elle me parle doucement à l'oreille :

— Regarde bien, au milieu.

Au centre du parc, un muret circulaire en pavés évoque une fortification médiévale. Un petit arbre pousse en son cœur.

— Un sapin de Noël ? demande Javier.

Maman rit doucement.

— C'est Hypérion.

Je me tourne vers elle et nos nez se heurtent.

Elle doit délirer ! Ma perception des distances n'est quand même pas déficiente à ce point. Il n'est pas possible que cet arbuste soit l'arbre le plus haut de la Terre. Même si la vraie localisation d'Hypérion est tenue secrète, quiconque a un parent botaniste en connaît l'existence. Ma mère l'a même vu en vrai, une fois. Elle dit qu'elle s'est plaquée contre son tronc en pleurant.

Elle contemple le petit arbre avec adoration et, pour la première fois depuis plusieurs jours, son sourire est sincère.

— Enfin, pas exactement Hypérion, mais j'ai réussi à m'en procurer une bouture. Nous allons abandonner tant de merveilles… Emporter le descendant d'un être si plein de force et de résilience m'a paru une évidence. (Elle soupire.) Ce sera encore un bébé comparé à l'original quand on arrivera. Ils vont se servir de mon nutriment à effet différé pour contrôler sa croissance et le garder en vie, comme les autres plantes à bord.

Maman est modeste, mais ce dont elle parle, là, c'est de l'additif pour terreau révolutionnaire qu'elle a mis au point ! Elle a un rire nerveux et ajoute :

— Pas de pression !

Ding. Sixième étage.

— Au fait, félicitations ! lui lance Ben. C'est vraiment remarquable.

Maman lui répond par un léger hochement de tête, et nous sortons de l'ascenseur.

Les autres passagers ont déjà disparu dans le dédale de couloirs. Nous suivons Ben dans un passage qui longe la paroi extérieure du vaisseau et monte en pente douce. Comme l'éclairage est faible, je me tiens à la rampe. Nous approchons du bout, c'est-à-dire de l'aile gauche de la mante religieuse.

— Vous savez, continue Ben, je connais le Dr Nguyen, c'est elle qui sera chargée de la réserve de semences et des jeunes plants pendant la première partie du voyage.

Le sourire de maman faiblit un peu ; papa lui donne de petites tapes dans le dos.

— C'est une amie, dit maman. Quand vous la verrez, pensez bien à la remercier de notre part. Et…

Il y a un silence gêné.

— Bien sûr, répond Ben. Je lui transmettrai.

Nous passons devant des salles où des gens en combinaison grise, comme Ben, se tiennent devant des consoles et pianotent sur des holoécrans.

— Salle de stase des adolescents, annonce-t-il en montrant une porte ouverte à notre droite.

Des deux côtés d'une allée centrale sont alignés au moins trente caissons qui ressemblent à des cercueils blancs, si ce n'est qu'ils ont un couvercle arrondi et vitré. La plupart sont déjà fermés, et un fluide phosphorescent luit à l'intérieur.

Lâchant la main de maman, je m'arrête sur le seuil. Une femme au chignon serré, équipée d'une tablette, se tient devant l'un des caissons avec la famille de l'ado blond. En me voyant, elle prend un air pincé, comme si j'étais une mouche qui risquait de se poser sur son matériel. Elle tapote sa tablette avec son holostylet, et la porte se ferme dans un chuintement.

Ben se penche vers moi.

— La Monitrice en chef. Elle prend son boulot très au sérieux.

Je suis bien contente que nous soyons tombés sur lui plutôt que sur cette femme.

— Docteur et docteur Peña, vous serez à l'avant-tribord. Vos enfants seront logés à l'arrière-bâbord. C'est juste un peu plus loin…

Papa s'arrête.

— Une minute. Personne ne nous avait dit que nous serions séparés.

Ben se retourne vers lui et lui répond à voix basse, comme s'il craignait d'être entendu par la femme au chignon.

— C'est, euh… c'est le protocole. Je suis navré, docteur Peña. Vous serez juste de l'autre côté du vaisseau. Nous avons ordre de… de trier et répartir par âge, pour une observation efficace.

Trier et répartir ? Comme des œufs dans leurs boîtes. L'air trop aseptisé me brûle les narines et les yeux.

Mes parents échangent encore un regard. Maman a l'air aussi inquiète que papa, mais elle lui serre l'avant-bras.

— Tout va bien se passer, mon chéri, dit-elle.

Papa l'embrasse rapidement sur le front. Je baisse les yeux vers Javier, qui fait la même grimace renfrognée que lui. Je lui prends le bras.

— Tout va bien se passer, gros pourri, dis-je tout bas en imitant la voix de maman.

Il sourit et s'appuie contre moi.

Ben semble soulagé quand papa lui fait signe de continuer. Il passe une porte, puis se retourne vers Javier et moi.

— Nous y sommes. Salle de stase des 6 à 12 ans.

5.

La lumière dans cette salle est encore plus tamisée que dans le reste du vaisseau. Les trois rangs de six caissons de stase évoquent exactement des œufs dans leur boîte. Tous les caissons sauf sept sont déjà occupés. Des formes sombres y flottent, dans un liquide luminescent. Ça me rappelle l'eau verte des canaux de la mangrove, près de la maison d'enfance de Lita, à Tulum, l'endroit le plus paisible au monde. Mais je me suis toujours demandé si les ombres qui glissaient sous la surface n'allaient pas nous grignoter un orteil ou deux…

Javier m'attrape par la taille. Ben se baisse pour être à hauteur de ses yeux.

— Je sais que ça fait un petit peu peur. Mais je prendrai soin de vous deux aussi longtemps que je serai là.

Il tourne le loquet d'un des caissons vides. Avec un « pop » et un bruit de succion, le couvercle s'ouvre.

— Tu vois, c'est pareil que le médiscan chez le docteur.

— Et toi, qui va te mettre dans le tien ? lui demande Javier.

Maman passe un bras autour de sa tête et en profite pour plaquer une main sur sa bouche.

— Pardon, dit-elle. Il ne comprend pas.

Ben se baisse de nouveau devant Javier.

— Nous, on a le meilleur job du monde. On va vivre toute notre vie dans le vaisseau. Et voyager dans l'espace. T'as vu comme elle est classe, ma nouvelle maison ?

Javier fait oui de la tête.

En effet, c'est déjà mieux que mourir sur Terre, j'imagine. Mais le parc de Ben n'aura quand même pas le parfum des fleurs du désert après la pluie. L'écran géant au plafond simulera peut-être le jour et la nuit, mais il ne produira ni éclairs ni tonnerre. La vue sur le noir de l'espace est bien morne, comparée aux oranges et aux rouges de la chaîne des monts Sangre de Cristo, chez nous.

Ben continue.

— J'ai même aidé les gens du premier vaisseau à s'endormir avant qu'ils décollent. Des maçons, des fermiers… beaucoup d'enfants. Et quand vous arriverez à votre tour sur Sagan, ils seront prêts pour… (il tapote le front de Javier)… pour que vous apportiez la science.

Je songe à l'autre vaisseau que nous avons vu en arrivant, et je me demande combien d'enfants voyagent comme nous avec leurs parents.

Ben tend à ma mère un sac en plastique et tire un rideau pour former une petite cabine. Pendant que maman aide Javier à se changer, notre Moniteur fait signe à papa de s'approcher du caisson. Il baisse la voix et son ton change, comme s'il avait déjà prononcé ces mots exacts cent fois aujourd'hui.

— Le Savoir téléchargeable d'En Cognito met immédiatement les organes et le cerveau en sommeil. Le gel préserve indéfiniment les tissus et évacue les cellules sénescentes et les déchets. Non seulement il apporte les nutriments et l'oxygène dont le corps aura besoin pour une stase si longue, mais la lidocaïne qu'il contient insensibilise les terminaisons nerveuses, ce qui atténue la sensation de froid au réveil.

— Je comprends. Merci.

Ben change rapidement de sujet, et sa voix retrouve un volume normal.

— Et j'ai ici les programmes En Cognito de Javier et Petra. (Il jette un coup d'œil à sa tablette.) Le corpus scientifique standard, avec une spécialisation en botanique et géologie.

— Eh oui ! fait papa en s'adressant à moi, le pouce en l'air.

Je lève les yeux au ciel. Au moins, je n'aurai pas à « écouter » les cours, puisque l'appareil En Cognito qui nous endort est aussi programmé pour implanter ces matières directement dans nos cerveaux. À l'arrivée sur Sagan, je serai aussi experte que maman en biologie et que papa en géologie. Mais évidemment, ce n'est pas ça qui m'intéresse. Avec le folklore et la mythologie, en plus des histoires de Lita, j'aurai au moins une chance de convaincre mes parents que je devrais plutôt être conteuse.

Javier sort de la cabine en short noir, comme s'il allait à la plage, et maman tend à Ben ses vêtements et son livre préféré dans le sac en plastique. Papa soulève mon petit frère et le serre dans ses bras. Maman lui frotte le dos. Il contemple fixement le caisson ouvert.

— Je veux rentrer à la maison, gémit-il. S'il vous plaît, on peut rentrer ?

Maman le serre contre elle à son tour.

— C'est juste une petite sieste.

Javier s'efforce de ne pas pleurer, mais il ne peut pas s'empêcher de hoqueter doucement. Maman le dépose avec tendresse dans le caisson, sans le lâcher.

Je veux que mon frère emporte dans ses siècles de sommeil une dernière image qui soit agréable. Je me baisse au-dessus de lui et pose ma joue contre la sienne. Je ferme les yeux en imaginant ma main dans celle de Lita et la fumée de *pinyon* s'élevant dans le ciel du Nouveau-Mexique. Je tiens sa main comme Lita tenait la mienne. Je frotte la petite constellation au creux de son pouce gauche. Il fait un sourire minuscule. Je décide de lui raconter l'histoire que m'a contée Lita le dernier soir que j'ai passé avec elle, celle qui m'a le plus apaisée. Avec douceur et patience, comme elle, je prends la parole :

— Tu sais, les étoiles sont les prières des *abuelas* – les grands-mères –, des mamans et des sœurs…

Javier renifle dans mon oreille. Je continue.

— … pour les enfants qu'elles aiment. Chaque étoile brille d'espoir. (Je me redresse et pointe le doigt vers le ciel.) *¿Y cuántas estrellas hay en el cielo?*

— Combien d'étoiles dans le ciel ? traduit-il en entrouvrant un œil pour regarder le plafond, comme s'il imaginait le firmament. Je sais pas.

Je me penche pour lui chuchoter à l'oreille.

— *¿Cincuenta?*

— Cinquante ? Seulement ?

Il sourit, imaginant sans doute des milliards d'astres.

— Ou *sin… cuenta?*

Je lui caresse la tête comme Lita faisait avec moi.

— Oui, innombrables, souffle-t-il, comprenant le jeu de mots.

Je me demande si je l'ai racontée aussi bien qu'elle, si ma main dans celle de mon frère est aussi apaisante que celle de ma grand-mère dans la mienne. J'ai oublié la suite. Elle l'a terminée d'une manière que j'ai trouvée… réconfortante. Qu'a-t-elle dit, déjà ?

— Toutes ces *estrellas* qui nous entoureront là-haut, ce sont nos ancêtres. Ils nous chuchoteront des messages à l'oreille.

Javier se redresse d'un coup, les yeux écarquillés.

— Les étoiles, c'est des ancêtres morts ?

— Non, Javier. Je voulais dire…

— Des fantômes ? Dans l'espace ? (Il agrippe les bords du caisson et tente de se lever.) Maman, s'il te plaît ! Je ne veux pas partir.

Ça ne se passe pas du tout comme je l'espérais !

— Ce n'est pas ce que je voulais...

Mais c'est trop tard. Javier est sur le point d'éclater en sanglots. Ben intervient alors.

— Docteur Peña, je vous en prie. Il faut vraiment qu'on se dépêche.

Maman caresse la tête de Javier, comme quand il fait un cauchemar.

— Oui, oui. Je sais.

Elle le rallonge. Puis se tourne vers moi, l'air furibond.

— Franchement, Petra, ce n'est pas le moment de raconter des histoires.

Ses mots me font l'effet d'un coup de poing dans le ventre.

— Je veux rentrer à la maison, plaide toujours Javier, le menton tremblant.

Peut-être que mes parents ont raison et que je ferais mieux de m'intéresser aux plantes et aux cailloux comme eux. Peut-être que vouloir raconter des histoires, c'est « vivre dans un monde imaginaire » ou « avoir la tête dans les nuages ».

J'essaie de me rattraper en m'en tenant à ce que j'espère être la vérité.

— Mais c'est là qu'on va, Javier. Chez nous. On pourra courir et jouer sur Sagan, comme on l'a toujours fait.

Il hoche la tête, mais son sourire forcé est plus douloureux que convaincant. Papa me donne une tape dans le dos. Je me force à lui sourire, moi aussi, persuadée que j'ai déjà fait trop de dégâts. Quel est le secret de Lita ? Je ne serai jamais aussi douée qu'elle.

— Prête ? souffle Ben à ma mère.

Elle hoche le menton, toute raide, mais ses yeux sont pleins de larmes. Ben appuie sur un bouton et des sangles surgissent pour immobiliser mon petit frère.

Je sens la main de papa qui pèse sur mon épaule. Il serre légèrement ses doigts : sa manière de me dire que tout va bien se passer.

— Maman, pitié, supplie Javier.

Il se tortille, mais peut à peine bouger.

Ben enfile des gants. Il ouvre un coffret en métal chromé. En grosses lettres, sur le côté, je lis : *Savoir téléchargeable En Cognito – 6-12 ans*. Le coffret contient des sphères métalliques de couleur argentée, qu'on appelle des « Savs ». Ben en prend une et l'insère dans ce qui ressemble à une cuiller à glace miniature. Il presse un bouton sur le manche, et le Sav émet une lueur violette.

Une larme roule sur la joue de maman, qui parle d'une voix plus aiguë que Javier :

— Ne t'en fais pas, mon bébé. Je te promets que tout va bien se passer. Courage.

Javier tremble de tout son corps, et lui aussi a les joues mouillées de larmes. Je serre sa main plus fort et garde le pouce pressé contre sa tache de naissance.

— C'est presque fini, dit calmement Ben.

À l'aide de la cuiller à glace, il applique le Sav contre la nuque de Javier et le maintient en place.

— Plus que quelques secondes.

Javier ferme les yeux. Je me penche sur lui, et ses paupières se rouvrent un instant en papillotant. Je me rapproche encore.

— On se retrouve au réveil…

En une minute à peine, il devient tout mou et cesse de respirer.

La douce voix féminine de l'ordinateur s'élève soudain. « *Emplissage caisson sept.* »

Je ne peux pas regarder. Je sais que les autres enfants dorment déjà paisiblement, mais aucun d'entre eux n'est mon frère. Javier parlait encore il y a quelques instants.

Je garde la tête enfouie dans la chemise de papa quand les verrous du caisson se ferment en cliquetant.

— Désolé de vous presser, mais… dit Ben.

Papa me tourne doucement vers l'un des derniers caissons vides, à l'autre bout de la pièce.

— Nous comprenons.

Je sèche encore une fois mes yeux contre sa chemise.

Maman s'éclaircit la gorge et m'adresse un regard appuyé. Qu'est-ce que je n'ai pas compris ? Je me dépêche de relever la tête en essayant de garder l'air naturel, et je m'aperçois soudain que Ben est juste devant moi : il me tend le même sac qu'à Javier. Je ne l'avais même pas vu approcher.

— Pour tes vêtements, dit-il.

— Oui, merci.

Je prends le sac d'une main tremblante.

A-t-il remarqué ? Personne ne dit mot.

Il me regarde droit dans les yeux.

— Petra ? Tu ne m'avais pas vu ?

Je me mords la lèvre et baisse la tête. Je jette un coup d'œil à papa, qui après un faible sourire se détourne. Rien ne va plus, j'ai tout gâché.

Je lâche le sac et, c'est plus fort que moi, je fixe Ben avec désespoir. Je sens que maman avance le bras devant moi, comme pour me protéger, mais à ce moment-là, Ben ramasse le sac et me le rend.

— Il est temps que Petra s'habille, dit-il en hochant le menton vers mes parents.

Maman pousse une sorte de hoquet.

— Merci, répond-elle.

Je ne peux pas m'empêcher de remarquer que Ben observe de nouveau la forêt par le hublot.

— Le temps presse.

Je passe derrière le rideau et j'ouvre le sac. Un bonnet blanc à reflets argentés, un peu comme ceux des nageurs, est pris en sandwich entre les sous-vêtements prévus pour moi. Je m'imagine fourrant ma tignasse dans cette chose : je vais ressembler à un coton-tige.

J'essaie de ne pas y penser. Qu'est-ce que ça peut me faire, à ce stade ?

Je laisse tomber mes habits par terre et j'enfile le short. Il s'arrête net à hauteur de mes hanches. Je tire un bon coup en me demandant si je me réveillerai avec la silhouette d'un animal en ballon de baudruche : étroite aux endroits pincés par les sous-vêtements, et toute gonflée ailleurs. Je me dépêche de passer la brassière avant que ma mère ne vienne m'aider. Je sors de ma poche de pantalon le pendentif de Lita et le serre dans ma main. Les rayons du petit soleil d'argent s'enfoncent dans ma paume.

Les dalles métalliques du sol me glacent les pieds quand je sors. D'une main tremblante, je tends le bijou d'obsidienne à Ben.

— Je ne veux surtout pas le perdre.

J'ai l'impression que mon corps ne tient plus que par quelques fils, et qu'ils sont sur le point de rompre.

Ben prend le pendentif, mon lien magique avec Lita, et le dépose avec délicatesse dans le sac en plastique.

— Il sera là à ton réveil, m'assure-t-il en souriant.

J'ai du mal à respirer. Maman m'enlace. Son souffle aussi est oppressé dans mon oreille. Elle m'embrasse sur la joue.

— Je t'aime tellement.

Je lui rends son étreinte, mais la boule qui grossit dans ma gorge m'empêche de lui répondre que je l'aime encore plus. Nous approchons du caisson à côté duquel m'attendent papa et Ben.

— Je vous promets, dit ce dernier à mes parents, que je ferai tout pour les conduire à bon port.

Il jette un nouveau coup d'œil vers le hublot. J'aimerais le remercier, mais cela attirerait encore plus l'attention sur le fait bizarre qu'il va passer sa vie à être mon baby-sitter. Papa m'aide à grimper dans le caisson et m'embrasse sur le front. Je m'allonge entièrement et m'étire pour être sûre que ma peau n'est pincée nulle part. Mon corps entier tremble comme celui de Javier tout à l'heure, sans que je puisse rien y faire. Maman pose la main sur mon front, et papa, debout à côté de moi, me tend la sienne.

Ben enfile de nouveaux gants et prend un Sav dans le coffret. Il l'insère dans son appareil et presse le bouton ; la lueur violette apparaît.

— Botanique. Géologie. Tronc commun. Je crois bien qu'on a tout.

— Et mon option ?

— Une option ?

Soudain, j'ai très froid.

— Maman ?

Elle se tourne vers lui.

— Comme Petra va avoir 13 ans, nous avions prévu une option mythologie.

Ben passe le doigt sur sa tablette et secoue la tête.

— Désolé, je n'ai rien... C'est la Monitrice en chef qui a finalisé le programme.

Je repense à la femme revêche au chignon serré. Pourquoi m'aurait-elle privée de ça ? Un frisson glacé me remonte l'échine. Ces histoires sont pour moi essentielles. Sans elles, comment pourrai-je devenir une grande conteuse ? Je peine à articuler :

— S'il vous plaît...

Ben m'adresse un faible sourire.

— Moi aussi, j'aime les histoires. (Il indique du menton un bureau dans le coin.) C'est ce qu'il y a de plus précieux sur ce vaisseau.

Je crois deviner qu'il me montre une pile de librex, donc chacun peut contenir jusqu'à des milliers d'holoscripts.

— Je parlerai à la Monitrice en chef et je verrai ce que je peux...

— Ben ! le coupe papa en se précipitant vers le hublot.

Ben repose l'applicateur du Sav et rejoint mon père à la hâte.

— On pensait avoir encore un peu de temps, dit-il.

Papa appuie la tête contre la vitre avec un profond soupir.

— Qu'est-ce qui se passe ? demande maman.

Je m'assois dans mon caisson, et finis par me lever pour m'approcher du hublot à mon tour. Malgré Papa qui cherche à me bloquer la vue, j'ai le temps de distinguer un essaim de silhouettes sombres sortir de la forêt et courir vers nous. Beaucoup portent des objets… Je préfère imaginer que ce sont des outils de jardinage, sans doute dénichés à la station des gardes forestiers.

Un choc sourd résonne près de notre hublot. Maman reprend ma main dans la sienne.

La douce voix robotique s'élève dans les haut-parleurs. « *Fermeture des portes principales.* »

La paume de maman devient moite.

— Comment ça ? Maintenant ?

— Il faut vraiment faire vite. Il n'y a qu'un siège de service par salle dans ce secteur, dit Ben en indiquant de la tête un siège rembourré, vissé dans le mur.

Papa me pousse vers le caisson, et mes deux parents, un peu hagards, se dépêchent de m'y installer. Ben se hâte de réactiver le Sav. Sa lumière, qui diminuait, retrouve sa pleine puissance.

Comme avec Javier, les sangles m'immobilisent la tête, la taille et les pieds.

— Prête ? demande Ben.

Je souffle profondément sans répondre, et je me mords les joues pour empêcher mes lèvres de trembler. Je devais être abreuvée de toutes sortes d'histoires, et maintenant c'est fichu. Je resterai ordinaire, comme je l'ai toujours été. Une larme coule sur ma joue.

Ben glisse le Sav dans ma nuque, jusqu'à trouver le creux à la base de mon crâne.

Je me concentre pour inspirer et expirer lentement en essayant d'avoir les pensées les plus réconfortantes possible. *Les prières des abuelas et des mères. Estrellas sin cuenta.*

— Les Savs d'En Cognito sont biocompatibles, précise Ben. Elle ne sentira rien.

Et pourtant, si. L'objet pénètre dans ma chair comme un caillou pointu. Il faut que je reste immobile pour que ça passe vite. Je déglutis et j'attends que le Sav fasse effet, qu'il m'endorme.

Ben retire sa main. Quelque chose me lance juste sous la peau, comme un bouton d'acné. Je m'aperçois soudain que je ne peux plus bouger, plus respirer, plus parler ni cligner des yeux. Le Sav fonctionne en partie. Mais quelque chose ne tourne pas rond. Je devrais dormir, et pourtant, les yeux grands ouverts, j'y vois encore. Et j'entends.

J'essaie de hurler. Rien ne vient.

Ben passe les doigts sur l'écran du caisson. Le système répond : « *Emplissage caisson de stase douze.* »

Des picotements semblables à des morsures de fourmis rouges envahissent ma peau : c'est le gel froid, qui monte autour de moi et s'infiltre dans mes oreilles.

Le gel coule sur ma langue et descend dans ma gorge. Quelques secondes après qu'il a touché une zone, je ne sens plus rien à cet endroit. Il atteint le coin de mes yeux, et une lumière verte vient recouvrir mon champ de vision.

La voix de Ben est assourdie, mais je l'entends encore. Ce n'est pas possible, ça ne peut pas m'arriver ! Je préférerais encore être dehors avec ceux qui assaillent le vaisseau. La seule chose que je trouve pour m'aider, ce sont les prières de Lita.

Estrellas sin cuenta…

— Pourquoi est-ce qu'elle me regarde comme ça ? demande maman d'une voix tremblante.

Estrellas sin cuenta…

— C'est une réaction normale. Elle dort déjà.

Estrellas sin cuenta…

Ben se penche et, de sa main gantée, ferme mes paupières.

6.

Une nuit, j'ai fait un cauchemar dans lequel j'étais éveillée, mais je ne pouvais pas bouger. Maman m'a dit que ça s'appelait la paralysie du sommeil. Lita appelait ça « *subírsele el muerto* », ou « avoir un mort sur soi ».

C'est Lita qui avait raison.

Si seulement je pouvais forcer ma main à bouger, cogner contre le caisson, Ben comprendrait. Il saurait que le Sav n'a pas fonctionné. J'essaie, mais rien ne se passe. Un mort sur moi.

— Monsieur et madame Peña, désolé de vous presser, dit-il, mais je dois vous demander de rejoindre au plus vite votre Moniteur. Il faut absolument vous mettre en stase.

À la voix étouffée de maman, je comprends qu'elle presse sa tête contre le torse de papa.

— Tout ira bien pour les enfants, ajoute-t-il.

Leurs pas s'éloignent, tout comme les petits sanglots de maman que je n'entends bientôt plus.

Non ! Ne me laissez pas !

Si je n'arrive pas à m'endormir… je vais rester pendant des siècles dans cet état. Il doit bien y avoir un système de sécurité contre ce genre de choses !

Encore un choc sourd. Comment les autres pourraient-ils se soucier de moi, alors que le vaisseau entier est assailli ? Ma raison me dit que je pleure, mais entre le Sav et le gel, mes yeux sont incapables de fabriquer des larmes.

Désespérée, je me pelotonne contre Lita pour boire du chocolat chaud à la cannelle sous le ciel de Santa Fe. Je sens sa main chaude caresser ma tête tandis qu'elle me chante un *arrullo*, une berceuse.

Arrorró mi niña,
Arrorró mi sol,
Arrorró pedazo
De mi corazón[1].

Sa mélodie sonne doucement à mes oreilles comme si elle était là, juste à côté de moi.

J'entends Ben qui revient, accompagné d'un autre bruit de pas, plus léger.

— Tu es la dernière, Suma.

Sans doute la fille avec sa capuche licorne.

— Je sais, répond-elle d'une voix tremblante. Ma mère m'a dit qu'il fallait faire vite.

---

1. Équivalent de « Fais dodo ».

— C'est vrai. Je regrette sincèrement qu'elle ne puisse pas être là. On est un peu pressés…

Une nouvelle détonation vient ponctuer sa phrase.

— Pour info, je n'ai pas peur, dit Suma.

— Je sais. Mais pour *ton info*, c'est normal d'avoir peur. Je veux dire, au cas où ça t'arriverait.

— Eh bien pour info, je suis allergique aux sulfamides, alors s'il y en a dans ce gel, je risque d'exploser. Mais n'ayez pas peur. Je veux dire, au cas où ça vous arriverait.

Sa voix tremble, mais elle a du cran. Ben pouffe de rire. Dans d'autres circonstances, je crois bien que je pourrais être copine avec cette Suma.

Il y a un silence, puis Ben dit :

— Prête ? Compte à rebours à partir de dix.

Suma respire tellement fort que j'ai l'impression qu'elle va vomir.

— Dix. N… neuf…

— Tout va bien, Suma. Tu dors presque…

Le bruit de sa respiration cesse brusquement.

« *Remplissage caisson de stase neuf.* » Elle est si près de moi que j'entends le gel clapoter. Voilà ! Ben va s'apercevoir que je ne dors pas ! Mais au lieu de s'ouvrir, mon caisson est brutalement secoué.

« *Préparez-vous au décollage*, annonce l'ordinateur du système. *H moins quatre-vingt-dix secondes.* »

Une personne au pas sonore arrive du couloir.

— On y est, Ben. Tous ceux qui ont réussi à embarquer sont en stase, articule une voix de femme.

La Monitrice en chef, certainement. L'espace d'un instant, je suis soulagée. Nous avons réussi ! Mais je songe ensuite à tous ceux qui attendaient derrière nous sur le sentier...

— Et le troisième vaisseau ? demande Ben.

— On aura déjà de la chance si quatre-vingt-dix secondes suffisent à nous faire décoller de la vieille planète. Ils ont saccagé le poste des gardes forestiers et sont armés.

— Allumage écran, dit Ben d'une voix blanche à l'ordinateur. Montre-moi le vaisseau numéro trois.

— On n'a pas le temps.

— Mon petit frère est...

J'entends encore des chocs sourds et des pas pressés en provenance du couloir.

« *H moins soixante secondes.* »

— Il faut que j'y aille, conclut la Monitrice.

La porte se referme et le calme revient dans la pièce.

— Oh, non, pas ça ! supplie Ben à voix basse. Confirmer la fermeture des caissons des 6-12 ans.

Un long signal sonore noie tous les autres bruits. « *Confirmé. Caissons fermés pour décollage. H moins quarante secondes.* » J'entends un bourdonnement, semblable à celui d'une machine à laver. Il monte en volume jusqu'à ce que mes oreilles me semblent sur le point d'éclater. « *H moins trente secondes.* » Un sifflement d'air, de plus en plus fort.

Les coups résonnent maintenant comme si quelqu'un donnait de grands coups de marteau sur la coque. Ce sont sûrement eux. J'imagine le désespoir de tous ces gens laissés sur le carreau.

— Confirmer le verrouillage des bases des caissons, dit Ben.

Encore un long bip. « *Confirmé. Bases des caissons verrouillées pour décollage et montée.* »

Je pense aux caissons vides, à ce gâchis. Si l'attaque avait commencé une heure plus tôt, les nôtres aussi seraient vides.

Si seulement je pouvais remuer, ne serait-ce qu'un orteil, Ben pourrait encore m'aider. Il remarquerait que quelque chose ne va pas. Il me sortirait de là, et me rendormirait pour de vrai une fois qu'on aurait quitté la Terre.

J'entends sa voix étouffée juste à côté de ma tête.

— Constantes ralenties. Fonction cérébrale intacte.

Mon cerveau hurle à ma bouche de crier : *Non ! À l'aide !* Mais encore une fois, rien ne se passe.

« *Affirmatif*, dit la voix douce. *H moins trente secondes. Moniteurs, préparez-vous à un décollage immédiat.* »

Une ceinture de sécurité cliquette. J'ai laissé passer ma chance. Ben marmonne quelque chose, trop bas pour que je le comprenne. Serait-il en train de prier ? Le vaisseau frémit comme s'il claquait des dents : je sens que nous nous arrachons du sol puis que nous nous immobilisons en vol stationnaire.

Soudain, un crissement strident s'élève, semblable à un million de fourchettes raclant de la céramique. J'imagine les assaillants se déversant de la forêt telles des souris terrifiées et griffant les flancs du vaisseau pour y monter. Si je le pouvais, je les laisserais tous embarquer. J'imagine la mère et son bébé parmi cette foule.

Le vaisseau entier pousse un long gémissement électronique, qui monte d'octave en octave. « *H moins dix secondes.* »

Un battement sourd palpite au fond de mes oreilles.

« *Neuf, huit, sept, six, cinq, quatre...* » Je ressens la secousse caractéristique des propulseurs. « ... *trois, deux...* » Je ne peux pas en être certaine, mais il me semble que mon corps engourdi se cogne contre l'intérieur du caisson.

Un rugissement de moteurs vient noyer la voix de l'ordinateur. Le métal vibrant résonne longtemps, comme un tiroir d'argenterie qu'on secouerait, avant de se taire et d'adopter un ronronnement régulier. « *Gravité artificielle activée* », dit la voix du vaisseau, indiquant ainsi que nous avons dépassé l'exosphère de la Terre.

J'entends que Ben se détache. Le chaos des dernières minutes a laissé place à un ronronnement régulier. Les marmonnements et les pas de Ben vont et viennent dans la salle.

Peu après, la Monitrice en chef est de retour.

— La trajectoire est normale, annonce-t-elle à Ben. Maintenant, ce n'est plus qu'une question... de temps.

Ben se racle la gorge.

— Des nouvelles du troisième vaisseau ?

— Je suis désolée. Vraiment. Je sais que ton frère Isaac était... Ben, on avait tous des amis là-bas.

Elle se tait encore un instant. Puis sa voix change.

— Étant donné l'absence du dernier vaisseau... il est maintenant question d'un changement de mission.

Pendant un petit moment, je n'entends plus rien. Puis la voix de Ben :

— Quoi ?... Comment ça ?

— Sans les politiciens, sans le président... C'est l'occasion de tout recommencer, Ben. Un consensus est possible. (Elle se racle la gorge.) À dater d'aujourd'hui, nous pouvons créer une histoire nouvelle.

7.

Je passe sans doute une journée entière à écouter Ben aller et venir dans la pièce. Parler tout seul. Pleurer. S'agiter. Ronfler. Dire que je suis réveillée pour entendre tout cela ! Quand ils rouvriront mon caisson dans plusieurs centaines d'années, vont-ils y trouver une folle qui jacasse à tout va, la bave aux lèvres ? Si je suis privée de sommeil pendant tout ce temps, cela veut-il dire que mon corps va continuer de vieillir ? Ou bien serai-je tellement cinglée que je ne reconnaîtrai plus mes parents ?

Je suis hantée par ces paroles de la Monitrice : *« consensus »*, *« créer une histoire nouvelle »*. Je me rappelle précisément où je les ai déjà entendues, et combien elles ont effrayé mes parents. Mais ce qui m'inquiète par-dessus tout, c'est ce commentaire de papa : *« Le plus effrayant, ce n'est pas tant ce qu'ils veulent, mais ce qu'ils proposent pour y arriver. »* Et voilà que certains d'entre eux sont à bord…

À un moment qui doit être proche du coucher de Ben, j'entends le petit carillon caractéristique d'un librex qui s'ouvre. *« Choisissez un holoscript. »*

— Autant commencer au tout début, dit Ben à mi-voix. La première histoire jamais consignée. *L'Épopée de Gilgamesh.* (Les pieds de sa chaise raclent le sol.) La valeur de ce récit sumérien ancien est contestée, mais moi je pense que toutes les histoires ont de la valeur. C'est à chaque lecteur et auditeur de décider lesquelles lui parlent le plus.

Je me demande ce qu'il fait là, Ben, à cette heure. Nous sommes allongés dans nos caissons, il ne se passe rien. Si son travail de la journée est terminé, pourquoi ne va-t-il pas retrouver ses collègues Moniteurs ? Quelque chose doit m'échapper. Peut-être a-t-il ses raisons de les éviter ?

J'essaie d'imaginer ce qu'il éprouve. Moi, au moins, j'ai encore mes parents et Javier. Et si mon petit frère s'était trouvé à bord de l'autre vaisseau ? Je me fais la promesse de ne plus jamais laisser personne nous séparer, une fois que nous serons sur Sagan.

Ben lit à haute voix l'histoire du grand roi guerrier Gilgamesh, fils des dieux. Même si je n'y vois rien, je sais qu'il a activé la fonction « reconstitution », et que l'holoscript rejoue en 3D les scènes de batailles. Dans ma tête, j'imagine les silhouettes fantomatiques d'Enkidou – un homme semblable à un taureau – et de Gilgamesh se poursuivant dans toute la salle en renversant nos caissons, jusqu'au moment où Gilgamesh finit par l'emporter. Puis, lorsqu'ils deviennent amis et se lancent dans un long voyage, mon esprit est transporté hors du caisson, à travers forêts, océans et vastes déserts…

— « Mon ami, je viens d'avoir un songe plein de tumulte. Des hurlements couvraient le ciel et la terre, soudain, un silence étouffant et sourd s'installa, de noirs nuages couvrirent le ciel, un grand feu éblouissant avança comme la mort et dévora tout[1]. »

Je pourrais jurer voir la foudre clignoter à travers mes paupières closes. La voix de Ben devient dramatique et profonde. Je l'imagine agitant théâtralement les bras.

Il continue de lire la fin tragique d'Enkidou et la peine de Gilgamesh lorsqu'il perd son meilleur ami. Il martèle les derniers mots :

— « Une profonde tristesse me pénètre jusqu'au cœur. »

Je voudrais pouvoir le serrer dans mes bras. Je comprends. Même si mes yeux ne peuvent pas produire de larmes, mon cœur pleure avec le sien.

Ben soupire.

— Arrêtons-nous ici pour la nuit.

J'entends le petit carillon de l'holoscript qui s'éteint.

Je me demande pourquoi Ben a lu à voix haute, alors que depuis notre stase nous ne sommes pas censés l'entendre. Peut-être en avait-il autant besoin que moi. Peut-être a-t-il peur et cherche-t-il un repère où puiser du courage.

Je regrette qu'il n'ait pas pu lire *Les Rêveurs*. Nous ne sommes pas différents des personnages du livre préféré de Javier. Transis de

1. *L'Épopée de Gilgamesh*, trad. Abed Azrié, Éd. Albin Michel.

peur, emplis d'espoir... Exactement comme la femme et son enfant qui sont au cœur de l'histoire. Quand nous arriverons sur Sagan, nous serons stupéfiés par son étrangeté, mais aussi émerveillés par sa beauté.

Ben reprend la parole.

— Et... sur Terre, il est minuit. C'est donc ton anniversaire, Petra.

Ah bon ? Si c'est mon anniversaire, cela veut dire que deux jours entiers se sont écoulés. Serpent de Feu a déjà retrouvé sa mère, la Terre. Et nous n'avons pas fait demi-tour. Je sais ce que ça veut dire : c'est terminé. Ce qui reste de notre planète n'est plus habitable.

Plus jamais je ne me blottirai contre Lita ni ne caresserai la peau douce de son bras, en écoutant un de ses *cuentos* pendant que ses poules caquettent doucement. Plus jamais je ne contemplerai les rochers rouges, jaunes et bruns qui ont mis deux milliards d'années à se former. Lita, les monts Sangre de Cristo... tout aura disparu.

Plus que jamais, je voudrais que le sommeil m'emporte.

— J'ai un cadeau pour toi, Petra. Je n'ai pas réussi à faire approuver ta demande d'option, mais puisque maintenant, sur le papier, tu es assez grande pour d'autres téléchargements...

Je l'entends s'éloigner vers son étagère de librex.

— Je vais t'offrir ma collection personnelle, te téléverser toutes les histoires que je possède. Les contes grecs, romains, chinois, nordiques, polynésiens, sumériens… et aussi mayas, incas, coréens, ouest-africains, nord-africains… Et en voilà d'autres…

Je souris dans ma tête. Il a emporté encore plus d'histoires que je n'en avais demandé au départ. Ben aurait fait un fabuleux professeur. Si seulement ce fichu Sav avait fonctionné correctement !

— Qu'est-ce qu'on a là ? Ah, un classique. *La Mythologie viking*, de Gaiman. Ça vaut largement tous les traités historiques… tu me remercieras plus tard. Enfin, tu ne pourras pas, évidemment. Mais je suis sûr que tu devineras d'où tu tiens tout ça.

Le pauvre Ben, il n'a aucun moyen de savoir qu'il agit en vain : tant que je suis éveillée, je n'entends que les histoires qu'il me lit. Bon, au moins, s'il en lit une tous les soirs à voix haute, je pourrai déjà conserver ça dans mon arsenal, avec celles de Lita…

— Neil Gaiman, *Œuvres complètes*. (Bip !) Douglas Adams. (Bip !) Ursula K. Le Guin. Octavia E. Butler. (Bip ! Bip !) Tu sais quoi… Je ne devrais pas trier, en fait. Tu es assez grande pour les contenus plus adultes, et s'il y a une chose dont tu ne manques pas, c'est de temps. Kurt Vonnegut. Louise Erdrich. Toni Morrison.

Bip ! Bip ! Bip ! Au moins vingt bips de plus résonnent dans le caisson.

— J'aimerais bien rencontrer la future toi, ma grande. Tu auras sûrement un avis sur tout ! (Il rit.) Heureusement que je ne serai plus là, tes parents me tueraient.

Un dernier bip résonne.

— Oh non, j'ai failli oublier R. L. Stine ! On a toujours besoin d'un peu d'épouvante. Allez, on devrait être bons pour l'instant. Joyeux anniversaire, Petra ! Et... C'est parti !

L'intérieur de mon crâne se met à bourdonner. C'est ma première sensation physique depuis que je suis plongée dans le gel anesthésiant.

Soudain, un accent britannique, jailli des profondeurs de mon esprit, me fait sursauter. « *Avant le commencement, il n'y avait rien...* » Tout m'imprègne instantanément. Rien à voir avec l'école, où je devais travailler pour apprendre par cœur. Cette fois tout est là, comme si l'auteur, Neil Gaiman, était dans ma tête, en train de parler à ma cervelle.

Merci, Ben, merci ! Si je dois rester éveillée pendant une éternité, je pourrai au moins me passer en boucle ses histoires favorites. Je deviendrai peut-être folle avant qu'on arrive sur Sagan, mais qu'importe : je serai la meilleure conteuse folle de l'histoire de l'humanité.

« *Ni Terre, ni cieux, ni étoiles, ni ciel : rien que le monde de la brume*[1]... » Neil Gaiman continue de parler dans ma tête, mais c'est comme si j'évoluais dans un rêve... Le bourdonnement s'intensifie.

Une sensation de chaleur. En haut du dos.

---

1. Neil Gaiman, *La Mythologie viking*, trad. Patrick Marcel, Éd. Au Diable Vauvert.

Je ne sais pas ce qu'a fait Ben… mais je sens que je m'endors. Le Sav fonctionne-t-il enfin ? Si je pouvais, je pousserais un soupir de soulagement.

Ça y est.

Quand je me réveillerai, nous serons sur Sagan.

8.

Cela monte peu à peu : des bruissements partout autour de moi. Mes pensées sont embrouillées, mais je suis sûre d'entendre quelque chose. Si je suis éveillée… c'est que nous sommes arrivés ?

Même si j'ai l'impression qu'il ne s'est pas écoulé plus de quelques jours, je suis impatiente de serrer mes parents dans mes bras ; j'ai trop hâte de faire un câlin à Javier et de lui lire son livre préféré.

Le vaisseau émet toujours le même bourdonnement que quand il filait dans l'espace.

La voix de Ben, fébrile :

— Allez, faites que ça marche…

Ben ? S'il est encore là… c'est que nous n'avons pas atteint Sagan. Les fils imaginaires qui maintenaient mon cœur en place commencent à lâcher. Nous sommes très loin de notre destination.

Les doigts de Ben pianotent à toute vitesse sur un panneau de contrôle. Le mien, je crois.

— Allez, allez ! répète-t-il, d'une voix encore plus rauque et paniquée.

Quelqu'un tambourine à la porte : un bruit de marteau contre un bidon en tôle.

— Non, non, non, non... pas maintenant ! Il faut que ça marche...

La voix de Ben se brise comme le premier jour, quand il a appris que le vaisseau de son frère avait été pris d'assaut.

Encore des coups. J'entends à peine sa phrase désespérée :

— Un monde sans histoires est un monde perdu...

Puis la porte s'ouvre.

— Ben ! Vous étiez prévenu !

Le bruit d'un objet métallique tombant sur mon caisson me vrille les tympans.

— Cessez de résister, grand-père ! grogne une voix furieuse. Prenez-lui ses armes !

Grand-père ?

Des bruits sourds et des jurons, puis un choc étouffé. Ben gémit. Le silence revient.

Quelqu'un soupire.

— Il va falloir l'expulser.

L'expulser ?

— Qu'est-ce qu'il faisait devant ce caisson ?

Mon panneau de contrôle émet un bip strident.

— Dites, vous voyez ça ? Petra Peña a encore des fichiers optionnels dans son système. Des livres de la Terre ; musique, mythologie...

— Supprimez tout, fait une voix de femme. Et veillez bien à ce qu'il ne reste rien du monde d'avant. Ce n'est pas une gamine qui va compromettre la mission du Collectif !

— Une histoire nouvelle, annone l'autre.

— Une histoire nouvelle.

Le Collectif. Une histoire nouvelle. Ce sont eux. Mais que font-ils ? Si tout cela est bien réel, ils sont en train d'effacer nos souvenirs... Parmi tous les dangers qui pouvaient nous guetter, mes parents et les autres passagers n'ont jamais imaginé celui-ci.

Si je peux savourer un dernier souvenir avant que tous ne soient gommés de ma mémoire, il faut qu'il soit parfait et précieux.

Sous le ciel étoilé du désert, Lita drape une couverture sur nos épaules. Elle me tend une tasse de cacao.

— Ferme les yeux, changuita.

Je ferme les yeux. L'odeur du chocolat vient emplir mes narines.

— Juste une gorgée, dit-elle.

Je sais que le cacao contient de la caféine ou je ne sais quoi, une substance que maman m'interdit.

— Définis ton intention. Proclame à l'Univers ce que tu seras.

Je prends une gorgée. Ce n'est pas aussi sucré que le chocolat, et des petits grains se déposent sur mes dents.

— Ce que je veux être maintenant ?

— Non. Demain. (Elle pose une main sur ma joue.) Dans des années.

Quand je serai vieille, genre l'âge de maman, je dirai toujours ce que je pense. Je porterai de longues robes flottantes comme Lita. Je me laisserai pousser les cheveux aussi longs et en bataille que je voudrai.

— Je suis… (Je me mords la lèvre.) Je serai…

Un tout petit bruit papillonne au fond de ma tête, et le sommeil m'envahit.

« *Réactivation caisson douze.* »

9.

L'été de mes 12 ans, papa et moi prenons la navette depuis Santa Fe jusqu'au parc naturel de Rockhound, qui tenant la promesse de son nom, est plein de rochers, autrement dit le paradis pour mon père.

Papa m'enfonce un casque sur la tête. Je m'offusque.

— Sérieusement ? Pourquoi est-ce qu'il faut mettre ça ? Les rochers ne vont quand même pas tomber du ciel !

— Parce que je l'ai promis à ta mère.

— Elle n'est pas là, dis-je tout bas.

Il me tend une petite paire de gants de cuir et me répond tout aussi bas :

— Je ne vais pas faire la bêtise de contrarier ta maman ourse.

Il sourit et brandit la crème solaire. Je lève les yeux au ciel.

— Elle tient à notre sécurité, c'est tout.

Là-dessus, il se met en devoir d'enduire toutes les parties exposées de notre peau, comme si maman le surveillait. L'attitude perpétuellement protectrice de ma mère me donne l'impression d'être emballée sous vide. Mais ici, avec papa, c'est comme si quelqu'un avait déchiré un petit coin de l'emballage.

Nous nous emparons de nos marteaux de géologues et d'un petit seau. Je suis papa dans la direction d'une ravine ombragée. Il s'approche du bord et incline la tête d'un côté, puis de l'autre.

— Ici, c'est bien.

Il se retourne vers moi, et je hausse les épaules.

— Pfff, la géologie...

Il me fait un clin d'œil.

— Je te promets qu'un jour, tu verras ça comme bien plus qu'une simple science. (Il lève son marteau.) Tu trouveras même peut-être... que ça mérite d'être creusé !

Je me mords les joues pour dissimuler mon sourire. Nous avons parcouru à peine cinq cents mètres depuis l'entrée du parc, mais je m'assois déjà, par terre à côté de lui. Je sors ma gourde et je bois comme si nous avions randonné toute la journée. Papa se sert de son marteau pour explorer une zone de dix centimètres sur dix. Puis il creuse autour d'un point sombre avec son doigt, jusqu'à ce qu'une pierre se dégage.

Il l'essuie, un grand sourire aux lèvres, et l'examine comme une précieuse relique.

Je pose ma gourde et j'effleure de ma main gantée les cailloux entassés là depuis des millénaires. J'en ramasse un blanc.

— Et celui-ci ?

Même sous la couche de poussière, on devine un éclat plus brillant.

— Du quartz. Mais ne te disperse pas. C'est du jaspe que nous sommes venus chercher.

Il sort de sa poche de chemise une dizaine de petites billes de jaspe et les aligne par terre. Puis il me tend la pierre rouge foncé qu'il vient d'extraire du sol.

— Une fois polie, celle-ci accompagnera les autres à merveille.

Je regarde les billes.

— Elles ne se ressemblent pas du tout.

— Ça, c'est parce que chaque morceau de jaspe a son esprit à lui. C'est la roche qui nous dira qui elle est, et pas le contraire.

— Mais ça ne sera pas assorti.

Il élève une des billes dans la lumière du soleil. Une veine jaune traverse la roche cramoisie. Le rouge est de la même teinte que la pierre qu'il vient de poser dans son petit seau.

— Elles ne sont pas faites pour être identiques ; elles sont faites pour se compléter. Ce sont les différences qui font la beauté de l'ensemble.

Un grondement de pneus sur la piste de terre résonne dans la ravine. Nous tournons la tête : un camion approche.

— Je croyais avoir vu un panneau « interdit aux véhicules », m'étonné-je.

Papa plisse les yeux.

— Tu as bien vu. Il n'y en a plus beaucoup qui viennent par ici. J'imagine que les collectionneurs font ce qu'ils veulent, de nos jours !

Deux hommes en tenue de camouflage complète, neuve et raide, descendent du camion. Papa les salue du menton, mais ils ne le voient pas, occupés à rire d'une blague que nous n'entendons pas. Ils ouvrent la porte arrière et sortent cinq grands seaux de vingt litres.

Papa secoue la tête et se penche vers moi pour me parler du coin de la bouche.

— De grands chasseurs de pierres !

Je ricane.

Le plus grand, coiffé d'une casquette de base-ball, se dirige tout droit vers le rebord de la ravine. Il ne furète pas, ne scrute pas le sol à la recherche d'un site idéal où creuser. Il se contente de passer un détecteur à quelques centimètres de la surface, jusqu'à ce que l'appareil bipe.

— Y a quelque chose ici !

Il recule un peu pour laisser passer son compagnon, plus petit et plus râblé. Celui-ci est muni d'un appareil qui ressemble à la perceuse de papa. Il appuie sur un bouton, et son outil s'allume à grand bruit. Il s'approche de l'endroit que lui a indiqué l'autre et se met à creuser des trous partout. Au bout de quelques secondes, il se baisse et crie :

— Turquoise !

Papa soupire.

— Fut un temps, il existait des règles strictes pour empêcher de tels massacres.

— Et maintenant ?

— Pfff. Maintenant ? Tout le monde se fiche de ces vieux cailloux.

— Si tout le monde s'en fiche, pourquoi est-ce qu'on doit se traîner à pied jusqu'ici ? On ne pourrait pas venir en voiture, se servir d'un détecteur et d'une foreuse mécanique, et prendre ce qu'on veut, nous aussi ?

Papa me jette un regard scandalisé.

— Parce qu'on n'est pas comme ça.

Il passe un bras sur mes épaules, puis ramasse une poignée de terre et ouvre la main. La terre s'écoule entre ses doigts écartés : il en tombe un peu au sol, le reste est emporté par le vent. Il ne reste bientôt dans sa paume qu'un petit caillou gris.

— Il faut palper la terre. Sentir quand elle va te faire un cadeau. Et ne prendre ce dont on a besoin qu'en toutes petites quantités.

— Mais papa, ils ont trouvé une turquoise ! Ça a de la valeur, ça.

— Qui décide de la valeur d'une pierre ? (Il me tend le petit caillou gris.) Quand mon projet sera terminé, ce qu'on aura rassemblé, toi et moi, vaudra plus que le diamant Hope.

Je soupire.

— J'aimerais bien qu'on en cherche, nous aussi.

— Ne t'en fais pas, Petra, on reviendra. (Il donne un petit coup sur mon casque.) Et quand on trouvera des turquoises, ce sera avec respect.

Moins d'une heure plus tard, les hommes hissent leurs seaux remplis de roches variées à l'arrière du camion. Papa les regarde partir d'un air réprobateur.

Nous continuons de chercher les quelques pierres parfaites qui viendront se joindre à ses petites billes. Quand le soleil plonge derrière l'horizon, il en a trouvé sept sur les huit maximum autorisées par le règlement du parc.

La sueur qui coule sous mon casque embue mes lunettes de sécurité. Je viens de décider que j'avais ma dose lorsque je repère un éclat jaune sous la terre. J'utilise mon pic à roche pour dégager les bords, puis je pince entre mes doigts la pierre et en balaie la poussière de ma main gantée. J'extrais du sol un morceau de jaspe jaune doré, traversé par une veine rouge sombre. Je la montre fièrement à papa, qui sourit. Dans le seau, il se distingue de nos autres trouvailles, visible comme un phare, sans pour autant rompre l'harmonie générale.

Papa s'assoit au bord de la ravine où nous étions en train de creuser. Il tapote le sol à côté de lui. Je m'assois aussi, et il enlace mes épaules. Nous contemplons le soleil couchant et, de temps en temps, il soupire. Nous sommes sales et épuisés, mais c'est peut-être la meilleure journée dont je me souvienne.

Un fin crachin commence à tomber, et l'odeur de la terre mouillée vient emplir nos narines.

— Papa ?

— Oui ?

— Toc toc.

— Ah, d'accord. Qui est là ?

— Petra.

Il pousse un profond soupir.

— Petra qui ?

Je prends une inspiration exagérée.

— Petra-ichor.

Le pétrichor, c'est cette odeur qu'a parfois la pluie sur un sol chaud. Papa se laisse tomber sur le dos en soupirant, consterné par ma blague nulle.

10.

Dans ma tête, le Sav répète un message en boucle : « *Je suis Zeta-1, experte en botanique et en géologie. Je suis là pour servir le Collectif.* »

Je sens qu'on m'enlève la bille En Cognito : c'est aussi violent que si on arrachait une braise de ma nuque.

Je suis ensuquée, comme après une trop longue sieste. Combien de temps a passé ? En quelle année est-on ? Quoi qu'il en soit, ce message téléchargé a beau me dire et me répéter qui « je suis », ça ne marche pas.

Je m'appelle Petra Peña. Nous avons quitté la Terre le 28 juillet 2061. Le « Collectif » a tenté d'effacer tous nos souvenirs de la Terre. Ben a essayé de me sauver, moi et mes souvenirs. Voilà ce que je sais.

Des silhouettes humaines s'activent dans notre salle. Elles sont trop nombreuses. Le calme qui régnait quand il n'y avait que Ben est révolu.

Que vais-je trouver en ouvrant les yeux ? Ben ne doit plus être là depuis longtemps. Mais je me rappelle ses derniers moments parmi nous, je crois. *Expulsé. Une histoire nouvelle.*

— Finissez de vider le caisson douze, ordonne une voix raide.

S'ils vident les caissons, c'est bien que nous sommes arrivés ? Un gargouillis s'élève du côté de mes pieds.

Oh là là ! Attendez, je ne suis pas prête.

N'était-ce pas ce que je voulais ? Être ici, sur Sagan, avec ma famille ?

— Passionnant, n'est-ce pas ?

— Posez-la sur la table.

Ce n'était pas censé se passer ainsi. Papa et maman devraient être là, à mon chevet.

Y a-t-il eu une sorte de mutinerie à bord, comme sur les navires de l'ancien temps ? Ou bien quelque chose de plus terrifiant encore ? J'ai plus peur que la fois où j'ai trouvé un crotale dans le poulailler de Lita.

La tête du serpent apparaît derrière une des poules. Adobo s'aplatit sur son nid.

Je sens qu'on me soulève. J'atterris avec un bruit mouillé sur une surface spongieuse.

Le crissement assourdissant de la queue du serpent m'emplit les oreilles. Je suis clouée sur place. Je n'ai même pas vu Lita arriver avec sa houe.

— Tournez-la sur le flanc. Nous sommes prêts à redémarrer les fonctions organiques.

Je voudrais leur hurler d'arrêter.

— Défibrillateur.

J'imagine Frankenstein. *Non ! Pas les chocs électriques !*

Une douleur me cisaille la poitrine. Mon cœur fait une embardée.

Je tousse et je m'étrangle.

— Fonctions vitales intactes.

L'oxygène entre à flots dans mes poumons.

Tout va bien trop vite. Ma gorge me brûle comme du jus de citron quand on a une angine. J'ai besoin de ma maman. J'essaie d'ouvrir les yeux pour voir Javier, mais en vain.

Un sifflement strident me vrille les tympans. Un picotement brûlant sillonne mon visage par bandes verticales.

Quelqu'un pousse une exclamation étouffée.

— Qu'est-ce que c'est que ça ?

— Une maladie terrestre. On la met en quarantaine ?

Une voix de femme, douce et musicale comme un carillon à vent, s'élève alors :

— Je vous demande de ne pas prononcer ce mot devant eux.

— Mes excuses, madame la chancelière.

Je pense au Collectif que j'ai vu aux infos. *Effacer les douleurs et les peines du passé.* Jusqu'où sont-ils allés ?

Mais les savants et les docteurs de notre vaisseau, comme papa et maman, ne toléreront pas de se faire assimiler. Ils se souviendront. Il le faut.

Un doigt passe sur l'arête de mon nez.

— Ce sont des taches de rousseur, dit la chancelière. Des lésions cutanées dues aux effets de leur soleil. En l'absence de filtres épidermiques, les anomalies physiques de ce genre ne sont pas rares.

Une eau tiède baigne mes joues. Puis elle est aspirée et de l'air frais la remplace. Mes oreilles font un petit « plop », et soudain j'entends mieux. Des bips résonnent comme des sirènes.

La voix robotisée continue de parler dans ma tête, mais moins fort cette fois, comme un écho lointain. « *Je suis Zeta-1, experte en botanique et en géologie. Je suis là pour servir le Collectif.* » Depuis combien de siècles cette boucle passe-t-elle dans mon crâne ?

Je me répète la vérité. *Je m'appelle Petra Peña. Nous avons quitté la Terre le 28 juillet 2061.*

Si cette rengaine est passée en boucle dans mon Sav, mais que je me rappelle quand même qui je suis… alors ce que Ben essayait de faire a peut-être fonctionné. Et les histoires qu'il a téléversées en moi sont peut-être encore là, quelque part, elles aussi.

— Redémarrage des impulsions électriques sur Zeta-2, dit quelqu'un près du caisson d'à-côté. Tournez-la sur le flanc.

La voix suave de la chancelière est toute proche.

— Peux-tu me dire qui tu es ?

Quelqu'un tousse.

— Je suis Zeta-2…

Je reconnais cette voix : c'est celle de Suma. Elle est prise d'une nouvelle quinte de toux.

— Quel est ton rôle, Zeta-2 ?

— Je suis experte… je suis… dit-elle avec difficulté. Je… J'ai froid.

— Défectueuse ? s'enquiert une voix d'homme.

La lumière filtre à travers mes paupières fermées.

J'inspire lentement. Je sais que je n'ai pas intérêt à attirer l'attention, mais je force mes yeux à s'ouvrir. Ils me brûlent comme si je les avais frottés après avoir égrainé un piment *habanero*. Une lumière vive m'aveugle et mes larmes se remettent à couler. Tout est flou, mais je distingue cinq personnes autour de Suma. Elles me tournent le dos et sont entièrement enveloppées dans des combinaisons de protection. Je tourne les yeux dans la direction de la baie vitrée, espérant apercevoir un ciel ou des étoiles, mais elle est obstruée par une plaque métallique. La salle, qui devrait contenir trois rangées de caissons, est presque vide. Où est Javier ? Au moins huit silhouettes floues évoluent dans la salle, mais aucune n'est assez petite pour être lui.

Ils soulèvent Suma de leurs mains gantées et la déposent sur une table entre nos deux caissons. L'excédent de gel coule au sol.

Ses paupières s'ouvrent en papillotant, et elle a un vif mouvement de recul, les yeux écarquillés par la terreur.

— Maman ? dit-elle d'une voix tremblante. Ben… ?

— Décevant, fait la voix glaciale de la chancelière.

Elle lâche le Sav de Suma dans un récipient en acier.

— Faut-il qu'on l'expulse, madame la chancelière ?

Je ne sais pas quoi faire pour aider Suma. Il faudrait se battre contre trop de gens. Soudain, je sens à nouveau mon estomac et quelque chose remonte dans ma gorge. *Ne vomis pas. Ne vomis pas.*

La chancelière prélève dans un coffret une nouvelle petite sphère, noire cette fois-ci.

— Ça ne sera pas nécessaire. Remettez-la en stase. Avec cette mise à jour… (Elle se penche sur le caisson pour lire le nom.) Suma Agarwal sera Zeta-2 pour le restant de ses jours.

Ils la soulèvent et la rallongent dans son caisson. Suma se tortille mollement entre leurs bras tel un poisson agonisant.

La chancelière s'incline vers elle. La manière dont elle plie sa silhouette raide me fait penser à un phasme.

— Dommage, sa reprogrammation va nous faire perdre un temps précieux. Nous aurions pu l'utiliser pour la première mission.

Elle place le Sav de mise à jour dans son applicateur et presse le bouton d'activation, qui déclenche la lueur violette. Puis elle enfonce la bille dans la nuque de Suma et se tourne vers les autres.

— Cette fois, nous veillerons à ce qu'il ne reste plus rien du passé.

Impossible ! Nos parents vont les démolir ! Du moins, je l'espère…

J'aperçois à peine la faible lueur de la bille qui se fond dans la colonne vertébrale de Suma. Elle grimace, gémit, puis s'immobilise.

Sans un mot, et sans s'embêter avec les sangles, les membres du Collectif commencent à remplir son caisson de gel. Suma est bientôt submergée.

Mon cœur bat si fort dans ma poitrine qu'ils vont l'entendre, j'en suis sûre. L'un d'entre eux commence à se retourner, et je referme vite les yeux. Je ne veux pas qu'ils me remettent en stase ! C'était quoi, déjà, la phrase ? *Je suis Zeta-1…*

De l'eau coule cette fois sur ma poitrine et mon ventre, puis sur mes jambes. On me soulève et on me retourne sur une nouvelle planche, plus douce. On m'enveloppe dans une couverture.

— Scannez-lui le cerveau.

Une vibration traverse mon crâne. Des petits signaux sonores se déplacent d'un côté à l'autre de ma tête.

Rouvrir les yeux me terrifie. Qu'est-ce qui a fait si peur à Suma ? Qu'est-ce qu'il peut y avoir de si horrible ? Ce ne sont que des gens.

— Caisson douze – secteur des Juvéniles. Identifie-toi, me dit la chancelière, si près que je flaire son haleine au parfum de jacinthe.

Je serais incapable de répondre même si je le voulais. J'arrive déjà à peine à respirer. Il faut que je fasse quelque chose pour les convaincre que je ne suis pas « décevante » comme Suma.

Elle pose une main sur ma joue.

— Ouvre les yeux, Zeta-1.

Je les entrouvre, et je me retiens de hurler.

Les vaisseaux sanguins et les tendons serpentent comme des aérovoies sous la peau translucide de la chancelière. Elle effleure mon front de sa main pâle et maladive. *Ne réagis pas.*

Je déglutis avec effort. La personne que j'ai devant moi n'a pas grand-chose d'humain : elle évoque plutôt les crevettes fantômes que j'ai vues une fois à l'aquarium d'Albuquerque. Comme ces crustacés transparents, elle est à la fois belle… et abominable, avec ses veines luisantes, rouges et bleues, sous sa peau incolore. Ses pommettes, plus sombres, saillent au-dessus d'une vallée ombreuse qui rejoint sa mâchoire. Et ses lèvres couleur lilas sont trop épaisses. Quant à ses yeux, ils sont si pâles que je distingue le réseau des petits vaisseaux derrière ses iris.

Elle sourit.

Une eau tiède coule sur mon front et entre dans ma bouche. Je cherche des yeux le caisson de Javier. Il a disparu.

Les paroles de papa me reviennent comme s'il était à côté de moi. « Le plus effrayant, ce n'est pas tellement ce qu'ils veulent, mais ce qu'ils proposent pour y arriver. » Suma flotte dans son gel vert luminescent près de la porte. Comment en sommes-nous arrivés là ?

Qui que soient ces gens du Collectif, pour le moment je dois absolument leur faire croire que je suis ce qu'ils attendent. *Zeta-1, experte en botanique et en géologie. Je suis là pour servir le Collectif.*

Tout s'arrangera quand j'aurai retrouvé mes parents et Javier. Et quoi qu'il arrive, le Collectif ne pourra jamais me faire oublier la vérité : je m'appelle Petra Peña. Nous avons quitté la Terre le 28 juillet 2061. Nous sommes maintenant en 2432, nous sommes arrivés sur Sagan.

Et je suis prête à tout pour retrouver ma famille.

11.

Maman démêle le dernier nœud dans mes cheveux.

— Tu m'as littéralement appelée *caillou* en grec ancien, dis-je.

Elle pouffe de rire.

— C'est ton père qui a eu l'idée, à vrai dire. Mais j'ai trouvé ça très joli. (Elle me sourit dans la glace.) Il a attendu que je valide pour m'expliquer ce que ça voulait dire.

— La pierre. Mon prénom veut dire « vieux caillou poussiéreux ».

— Ton nom est très beau, Petra. Comme toi.

Des mèches s'échappent de la tresse qui pend sur sa poitrine. Dans le soleil, ses yeux verts rehaussés d'une fine couche d'or paraissent plus bleus que d'habitude. Son nez est constellé de taches de rousseur. Je ne serai jamais aussi jolie qu'elle, mais, à sa façon de me regarder, je devine qu'elle ne pense pas pareil.

— Et puis ce prénom te va bien. Tu es solide. (Je vois que ses yeux s'embuent.) Je ne sais pas ce que ça sera, mais tu seras la fondation de quelque chose d'extraordinaire un jour.

Je lève les yeux au ciel.

— Il faudrait déjà que tu me laisses faire ce que je veux !

Je n'évoque pas tout haut ce qui, je le sais bien, hante nos pensées. Ma vue. Mais comment pourrai-je être un jour la « fondation » de quoi que ce soit si elle ne me laisse pas essayer ? Ou si elle passe son temps à me pousser vers la botanique au lieu de ce que j'aime ? Je sais que je pourrais devenir conteuse. Les générateurs d'histoires gâchent tout. Je devine immédiatement si un livre a été écrit par une personne réelle ou par un logiciel sans vie. Et ce que je veux par-dessus tout, c'est qu'on puisse croire aux histoires.

Je croise les bras.

Maman termine ma tresse et l'attache au bout.

— Tu n'es pas obligée de m'aimer tout le temps, Petra. Mon travail, c'est de te protéger pour que tu aies la meilleure vie possible.

Elle se lève et m'embrasse sur le front.

12.

La voix féminine me parle avec douceur.

— Identifie-toi.

Je roule sur le côté et tousse du gel vert. Je sais que je suis sur le point de me trahir.

— Je suis... Je suis Zeta-1, dis-je d'une voix rauque. Experte en botanique et en géologie. Je suis là pour obéir au Collectif.

Oh non ! Je me suis trompée dans ma réplique : c'était *servir*, pas *obéir* !

La femme se rembrunit : une veine palpite sous sa peau translucide.

— Redressez-la, Crick, dit-elle.

Le Crick en question me hisse par les aisselles pour m'asseoir. Il soulève mon menton de sa main froide et me tourne la tête d'un côté et de l'autre.

— Fascinant, murmure-t-il.

À l'égal de la chancelière, il a une veine bleu vif qui passe au-dessus du sourcil gauche, comme s'il avait complètement dévié en appliquant du fard à paupières... Le bas de son visage est ombragé par ses pommettes et ses lèvres aussi sont épaisses – on voit bien que ce n'est pas dû à une astuce de maquillage ni à des injections. Enfin, comme la chancelière, il a les cheveux tressés en spirales plaquées sur le crâne.

Qu'est-ce qui a pu leur arriver au cours des trois cent quatre-vingts dernières années ? Je songe à mes cours de biologie et je revois la prof, Mme Cantor, nous parler de la phalène du bouleau. Dans une Angleterre polluée par le charbon, ce petit papillon avait adopté une couleur de suie pour se camoufler et échapper aux oiseaux. Son évolution avait été très rapide. Il n'en était pas moins beau.

Mais là, ça n'a rien à voir. La femme a évoqué de mystérieux « filtres épidermiques ». Se seraient-ils infligé ça à eux-mêmes ? Juste pour effacer leurs différences ?

J'avale et je fais la grimace, car avaler ma salive me donne l'impression d'avoir englouti des charbons ardents. Crick porte à mes lèvres un gobelet minuscule. Ne sachant que faire, j'y trempe les lèvres, mais je garde le liquide dans ma joue. J'en absorbe quand même un peu, et ma douleur disparaît dans l'instant. J'avale donc le reste : une vague de chaleur descend dans mon corps et me fait frissonner. C'est un peu comme le cacao de Lita, en bien plus fort.

Ignorant complètement comment on est censé se comporter quand on a eu la mémoire effacée, je reste assise en silence, les bras raides et collés au corps.

Une petite fille, à deux caissons de moi, tousse à son tour en recrachant du fluide gélatineux. Un homme lui tapote doucement le dos.

— C'est bien, expulse tout. Peux-tu nous dire ton nom ?

Elle répond d'une toute petite voix.

— Je suis Zeta-4, experte en nanotechnologies et en chirurgie. Je suis là pour servir le Collectif.

Elle ne se crispe même pas quand l'homme approche d'elle son nez translucide pour la regarder au fond des yeux.

Zeta-4 semble être aussi jeune que Javier. Elle reste assise sans bouger pendant qu'il lui plie les mains vers le haut et vers le bas à partir du poignet.

— Avec ses petits doigts, elle va être parfaite.

Crick se retourne vers moi et saisit un corposcope par sa poignée métallique. Il l'active, exactement comme faisait le pédiatre, et l'appareil émet une lumière rose vif. Il se penche devant moi et commence par scanner mes pieds puis remonte le long de mes jambes. De temps à autre, il recule la tête pour lire le cadran à bout de bras.

Quand il le passe sur mon nombril, je manque lui donner une tape sur la main, mais je m'abstiens. Je me répète que je dois la boucler et jouer la comédie.

Crick appuie sur l'extrémité de l'appareil et approche sa bouche pour parler, comme avec un holostylet.

— Rythme cardiaque dans la fourchette normale.

Il continue de monter.

Oh non ! Mes yeux…

C'est trop bas pour que je puisse voir, mais je le sens examiner mon cou, puis mon menton, puis ma bouche…

Arrivé à l'arête de mon nez, l'appareil bourdonne et vire au rose uni. Ça y est, je suis cuite. L'homme se penche, l'œil attentif. Il est si près de moi, et la lumière si vive que même avec ma vue basse je pourrais compter les minuscules vaisseaux sanguins derrière ses iris pâles.

— Madame la chancelière ? Venez voir, je pense que ça va vous intéresser.

Je reste parfaitement immobile, incapable de respirer à fond. Je peux à peine bouger, et je comprends soudain ce que c'est que l'état de choc.

Elle regarde l'appareil.

— Hmm, défectueuse.

Elle appuie sur le bouton à l'extrémité de l'appareil, qui annonce d'une voix rigide : « *Anomalie oculaire. Diagnostic : rétinite pigmentaire.* »

— Ça ne se voit pas de l'extérieur, constate Crick.

La chancelière soupire.

— Ils avaient toutes sortes de défauts physiques qui n'étaient pas décelables à l'œil nu.

Je serre les dents. D'accord mes parents ont été un peu protecteurs, mais n'exagérons rien, je ne suis pas bourrée de défauts !

Crick repasse l'appareil devant mes yeux et secoue la tête.

Je n'ai quand même pas voyagé si loin et si longtemps pour que tout s'arrête ici ! Mais nous connaissions les règles, et nous avons introduit clandestinement *ma* maladie dans *leur* nouveau monde. Mes parents ont juré sur l'honneur et signé mon faux historique médical. Les autres Moniteurs se sont débarrassés de Ben pour moins que ça. J'inspire et expire lentement, et je cache mes mains tremblantes sous mes cuisses.

Je ne suis pas une erreur de la nature. Si je dois être expulsée, autant leur dire ce que je pense avant de partir. Je desserre les dents et j'ouvre la bouche pour parler…

La chancelière se tourne vers Crick.

— C'est sans importance. Ses yeux ne nous intéressent pas. Ce que nous voulons, c'est utiliser son cerveau.

Je tourne vivement la tête dans sa direction.

— Quand même, physiquement, ils sont… un peu particuliers, réplique Crick sur un ton sarcastique.

Dis donc ! Tu t'es regardé ?!

— Mais le Collectif a fait des pas de géant et pris de grands risques pour dépasser cet état, n'est-ce pas, Crick ?

— Oui, madame la chancelière, répond l'homme, un peu penaud.

— Pour que nous ne formions qu'un esprit, lui souffle-t-elle à l'oreille.

Il hoche la tête de manière presque imperceptible.

— Je pense que nous avons pris assez d'avance pour pouvoir absorber cette petite variante génétique, non ?

Elle se retourne pour observer le fond de mes yeux.

— Ils sont tellement archaïques ! reprend-elle. Tâchons de ne pas nous arrêter à leur physique. Grâce à nous et à la programmation, leur esprit a une certaine valeur, et c'est tout ce qui nous intéresse.

— Bien sûr, acquiesce Crick en posant le corposcope.

Je fixe la chancelière sans bouger. Ils ne sont peut-être pas si méchants, tout compte fait ?

Dans l'absolu, ce ne sont pas eux qui ont expulsé Ben. C'était une génération bien plus ancienne. Et ce Collectif-ci ne me juge pas sur mes yeux comme l'auraient fait sur Terre les responsables de la mission. C'était il y a près de quatre cents ans, après tout. Peut-être que tout n'a pas évolué pour le pire, finalement ?

Cela dit, Suma flotte toujours à côté de moi dans son caisson pendant que sa personnalité se fait effacer. Comme disait papa, ce qui est inquiétant, c'est qu'ils sont prêts à tout pour parvenir à leurs fins. À l'heure qu'il est, je me fiche de savoir pourquoi ils veulent qu'on oublie. Je dois juste jouer mon rôle jusqu'à ce que je retrouve mes parents et mon frère.

Crick pose une couverture lestée sur mes épaules. Elle se déploie et diffuse aussitôt un liquide tiède qui me débarrasse des derniers dépôts de gel poisseux. Ensuite, la doublure souffle de l'air chaud partout sur moi, noyant tous les bruits de la salle.

Comme on me l'a appris, j'observe les alentours petit bout par petit bout. Il y avait dix-huit caissons le jour du départ dans notre salle. Il n'en reste que quatre : le mien, celui de la petite fille – Zeta-4 –, celui qui contient encore Suma, et un autre.

Suma, ou Zeta-2, étant à nouveau en stase, les silhouettes de l'équipage s'occupent de redresser le dernier voyageur qu'ils ont sorti de son caisson, Zeta-3. Aussitôt que le garçon est assis, je dois me rendre à l'évidence : il est trop grand et trop mince pour que ce soit Javier.

— Ouvre les yeux, Zeta-3.

Je compare ma peau brune et mes taches de rousseur au teint de Zeta-3. Je n'accepte pas l'idée qu'ils veuillent tous nous appeler Zeta… aussi je décide, peut-être juste pour moi, de nous trouver des noms, des vrais.

Ils lui retirent son bonnet, révélant une épaisse tignasse blond roux. *Rubio*. Et voilà, j'ai un nom pour lui !

La chancelière lui presse une sonde sur la langue et observe sa gorge.

— Retirez-les.

— Ouvre grand la bouche, Zeta-3, ordonne Crick.

Rubio s'exécute. Ma respiration s'accélère lorsqu'une assistante équipée d'un masque et de gants chirurgicaux s'approche de lui. Il y a un bruit de fraise de dentiste et un bourdonnement de laser, puis une odeur de brûlé. Un peu comme l'odeur des œufs au chorizo que papa a laissés brûler le week-end juste avant que l'on apprenne pour la comète.

Les instruments de Crick se taisent. Deux boulettes roses, carbonisées sur un côté, tombent dans un récipient plein de fluide.

Ma gorge se noue.

Crick les élève dans la lumière comme une curiosité, puis les pose sur un plateau à côté de nos prélèvements sanguins. Je me félicite qu'on m'ait déjà enlevé les amygdales.

Mais Javier, lui, a toujours les siennes. Même si je dois pour cela prendre le risque d'être reprogrammée comme Suma, je ne laisserai pas ces gens le manipuler ainsi.

L'air chaud cesse de souffler sur moi. Crick revient pour m'aider à m'asseoir. Ses ongles me font mal quand il me retire le bonnet de caoutchouc. Mes cheveux jaillissent dans une explosion de bouclettes ébouriffées. Crick ouvre des yeux ronds, comme si ma chevelure allait l'attaquer.

Heureusement, au même moment, en plein examen médical, le corps mince de Rubio s'effondre et retombe dans son caisson, encore poisseux de gel.

— De l'aide avec Zeta-3, s'il vous plaît ! alerte la femme qui l'a opéré.

— Réaction normale, dit Crick. Ils sont en stase depuis presque cinq unités.

Je fais un calcul rapide. Si nous sommes bien arrivés, alors chacune de leurs « unités » correspond à plus de soixante-dix ans.

— Qu'est-ce que je dois faire ? demande-t-elle d'une voix où pointe la panique.

— Laissez-les dormir, répond froidement la chancelière.

Sérieux ?!

— Une fois reposés, ils seront en état de commencer.

Elle est déjà en train d'insérer une gélule bleue dans la bouche de Rubio. Puis elle appuie contre ses lèvres un petit gobelet empli d'un fluide vert, qui jure avec le blond roux de ses cheveux.

— Bois.

Il avale le tout. Puis il se rallonge, et presque instantanément, sa respiration devient lourde.

Ils font de même avec la petite fille blonde.

Crick s'approche à nouveau de moi. J'ouvre la bouche, obéissante, en espérant qu'ils attribueront mes tremblements à un effet secondaire de ma longue stase.

Il pose la gélule sur ma langue. En refermant la bouche, je la loge dans ma joue. J'avale un peu de liquide vert. Ce n'est pas mon imagination : je me sens soudain plus calme et je ne tremble plus. S'ils ont trouvé des moyens de contrôler nos émotions, me dis-je, mieux vaut rester terrifiée mais alerte, plutôt qu'accepter encore leurs breuvages. Je me rallonge un peu trop vite dans mon caisson et je me mets à ronfler en espérant que je n'en fais pas trop.

La gélule enfle contre ma gencive, et je me roule rapidement sur le côté pour dissimuler ma joue de hamster.

— Fermons la salle et laissons-les se reposer, ordonne la chancelière en sortant.

La plupart des autres partent avec elle, mais Crick et une femme s'attardent.

— Quelle journée, hein ? souffle la femme. Ils sont merveilleux, n'est-ce pas ?

La boule continue d'enfler lentement dans ma joue, et son contenu commence à descendre peu à peu dans ma gorge.

Crick fait claquer sa langue. Je suis à peu près sûre que ça a le même sens que quand Lita le faisait. Il soupire et se dirige vers la porte.

— J'espère qu'ils seront efficaces. On n'a pas eu un expert correct jusqu'à ce qu'on réveille les Epsilon, il y a une unité de ça. Espérons que ceux-ci auront des compétences optimales et qu'ils se révéleront parfaitement obéissants.

Il éteint la lumière. Une faible lueur verte, venue de la salle qui jouxte la nôtre, éclaire le sol du couloir. Cela signifie qu'il y a encore des caissons à l'intérieur !

Ce dernier dialogue était étrange, mais je n'ai pas le temps de m'y arrêter : il faut que je voie si Javier a été déplacé à côté. Aussitôt que j'entends la porte se refermer, j'ouvre la bouche devant le tuyau d'aspiration du caisson. La boule molle disparaît dans le trou avec le reste du gel de stase. Je crache dans la vasque comme chez le dentiste et je m'essuie les lèvres.

Les jambes flageolantes, je me dirige sur la pointe des pieds vers la lueur verdâtre qui filtre sous la porte. Je sais bien que je ne pourrai pas faire grand-chose tant que quelqu'un n'aura pas sorti mon petit frère de sa stase, mais je veux au moins le voir. Après un dernier coup d'œil derrière moi pour vérifier que les autres sont bien endormis, je me faufile dans le couloir.

La salle d'à-côté, contrairement à la nôtre, semble vide, ou presque. Dans le fond, une masse indistincte diffuse une faible lueur verte. Ici aussi, le hublot est obstrué par une feuille d'acier qui cache les étoiles, et peut-être mon premier aperçu de Sagan. Mes yeux peinent à s'accoutumer à la pénombre. Je me dirige à tâtons vers la source de lumière, lentement pour ne pas me cogner. Au loin, la machinerie du vaisseau continue d'émettre un bourdonnement sourd et des petits bips réguliers.

S'il n'y avait ce vrombissement constant, on pourrait entendre tomber une micropuce. Lorsque j'arrive enfin dans le coin, ce ne sont pas des caissons emplis de gel que je découvre, mais seulement du matériel et un écran de contrôle. La lumière provient des données atmosphériques affichées.

Ce n'est pas Javier.

Sans plus me soucier de renverser quelque chose, je fais le tour de la salle vide en me demandant où ils ont bien pu le mettre…

Alors que je retourne lentement, à contrecœur et à reculons vers ma salle, je rentre dans quelque chose. Je fais volte-face avec un petit cri.

— Besoin de quelque chose, Zeta-1 ?

Crick. La lumière bleutée du couloir le fait ressembler à un poisson des abysses. La petite goutte de calmant que j'ai avalée ne me fait plus aucun effet ! Je cache mes mains tremblantes derrière mon dos, incapable de dire un mot.

— Tu devrais être en train de dormir.

— Les toilettes, parviens-je à croasser.

Il sourit.

— Viens avec moi, dit-il. Je suppose qu'on n'avait pas pensé à ça. Bien sûr, tu ne peux pas savoir où c'est.

Il m'emmène un peu plus loin et, d'une pression sur un bouton, fait coulisser une porte. Derrière, je découvre une petite salle sans cloisons, avec quatre sièges de toilette alignés comme les bureaux dans une classe.

— Oh, non ! dis-je tout haut, incapable de me retenir.

Auraient-ils aussi effacé la gêne de nos souvenirs ?

— Pardon, Zeta-1 ?

— Je me raclais la gorge.

J'entre et je me dépêche de refermer la porte au nez de Crick.

Il attend en sifflotant. Pas un petit air joyeux pour encourager au pipi, non. Juste les trois mêmes notes, monotones, répétées en boucle.

Je ferme les yeux et je me concentre. Après une minute où il ne se passe rien, je tire la chasse. Puis je cherche des yeux un lavabo, en vain. À la place, deux espèces de moufles, faites du même matériau que la serviette de tout à l'heure, sont intégrées au comptoir. J'enfile une main dans la droite, et comme avec la couverture, une eau tiède vient me masser, suivie par un souffle d'air chaud.

Quand je sors des toilettes, Crick est toujours là. Il m'attend pour me ramener dans ma salle.

— Veux-tu un autre comprimé de somnifère ou un peu de tonique ?

— Non ! dis-je trop vite.

Il attend que je sois remontée dans mon caisson avant de s'en aller. Rubio ronfle si fort que ça me rappelle la circulation sur une aérovoie.

Je songe à tout ce qui me sépare de papa, maman et Javier.

Quand j'étais petite et que je dormais chez Lita, chaque fois qu'il y avait un orage ou que je faisais un cauchemar, je me glissais dans son lit chaud et elle me racontait une histoire pour m'apaiser. Sa chemise de nuit en coton sentait les fleurs, et son haleine le café et la cannelle. Mon caisson, en revanche, est froid et empeste le désinfectant. Je ferme les yeux en imaginant que l'oreiller est la poitrine de ma grand-mère.

Blottie dans ses bras, j'entends sa voix me chuchoter à l'oreille.

— En los tiempos viejos – *dans l'ancien temps –, il y avait deux pays en guerre. Le roi de l'un avait une fille, Iztaccíhuatl, la dame blanche. Elle portait une longue robe blanche, et une fleur rouge de tulipier était piquée dans ses cheveux d'ébène.*

Lita soupire comme si la fille de l'histoire, Iztaccíhuatl, était une vieille amie à elle. Elle me donne un petit coup de coude.

Iztaccíhuatl, ou Izta, comme j'aime l'appeler, était promise au fils arrogant du grand prêtre, un homme assoiffé de pouvoir. Mais elle tomba éperdument amoureuse d'un jeune chef de tribu courageux appelé Popocatépetl. Et Popocatépetl tomba éperdument amoureux d'Izta.

Je connaissais déjà la légende avant qu'elle me donne « sa version » du *cuento* : il y avait une peinture sur velours de Popoca et Izta au mur du restau mexicain préféré de papa, et je m'étais documentée.

— *Quand le père d'Izta envoya Popoca à la guerre, le méchant prêtre, qui manigançait un mariage entre son fils et Izta, mentit et raconta à celle-ci que Popoca était mort au combat. Accablée par cette nouvelle, Izta tomba dans un profond sommeil de* tristeza.

Je m'impatiente un peu. Je sais déjà qu'Izta meurt à la fin. Je me redresse et décoche à Lita un regard qui veut dire : « Vraiment ? *Elle s'endort, comme ça ?* »

Lita me fait taire.

— *En rentrant de la guerre, Popoca trouva Izta plongée dans son profond sommeil de tristesse.*

— *Mais dans la vraie version, elle était morte, non ?*

Lita me fait les gros yeux. C'est son histoire, et elle la racontera comme elle l'entend.

— Pendant qu'Izta dormait, Popoca la porta jusqu'au sommet d'une montagne enneigée. Il forma un monticule pour elle, un pour lui, et alluma une torche. Il façonna un oreiller de neige pour Izta et l'entoura des fleurs rouges d'un tulipier.

J'ai aussi découvert que par ailleurs le Popocatépetl est un volcan, et que son nom, en langue nahuatl, signifie « montagne fumante ».

Lita plisse les yeux : elle n'aime pas qu'on l'interrompe.

— Son feu et sa lave effrayaient ceux qui osaient s'approcher de sa bien-aimée. Furieux d'avoir perdu son amour éternel en partant à la guerre, Popoca fit le vœu de rester avec Izta, étendu auprès d'elle, dormant aussi, et la protégeant jusqu'au jour où les hommes sauraient régler leurs conflits sans le payer de leur sang.

Lita contemple les étoiles à travers la lucarne.

— Et à ce jour encore, ils reposent côte à côte et attendent que la Terre soit en paix pour se réveiller et s'épouser. Esto es verdad, y no miento. Como me lo contaron, lo cuento. *C'est la vérité, je la dis sans mensonge. Comme on me l'a conté je le conte.*

J'ai beau savoir que l'histoire est inventée, quelque chose dans le fait que Popoca soit si dévoué à Izta, au point de passer sa vie à l'attendre au sommet d'une montagne, me réconforte toujours.

Lita pensait haut et fort que nos dirigeants auraient mieux fait de ravaler leur fierté et de régler leurs différends. Mais en fin de compte, même avec l'arrivée de la comète, c'était toujours chacun pour soi. Ils ne disposaient certes pas de beaucoup de temps, mais ils n'ont même pas essayé de mettre leurs ressources en commun pour construire un abri, voire des vaisseaux supplémentaires. Chacun ne se souciait que de son nombril. Et Izta et Popoca ne se sont jamais mariés.

Je me représente Popoca et Izta au sommet de la montagne. Izta est en robe blanche, et le vent soulève ses longs cheveux noirs où est piquée une fleur de tulipier. Popoca la tient par la main et sourit. Mais toujours, ils attendent et attendent et…

13.

Je bâille et chasse le sommeil de mes yeux, puis me redresse en position assise. Zeta-4 et Rubio sont déjà habillés et au garde-à-vous, en ligne devant la porte.

Je m'extrais de mon caisson.

La fillette blonde se tient derrière Rubio. Une tresse bien nette part de son oreille gauche, longe l'arrière de sa tête et s'enroule en chignon de l'autre côté, comme celle de la chancelière. Même ses cheveux d'enfant semblent avoir subi un lavage de cerveau.

Zeta-4 est encore petite et Rubio a l'air bien plus jeune que moi. Je me demande si c'est à cause de mon âge que le Sav pour enfants n'a pas fonctionné. Peut-être qu'à cause de ce dysfonctionnement, il me manque une routine matinale préprogrammée ? Il est clair, en tout cas, que je n'étais pas censée faire la grasse matinée.

Les mèches rebelles que je rate se dressent dans l'air sec comme une crinière de lion et mon chignon se défait deux fois, si bien que je finis par laisser ma tresse pendouiller sur ma poitrine. C'est avec des mains tremblantes que j'enfile mes chaussures. J'ai peine à le croire, mais je suis en train de gâcher ma chance de retrouver mes parents.

Je me glisse entre les deux autres, pile au moment où la porte coulisse. Une bouffée d'air trop aseptisé me balaye. Suma, elle, flotte paisiblement dans son caisson, sans savoir qu'on est en train de lui voler ses derniers souvenirs de sa mère et de chez elle.

Je regarde droit devant moi en m'attendant à voir quelqu'un entrer. Pendant que je m'efforce de calmer ma respiration, quelque chose de doux frôle mes doigts. Je tressaille et baisse les yeux : un enfant-crevette, plus petit que Javier, me regarde. Son sourire rend sa face encore plus ronde, mais comme les autres il a les yeux mauves et la peau fine et translucide. Son sourire s'agrandit. Il est presque… mignon. Je sais que ma vue n'est pas au top, mais ce petit doit être plus doué que moi pour se faufiler sans être remarqué. Comment ai-je pu ne pas le voir arriver ?

Il se penche vers ma main et passe un doigt sur mon bras. La voix de la chancelière nous fait sursauter tous les deux.

— Voxy ! Qu'est-ce que tu fabriques ? le gronde-t-elle depuis la porte.

Le petit incline la tête sur le côté.

— C'est quoi, ces taches sur sa peau ?

La chancelière s'est approchée, elle s'incline au-dessus de lui.

— Tu n'as rien à faire ici.

Voxy recule un peu.

— Je voulais voir les Zeta, Nyla.

Elle lui fait les gros yeux. Il baisse aussitôt la tête.

— Je voulais dire : madame la chancelière.

— Eh bien tu les as vus.

Elle déploie ses longs doigts et, d'un geste du poignet, lui fait signe de disparaître. Il relève la tête et je croise son regard. Je lui retourne son sourire... avant de me rendre compte de ce que je suis en train de faire. Quand la chancelière se retourne vers moi, je regarde à nouveau droit devant moi.

Elle nous gratifie d'un sourire « pour réseaux sociaux », comme dirait maman.

— Brigade Zeta, je suis la chancelière, dit-elle. (Son haleine au parfum sucré de jacinthe est si proche qu'elle m'emplit les narines.) J'ai hâte de voir votre contribution au Collectif. Nous avons beaucoup de travail et peu de temps.

Elle repart se placer en tête de file, face à nous, et regarde par-dessus nos têtes.

— Vous resterez ensemble en tant que brigade jusqu'à réception de vos feuilles de route. Allez, venez ! nous lance-t-elle comme si nous étions des animaux de compagnie.

Nous la suivons. Tandis que nous passons devant une dizaine de salles, dont celle où j'ai vu la Monitrice en chef revêche penchée sur le caisson du garçon blond le premier jour, je jette des coups d'œil par les portes ouvertes. À la place des caissons et des passagers en stase, il n'y a plus que des couchettes hexagonales, empilées jusqu'au plafond, comme un nid d'abeilles.

La Chancelière tourne dans le couloir qui mène vers le colossal espace ouvert. Je revois alors Javier criant « Wouah ! » et plaquant les mains sur la vitre de l'ascenseur... Je pense à la piste de course et aux piscines, au cinéma et à la cafétéria. À la magie de tout cela. À la chance qu'a eu le « Collectif » de vivre à bord avec tous ces équipements géniaux.

Le séquoia de maman, Hypérion, a dû observer le Collectif comme Izta et Popoca observaient leur peuple : en attendant la paix.

Mon cœur s'accélère à mesure que nous approchons des baies vitrées qui donnent sur le parc. Dans quelques instants, je vais revoir l'arbre de ma mère dans une forêt de verdure. Un dernier virage...

La lumière me fait cligner deux fois des paupières. Je ralentis le pas, la tête basse, la gorge sèche. L'immense espace ouvert est tellement blanc et lumineux que je me crois d'abord au mauvais endroit. Il n'y a pas de parc. Pas un arbre, pas un buisson. La scène, le cinéma, la piste et le gymnase ont disparu. Tout est lisse et blanc.

Les écrans au plafond, qui devraient imiter le ciel de la Terre, sont éteints : ne reste qu'une étendue de métal terne et mat. Le tapis d'herbe verte, avec ses allées et son Hypérion, a été remplacé par un sol en verre iridescent éclairé par en dessous. Dans la cafétéria, les casiers de nourriture et le mur de magna-ondes se sont évanouis, laissant la pièce nue. En dehors de quelques tables et piliers, blancs eux aussi, la salle est désormais vide. L'endroit paraît dcux fois plus grand. Ma gorge se serre.

Dans une autre vie, j'étais certaine qu'une fois les adultes réveillés, nous passerions notre temps à courir, jouer, nager et regarder des films jusqu'à ce que les installations de la colonie soient prêtes sur Sagan. Mes jambes s'engourdissent et je m'arrête.

Rubio me rentre dedans.

— Zeta-1 ?

Il me tape sur l'épaule, et je fais trois pas pressés pour rattraper la chancelière. En contrebas, je vois quelques crevettes fantômes errer dans la salle vide.

Le mot *Harmonie*, en grandes lettres vertes, se met à clignoter sur le plafond neutre. Je me dis que ça doit être mon imagination qui me joue des tours, mais non : le mot *Unanimité*, en violet, vient bientôt le remplacer.

La chancelière Nyla nous guide jusqu'à un ascenseur. Pendant la descente, je regarde droit vers l'avant-tribord, où je sais que mes parents dorment dans leurs caissons. Je ne désire qu'une chose : les retrouver, eux et Javier. Pour l'instant, cela paraît absolument impossible. Je me concentre sur ma respiration, comme nous l'avons appris en cours de sport quand nous avons fait du yoga, pour me retenir de pleurer.

Ils ont anéanti tout ce pour quoi les ingénieurs et les ouvriers du vaisseau avaient tant travaillé. Comment ont-ils pu détruire une telle splendeur ? N'était-ce pas censé être pour eux ?

Quand nous sortons de l'ascenseur, un homme affublé d'un impressionnant double chignon nous montre du doigt, comme si nous étions une attraction au muséum d'histoire naturelle. La grande salle est en train de se remplir d'individus semblables à la chancelière, à Crick et à Voxy, avec leurs tresses blondes en spirale sur le crâne. Les veines sous leur peau évoquent le tracé des cours d'eau sur une carte. Tous ont les mêmes pommettes. Les mêmes lèvres épaisses.

Je songe à la variété des couleurs de peau des scientifiques, des passagers et des Moniteurs quand nous avons embarqué. À mes propres taches de rousseur. Que se sont-ils fait à eux-mêmes ?

L'homme qui nous a montrés du doigt mord délicatement dans un cube de pâte brun verdâtre et boit un liquide jaune pâle. Grâce aux cours de science et à l'obsession de Mme Cantor pour les techniques de survie, je sais tout sur l'urine purifiée. J'espère qu'ils n'ont pas trouvé un moyen de…

Absorbée comme je le suis par ce spectacle, je ne remarque pas tout de suite le garçon à peine plus vieux que moi, debout à côté de la chancelière, qui me présente un plateau. La forme de sa tête me rappelle un camarade de classe, Cole Stead. Cole, comme lui, avait le regard fuyant et n'était probablement au courant de mon existence que parce que j'occupais l'espace devant lui dans la queue du self.

Les mêmes cubes marron et les mêmes verres de fluide jaunâtre sont impeccablement alignés sur son plateau. Rubio et Zeta-4 mâchonnent déjà cette chose qui ressemble à de la pâte de pruneau compressée, un verre à la main.

Tout en moi me dit que ce n'est pas une bonne idée, mais je n'ai pas mangé depuis près de quatre cents ans, et je commence à le sentir.

Nyla tourne les yeux vers moi.

— Un problème, Zeta-1 ?

Je songe à Suma : si je retourne en stase, je ne pourrai jamais retrouver ma famille. Rubio et Zeta-4 n'ayant pas l'air malades, j'accepte un cube de biopâte et je mords tout de suite dedans. Si le chou kale, la paille, les pruneaux et le vinaigre avaient un bébé, je suis à peu près sûre qu'il aurait le même goût. Nyla me surveille. Je me demande si elle a un talent secret pour détecter les mensonges.

— Mmmm, fais-je la bouche pleine.

Elle hoche la tête.

— Nous nous regroupons ici pour la ration quotidienne.

Je mâche juste assez pour ramollir un peu la pâte. Le garçon qui ressemble à Cole soupire et tourne son plateau pour me présenter les verres. J'en prends un et j'inspecte l'intérieur. J'espère que ce n'est pas comme le « tonique » vert d'hier soir. Le garçon s'éloigne d'un pas rapide.

Nyla m'observe toujours.

Courage ! Je porte le verre à mes lèvres et je bois d'un trait. Ouf : cela n'a qu'un léger goût de jus de pomme dilué, et je ne note aucun changement dans mes émotions. En l'espace de quelques secondes, le mélange de liquide et de pâte gonfle dans mon estomac et j'ai la sensation d'être rassasiée pour la journée entière.

J'ai un petit renvoi de biopâte. Il dégage un relent de luzerne et de détergent, que je souffle en direction de Nyla. Devant nous, Crick sort d'un ascenseur avec un chariot téléguidé.

Dessus, sur six plateaux transparents, des boissons rouges, bleues, vertes et jaunes composent un arc-en-ciel digne des plumes d'un quetzal[1]. En les voyant, les membres du Collectif tapent dans les mains et poussent des exclamations ravies, comme si Crick était venu livrer à chacun un hovercraft de luxe et non du jus coloré.

Il dirige le chariot vers l'ancien emplacement de la cafétéria, où nous le suivons. Il distribue à notre groupe les plateaux chargés de ce qu'il appelle du « tonique ».

— Votre tâche consiste à assurer le maintien du calme dans le Collectif, nous dit-il.

Je regarde l'assistance : les gens n'ont pas franchement l'air à la fête. Hormis leur petite clameur de joie première, personne n'a l'air particulièrement excité ou contrarié. Personne ne fait même semblant d'être joyeux, comme faisait papa avant ses pots au bureau. Ils sont juste… là. Je me demande ce qu'on peut bien célébrer.

La chancelière vient s'insinuer entre Crick et moi. Elle prend sur mon plateau un verre empli d'un liquide vert émeraude et l'élève jusqu'à sa bouche. Puis elle ferme les yeux et boit d'un trait. Le breuvage dessine sur ses lèvres une mince ligne sombre.

---

1. Oiseau d'Amérique centrale au plumage bleu, vert et rouge. Selon certaines croyances, il serait une incarnation du dieu Quetzalcóatl.

Elle sourit et s'avance vers le centre de la grande salle. On n'entend plus que le cliquetis de ses talons, jusqu'à ce qu'elle se retourne avec un sourire carnassier, comme un renard.

L'écho lointain de la voix de Lita vient m'emplir la tête.

— N'oublie jamais l'histoire du renard et du corbeau. La confiance, c'est bien. Mais certains, comme le renard, font des promesses pour abuser de la tienne. Ce sont des escrocs égoïstes qui se fichent de ton intérêt. Tu dois apprendre à les repérer.

— Mais comment ?

Lita m'embrasse sur la joue.

— Écoute l'histoire et apprends des erreurs du corbeau, car le corbeau ne voit pas le ricanement du renard, il n'entend que ses paroles trompeuses.

Lita plisse les yeux, comme un renard.

— En el tiempo de nuestros antepasados, los animales hablaban *– au temps de nos ancêtres, les animaux parlaient. Pauvre Corbeau, dit le renard. Ce fromage paraît bien lourd. Si vous en laissiez tomber un peu, il serait moins difficile à porter.*

— J'ai une magnifique nouvelle à vous annoncer ! clame la chancelière. Les biodrones ont confirmé la présence d'oxygène en quantité suffisante dans l'atmosphère.

Des cris de joie s'élèvent sous le dôme.

— Les réserves d'eau ne montrent qu'une salinité légère, continue-t-elle.

Crick réprime une exclamation.

— Ça y est, dit-il tout bas, pour lui-même.

— *Le corbeau réfléchit aux paroles du renard. C'était vrai qu'il était fatigué. Et ce que suggérait le renard paraissait bien plus facile que s'épuiser comme il l'avait fait.*

— La survie du futur Collectif étant notre préoccupation suprême, poursuit Nyla, l'évaluation atmosphérique va exiger un... cobaye. Un chaperon choisi parmi nous pour explorer la planète avec la brigade Zeta.

— *Convaincu, le corbeau lâcha son fromage, et le renard l'engloutit.* Y se acabó lo que se daba, *conclut Lita.*

— Comme vous le savez, continue la chancelière, la brigade Zeta nous a rejoints.

Elle fait un geste en direction de Rubio, Zeta-4 et moi. Tous les regards se tournent vers nous. Mes mains se crispent sur mon plateau, mon sang se fige, mais je m'efforce de garder un air naturel – quoi que veuille dire « naturel » aujourd'hui.

— Les drones n'ont pas pu prélever d'échantillons de la végétation aquatique. Le Collectif devra donc s'en charger en personne. Les risques étant élevés, c'est la brigade Zeta qui se portera volontaire, et qui rapportera par la même occasion d'autres spécimens à étudier.

Les verres tintent sur le plateau entre mes mains. J'ignore si je suis davantage terrifiée par les « risques » d'être la première à la surface de Sagan, ou impatiente de quitter le vaisseau. En tout cas, j'adore sa façon de *nous* désigner volontaires, pour cette mission dangereuse !

Un homme aux yeux écarquillés et au souffle irrégulier s'approche de moi. D'une main tremblante, il prend un verre de liquide rouge rubis sur mon plateau. Il le porte à ses lèvres et l'engloutit en se détournant pour ne pas être vu des autres. Quand il s'essuie la bouche, le breuvage laisse une traînée rougeâtre sur le dos de sa main. Puis il s'empare d'un second gobelet, un vert, et l'avale également cul sec. Il se retourne et s'adresse à Crick à voix basse, d'un air détendu.

— Il paraît que c'est moi qui ai été choisi pour accompagner les Zeta à la surface demain.

Je crois que j'ai trouvé mon Corbeau.

Crick cesse aussitôt de sourire. Il pose une main sur son épaule.

— En effet, Len. Nyla a décidé que… pour le Collectif, tu devais accompagner les Zeta.

— Bien sûr.

Len regarde la main de Crick sur son épaule et se ressert.

— Heureux de faire ma part pour le Collectif, dit-il d'une voix mal assurée.

Il repose son verre sur une table, d'un geste trop brusque qui fait gicler un peu de tonique. Crick chasse une gouttelette verte de sa joue et s'assure d'un coup d'œil que leur échange est passé inaperçu.

Nyla lève son verre.

— Passez tous une excellente soirée ! Le futur proche va nous donner du travail, ce sera dur, mais cela fera avancer la cause. Et ainsi nous réparerons les erreurs commises par nos prédécesseurs, dit-elle avec un coup d'œil dans notre direction.

Je serre les dents. Je sais que par « prédécesseurs », elle entend mes parents et les autres passagers.

Elle fait signe à un homme qui attend au fond de la salle. Celui-ci hoche la tête et agite sa main au-dessus d'une tablette. Aussitôt, la salle entière s'assombrit, et ma vue avec. Un grondement emplit l'air et des étoiles holographiques viennent nous encercler. Je me hâte de poser le plateau sur une table. Même s'ils sont au courant pour mes yeux, je ne voudrais surtout pas me cogner contre quelqu'un dans le noir et envoyer valser un arc-en-ciel de toniques. Je m'adosse à une colonne en espérant que personne ne le remarquera.

Le grondement devient strident. Je reconnais ces grincements morbides : ce sont les enregistrements par la Nasa des ondes radio émises par les planètes. Nyla ferme les yeux et inspire profondément, comme si elle écoutait ces sons de méditation New Age qu'adorait *tía* Berta. Les ondes font vibrer mon corps entier. Dans le tournoiement des étoiles holographiques, des éclairs de visages pâles aux lèvres teintées de tonique rouge passent devant moi tels des vampires anémiques. Non loin de moi, une femme affiche un sourire morne. À côté d'elle, les verres vides s'empilent sur un plateau.

Nyla vient rejoindre Crick de l'autre côté de ma colonne. Les bruits des planètes sont si forts que je n'entends rien de leur conversation. Je me rapproche discrètement. J'espère que ma combinaison grise me camoufle assez pour qu'ils ne remarquent pas ma présence.

— En ce qui concerne Len… Madame la chancelière, et si l'atmosphère n'était pas respirable pour nous ? demande Crick.

— L'atmosphère est respirable. L'eau peut être traitée, répond-elle sans la moindre émotion.

Il souffle un petit coup et secoue la tête.

— Oui, mais y a-t-il *autre chose* qui pourrait nous être fatal ? Avec tout ce que nous ne pouvons pas mesurer ? La situation pourrait être… différente pour Len, pour nous, par rapport à avant.

Elle pivote pour le regarder sévèrement. Une étoile passe sur son visage et fait luire ses veines bleues.

— Les décisions prises il y a longtemps par le Collectif l'ont été dans notre intérêt. Ce que nous sommes à présent, c'est ce qu'ils visaient. L'unité exige des sacrifices. Les sacrifices se paient.

Crick fait oui de la tête, comme s'il savait déjà tout cela et avait juste besoin qu'on le lui rappelle. Ils parlent sans doute de la manière dont ils ont volontairement muté… Lita disait toujours qu'il y avait un prix à payer quand on allait contre la nature.

— Nous ne pouvons avoir aucune certitude tant que ce n'est pas testé sur l'un d'entre nous, poursuit-elle calmement. Mais si la planète n'est pas compatible avec le Collectif, nous repartirons.

Crick tourne vivement la tête vers elle.

— Repartir ?

Elle regarde au loin.

— L'une des autres planètes habitables que nous avons détectées se trouve à moins de deux unités.

S'il nous a fallu cinq unités pour voyager pendant trois cent quatre-vingts ans... J'ai soudain du mal à respirer. Deux unités, cela correspond à deux vies entières ! Crick semble faire le même calcul de son côté.

— Mais cela supposerait...

Autour de nous, les gens boivent du tonique et essaient de toucher les étoiles qui filent autour d'eux, inconscients des décisions élémentaires qui sont en train d'être prises pour eux.

— Un sacrifice, reprend Nyla d'une voix plus raide. Ce serait le prix à payer. Notre devoir envers le Collectif est de trouver un lieu de vie permanent, où nous pourrons survivre sans être menacés par rien ni personne. Nous le devons à nos prédécesseurs et à ceux qui nous succéderont, même si cela nous oblige à passer nous aussi nos vies sur ce vaisseau.

Je vais me trouver mal. J'appuie ma joue contre la colonne froide. Un satellite traverse lentement la salle. Quelques personnes le suivent avec curiosité.

Crick se remet à regarder le spectacle holographique.

— Bien sûr, madame la chancelière.

Qu'est-ce que ça signifie pour nous ? Que Zeta-4, Rubio et moi allons passer le restant de nos jours à les servir à bord ? Avec nos parents cachés quelque part, gardés en stase pour allez savoir combien de temps encore ?

D'un autre côté, ce n'est pas pire que d'être tous tués par un danger inconnu sur Sagan. Nyla n'a peut-être pas de cœur, mais elle a raison : il faut s'assurer que la planète est viable. Et elle semble prête à tout pour protéger les siens.

Je ne peux plus attendre. Il faut que je sorte d'ici et que je trouve mes parents.

14.

Papa et moi déchargeons ensemble le sac de tourbe demandé par maman, et papa fait comme si c'était très lourd.

— Je ne sais pas comment j'y arriverais sans toi, dit-il pour me valoriser, même si du haut de mes 9 ans, je ne suis pas assez grande pour vraiment l'aider.

Nous le portons dans le jardin, où nous trouvons maman et Javier endormis sur une couverture. Le soleil tombe rapidement derrière l'horizon. Notre tortue Rápido se dirige à petits pas vers son abri, près du sentier qui mène au désert.

Papa et moi laissons tomber le sac par terre. Maman s'étire et s'assoit.

— Le prince charmant et son écuyère, de retour de conquête au coucher du soleil pour m'offrir de la sphaigne.

— Par chance, nous avons survécu à notre périlleuse mission au Magasin Vert.

— Ah, mais à voir les environs, je dirais que ça valait la peine de risquer votre vie. Ce jardin est notre champ de bataille. Je mourrai un râteau ou une houe à la main.

Papa rit.

— Petra, on compte sur toi pour rouler nos cadavres jusqu'au tas de compost, plaisante maman.

— Berk !

Mon exclamation réveille Javier, qui se met à chouiner.

— Je m'en occupe, dit papa.

Il le soulève et le pose sur ses épaules. Les pieds potelés de mon petit frère pendent sur son torse.

— Je vais lui donner son bain.

Maman ramasse son téléphone et allume la lampe torche.

— Une dernière aventure avant d'aller au lit, Petra ?

J'acquiesce avec ardeur. Avant Javier, nous n'étions que tous les trois… Et je me rappelle bien comment c'était de ne pas l'avoir dans les pattes.

Maman se lève et me fait un clin d'œil.

— Que dirais-tu d'une chasse aux fées ?

Je ne peux pas m'empêcher de sourire de toutes mes dents. Elle sait s'y prendre pour attirer mon attention.

— Mais les fées ne vivent pas dans le désert ! Elles vivent dans les forêts.

— Mais on *est* dans une forêt. Simplement, c'est une forêt du désert. Oh ! Tu as vu ça ?

Maman éclaire le premier arbre du sentier et va le regarder de plus près. Il est couvert de fleurs roses.

— Il y a des fées dans le saule du désert ?

— Tout juste !

J'ai beau m'efforcer d'imaginer que les pétales sont des ailes, je ne vois que des fleurs.

— Je ne les trouve pas.

Sans m'écouter, maman dirige maintenant la lampe ailleurs.

— Ah ! Ça doit être ça. La discrète fée de la Sauge.

Je scrute les fleurs violet foncé dans le buisson.

— Je crois que j'ai vu quelque chose !

— Quand je pense que les Anglais sont persuadés que leur lavande attire les fées ! Ce n'est rien, à côté de notre sauge du désert !

Le jour s'assombrit de plus en plus et le ciel vire au mauve. Il reste à peine un ruban orange à l'horizon. Maman dirige sa lampe plus loin sur le sentier. Elle porte l'index à ses lèvres.

— Chhhht.

Je suis son regard et je chuchote :

— La fée du Cactus géant.

Les grands bras verts et épineux se découpent sur l'horizon.

— Il doit y avoir une cité des fées aussi grande qu'Albuquerque, là-dessous ! dis-je encore.

Ça y est, mon imagination est lancée.

— Je parie qu'elles font de grandes fêtes. Il y a une porte magique de couleur différente sur chaque bras du cactus ! La plus grande est toute dorée. Les fées qui pénètrent dans ce royaume doivent franchir un parcours d'obstacles avec des anneaux en épines de rosiers qui risquent de déchirer leurs ailes fragiles... Elles doivent esquiver de la camomille explosive qui vous endort immédiatement, et des rayons de miel dégoulinants, dont une seule goutte les engluerait. Mais une fois qu'elles ont traversé... (Je baisse encore la voix.) Elles doivent répondre à une énigme : « Je suis dans tous les arcs-en-ciel, et aussi dans le ciel, dans les profondeurs de l'océan et dans les plumes du geai. Qui suis-je ? »

Maman sourit, mais au lieu de me regarder, elle cherche quelque chose des yeux.

Je m'incline, et je réponds à sa place :

— C'est exact, petite fée. Je suis la couleur bleue. Tu peux entrer.

Je continue : dans ma tête, je suis maintenant loin du désert qui nous entoure.

— Les robes des fées scintillent comme des ailes de libellules. Elles boivent dans des coupes en forme de clochettes de lupins, remplies à des fontaines de jus de fruit et de nectar de toutes les couleurs. (Je ferme les yeux.) Des arbres pleins de lucioles clignotent de...

Maman m'interrompt en pointant le doigt derrière moi.

— Oh ! Et ça, qu'est-ce que c'est ?

Je me retourne, quittant à regret la fête magique des fées dans les grands bras du cactus. La lampe torche est braquée vers un buisson tout à fait réel, couvert de fleurs jaunes.

Je soupire.

— Un créosotier.

— Bravo ! C'est chouette, la botanique, hein ?

— Mmmh…

Je comprends maintenant le vrai but de l'excursion. Tant pis, c'était amusant tant que ça a duré.

Elle m'embrasse sur la tête et dirige sa lampe vers la maison.

— Et voilà où vit la plus belle des fées. La fée Petra. Qui a besoin de prendre une douche avant d'aller au lit. (Elle m'adresse un clin d'œil.) On fait la course ?!

Elle part en courant et je la suis à toutes jambes, terrifiée par la nuit.

15.

Je n'entends plus Nyla ni Crick. Je risque un nouveau coup d'œil derrière la colonne : Crick est plus près que je ne le croyais. Je me recule un peu, mais pas trop, de manière à voir la sphère blanche qui emplit maintenant l'espace derrière lui. Je reconnais cette surface grêlée. Je sais que si leur hologramme est astronomiquement correct, alors derrière la Lune, je trouverai…

Un homme aux tresses bien enroulées pointe le doigt.

— Fabuleux !

L'hologramme en 3D tourne comme une énorme bille bleu et vert. La planète que seuls les plus jeunes présents ici – ou les plus vieux, question de point de vue – ont foulée provoque quelques exclamations dans le public. Elle pivote gracieusement sur elle-même, juste devant moi. Même si la Terre ne ressemble plus à cela depuis longtemps, ce souvenir me fait sourire. Sur cette planète-là, il y avait ma Lita.

Les larmes me montent aux yeux ; heureusement, mon gémissement est noyé sous la musique lancinante. Rubio passe juste devant sa propre planète sans même la regarder.

Au plafond, à l'autre bout de la salle, une traînée de lumière se met soudain à briller. En me retournant, je comprends que les autres l'ont déjà remarquée ; ils contemplent le spectacle. La comète et sa queue se rapprochent lentement, inexorablement, parmi les étoiles et les spectateurs. Mon dîner clapote dans mon estomac. Je me répète que l'hologramme n'est pas réel. Que je ne peux pas m'élancer et pousser la comète de Halley pour la faire dévier. Je ne peux pas effacer le passé.

Sur un signe de la chancelière, le serpent lumineux accélère en direction de la Terre. Il la percute au milieu de l'océan Pacifique, entre Hawaï et les îles Fidji. En un instant, un panache de débris jaillit en l'air. Des arcs lumineux éclatent dans toutes les directions, comme si une fusée de feu d'artifice illuminait la salle entière. Les membres du Collectif poussent des « Oooh ! » et des « Ahhh ! », en arrondissant leurs lèvres teintées de rouge et de vert, comme s'ils assistaient tranquillement à un match de foot et non à la destruction d'une planète.

Un anneau de feu grandit à toute vitesse, depuis le Pacifique il gagne l'Amérique à l'est et le Japon à l'ouest.

La salle entière s'emplit alors de poussières holographiques qui nous traversent de bas en haut, avant de retomber sur nous en pluie.

Ma gorge se serre à imaginer Lita quelque part sous toute cette poussière. Je ne me suis jamais évanouie de ma vie, mais là, mes lèvres picotent et la salle se met à tanguer. Je titube vers la table la plus proche et je m'effondre sur une chaise. Si jamais quelqu'un remarque ma réaction, tout sera terminé.

La musique s'apaise, et Nyla s'avance vers le centre de la pièce tandis que la lumière augmente un peu. La poussière de notre planète, en voletant autour de la chancelière, adoucit ses traits.

Elle désigne d'un geste l'endroit où la Terre tournait paisiblement il y a encore quelques instants.

— Aujourd'hui, nous célébrons notre arrivée sur la nouvelle planète. La destruction de l'ancien monde n'est pas une tragédie. Au contraire, elle a été l'occasion de laisser le passé derrière nous. Grâce au Collectif, aucun souvenir d'un monde empli de conflits, de famines et de guerres ne viendra troubler notre avenir.

Mes parents aussi souhaitaient un avenir meilleur. Mais papa préconisait tout l'inverse pour y parvenir. « *Ce sera notre boulot de nous rappeler ce que nous avons raté, pour proposer mieux à nos enfants et petits-enfants. D'accepter nos différences et de trouver quand même un moyen de vivre en paix.* »

— Nous ne faisons plus qu'un, à présent, débarrassés de nos vices ancestraux. Nous n'avons plus besoin d'écrire une histoire nouvelle, car le passé n'existe plus. Le Collectif d'aujourd'hui et la nouvelle planète : les voilà, nos origines. Grâce au Collectif, notre monde sera bien meilleur que l'ancien. (Elle lève son verre.) À notre nouvelle origine !

Les voix du Collectif s'élèvent en chœur.

— À notre nouvelle origine !

Je regarde fixement par terre. Même si mes parents et les autres passagers se réveillent, feront-ils le poids face au Collectif ? Ses membres sont très nombreux.

Je pose la tête sur la table. La musique stridente revient, et les conversations et les rires reprennent.

— Zeta-1 ?

Je relève vivement la tête et j'essuie ma lèvre supérieure moite de sueur. Nyla est au-dessus de moi. Je suis incapable de la regarder dans les yeux.

— Ça doit être l'adaptation au nouveau régime, madame la chancelière. Je vous prie de m'excuser. Un petit instant, et je reprendrai le service.

— Ça ne sera pas nécessaire. Tu as accompli tes devoirs pour aujourd'hui. Tu peux regagner ton secteur et te reposer. (Elle me tapote l'épaule, ce qui me fait frémir.) Si ta mission d'exploration à la surface se passe bien, tu seras chargée d'un travail encore plus important à ton retour. Je pense que tu seras heureuse de travailler dans notre complexe de laboratoires.

Je repense au premier jour et à la soute qui contenait une navette et du matériel. Il n'y avait pas de labos à l'époque, mais comme nous l'avait expliqué Ben, les Moniteurs ont dû les monter depuis pour que nos parents puissent s'en servir…

— J'ai hâte, dis-je. Hâte de servir le Collectif, bien sûr.

Elle sourit et je me force à faire de même. Tant qu'elle pense que j'utilise mon savoir pour les servir, je suis hors de danger.

— Tu peux partir, maintenant.

Je ne me fais pas prier. C'est ma chance. En me hâtant vers l'ascenseur, je passe devant Zeta-4 : elle tend gaiement son plateau à une femme qui échange un verre vide contre un plein.

« Je suis navré, docteur Peña. Vous serez juste de l'autre côté du vaisseau », avait dit Ben. Pendant la montée, je dessine dans ma tête une ligne joignant nos quartiers au flanc opposé du bâtiment. Seulement, voilà : entre lui et moi, il y a les logements de la moitié du Collectif.

Arrivée sur le palier, je regarde à droite et à gauche. La voie est libre. J'expire longuement, lentement, pour réguler mon souffle. Si je me fais prendre, je dirai que je me suis perdue… Je rejoins l'arrière du vaisseau en passant devant la salle de mon caisson, je traverse la poupe dans le sens de la largeur et je repars vers l'avant, côté tribord. Le plan est le même qu'à bâbord, en miroir inversé, et je ne tarde pas à trouver la salle qui se trouve précisément à l'opposé de la nôtre. La porte coulisse avec le même chuintement feutré.

Mais au lieu des caissons de nos parents, je ne trouve là encore qu'un mur de lits : des couchettes disposées en nid d'abeilles. Toutes sont équipées de couvertures chauffantes, sans doute pour de fragiles crevettes à la peau mince. Et au pied de chacune sont pliés des uniformes du Collectif.

Mais alors, où sont-ils ? En continuant d'avancer, je tombe sur d'autres dortoirs identiques... mais toujours aucun caisson de stase.

Tout à coup, des voix me parviennent du bout du couloir. Je m'arrête un instant : elles se rapprochent...

Je fais aussitôt demi-tour et pars en courant jusqu'à me trouver au milieu de la poupe, tout à l'arrière. Là, je m'adosse contre le mur et ferme les yeux le temps de décider quoi faire. Je pourrais aller à leur rencontre et les convaincre que j'ai perdu mon chemin, mais ce serait repousser une fois de plus ma quête... Je rouvre les yeux ; ils mettent quelques instants à s'accoutumer à la lumière. Je repère une porte non loin de moi, qui laisse filtrer l'éternelle lueur violette. Les voix continuent d'approcher.

Je me dépêche de franchir la porte. Mes pas résonnent sur le métal d'une plateforme. La lumière couleur Pléiades me donne l'impression d'être au fond de l'océan, pourtant elle éclaire un escalier en spirale qui mène plus bas encore dans l'obscurité. La porte se referme juste au moment où les voix arrivent. Je retiens mon souffle le temps qu'elles passent et s'éloignent.

Je fais un pas de plus, qui me semble infiniment sonore. Je suis en train de m'enfoncer dans mon pire cauchemar : un espace complètement noir, sans papa, maman ni Javier pour me tenir par le coude. J'agrippe la rampe et je descends une première marche.

Heureusement, celles-ci s'illuminent une à une à mesure que j'y pose le pied, d'une lumière violette qui clignote. Je les compte pour me distraire de mon imagination, laquelle voudrait me faire croire qu'il y a quelqu'un juste derrière moi. « Cent quarante-deux, cent quarante-trois… » Je ne vois toujours pas de sol. Je continue avec pour seule compagnie ma voix chuchotée : « Deux cent dix-sept, deux cent dix-huit… »

Le bruit de mes pas devient plus mat : me voilà enfin sur un petit palier, face à une nouvelle porte. J'y colle l'oreille : silence. Je la franchis prudemment… et reconnais aussitôt l'endroit : c'est la soute par laquelle nous sommes montés à bord, il y a près de quatre cents ans. Je scrute méthodiquement les environs. La navette, scarabée sombre et luisant, attend toujours près de l'entrée. Plus loin, je distingue le complexe de laboratoires en modules de plexiglas que Ben a dû monter. Je poursuis mon observation vers le centre de la soute, où étaient entreposés des conteneurs métalliques… désormais disparus.

À la place sont alignées des rangées et des rangées de caissons de stase. Je souris. Il y en a au moins une centaine ! Un sanglot de joie me monte à la gorge. Je les ai trouvés ! Il ne me reste plus qu'à identifier ceux de ma famille…

Je pourrais peut-être voler un extracteur de Sav. Soulever la tête de papa, celle de maman, et l'appliquer sur leur nuque. Ils commenceront à se réveiller, alors il me faudra aspirer leurs voies respiratoires, mais ça ne devrait pas poser de problème : le tuyau est intégré aux caissons. Le plus dur, ce sera de les soulever et de les nettoyer alors qu'ils seront encore groggy. Mais si j'arrive à sortir l'un d'eux moi-même, il m'aidera avec l'autre puis avec Javier… J'ai regardé les crevettes sortir Rubio du sien : ça n'avait pas l'air sorcier.

Quand bien même le Collectif aurait bricolé la mémoire de mes parents, maman n'oubliera jamais notre chasse aux fées. Papa se rappellera forcément « *Qui est là ? Petra-ichor !* ». Et quand je lirai à Javier son livre *Les Rêveurs*…

Un marquage lumineux s'allume au sol à mesure que j'avance. En revanche, je m'aperçois soudain que les caissons sont éteints : leurs écrans de contrôle sont noirs. À chaque pas, mon estomac se noue un peu plus : *caisson vide, caisson vide…*

Seul un voyant orange luit faiblement sur chaque plaque d'identification. Je me penche pour les lire. *Flinn*. Je les suis dans l'ordre alphabétique. *Richter*. Puis : *Quinn… Putnam, Peterson*. Je retiens ma respiration. *Pequin*. Et enfin… *Peña*.

Comme les autres, ce caisson-là est vide. En rentrant le ventre, je me penche dessus. La seule chose qui semble fonctionner est le voyant orange. Une petite voix, tout au fond de ma tête, m'ordonne de partir. *N'insiste pas. Si tu n'insistes pas, ça ne sera pas réel.* Mais je reste paralysée sur place.

Je ferme les yeux, respire profondément plusieurs fois, et j'appuie sur le bouton. Une voix douce et lisse, la même que dans les haut-parleurs du vaisseau, résonne pendant que je contemple le caisson vide. « *Peña, Amy. Effacement de mémoire : échec. Reprogrammation : échec. Expulsée le 24.07.2218.* »

Mes genoux cèdent et je tombe au sol. *Expulsée ?* Je m'accroche au caisson et je cherche de l'air. Je refuse d'imaginer le sens réel de ce mot. Mais je sais. C'est comme avec Ben.

J'ai l'impression qu'on m'a évidée comme une citrouille d'Halloween. Le Collectif ne va pas tarder à me chercher, mais je n'en ai plus rien à faire. Tout ce que m'avait promis maman – notre vie ensemble sur Sagan – s'est volatilisé. Plus jamais elle ne me brossera les cheveux, plus jamais elle ne m'embrassera sur le front. Jamais elle ne m'emmènera à la chasse aux fées sur cette nouvelle planète, où il y aurait sûrement eu encore plus de plantes et de fées magiques que sur Terre. Et tant pis si nous n'étions pas à la recherche de la même chose : être ensemble, c'était tout ce qui comptait.

Je caresse l'intérieur du caisson en espérant sentir un petit peu d'elle… mais il n'y a plus rien.

— Maman ? dis-je dans un souffle.

Je me roule en boule par terre, au pied de ce cercueil vide, jusqu'à perdre toute notion du temps. À un moment, il me semble entendre un bruit à l'autre bout de la soute, mais personne ne vient.

Je reprends mes esprits plus tard, je ne sais trop quand. Je rampe alors jusqu'au caisson suivant.

— Pitié, pitié, pitié, je supplie tout bas.

J'appuie douloureusement sur le bouton.

« *Peña, Robert. Effacement de mémoire : échec. Reprogrammation : échec. Expulsé le 28.10.2277.* »

Je me cramponne à la base du caisson de papa. J'ai l'impression qu'un poing géant m'a broyé la poitrine. Mes yeux brûlent, et j'ai du mal à faire entrer de l'air dans mes poumons. Ce n'est pas juste. Comment ont-ils pu oser faire une chose pareille ? Et à tant de gens ? Je crois distinguer encore un bruit, mais je m'en fiche.

Les dates auxquelles mes parents ont été supprimés… Elles sont distantes d'une vie entière. Je sais que maman plaisantait, dans le jardin, mais c'est comme ça que je les aurais imaginés à la fin : étendus côte à côte dans nos parterres. Dans ma tête, une autre image se superpose à celle-ci : chacun flotte maintenant tout seul dans l'espace infini. Pas vieux, mais tels qu'ils étaient le jour où nous avons quitté la Terre. Gelés et seuls.

La biopâte remonte le long de mon œsophage. Un volume de matière bien supérieur à ce que j'ai avalé s'écrase par terre. Je m'essuie la bouche, puis je me force à respirer et je me hisse jusqu'au caisson suivant.

Je ne veux pas regarder, mais il faut que je sache. Comme sur les caissons de mes parents, le voyant orange luit doucement au-dessus de la plaque d'identification. Les mots *Peña, Javier* sont à peine visibles dans la pénombre.

Je me remets debout. Vide.

Javier aussi. Ils ont tous disparu.

Une porte grince tout au fond de la soute.

— Qui est là ? fait une voix bourrue dans le noir.

Je repars en courant par où je suis venue et je remonte l'escalier en trébuchant, les joues striées de larmes brûlantes.

16.

Quand je regagne ma salle, je constate que nos caissons ont été remplacés par un mur de couchettes en nid d'abeilles, comme dans les logements du Collectif. Des ombres emplissent deux des alvéoles : Rubio et Zeta-4. Je me glisse dans la suivante. Mes larmes forment de petites flaques sur mon matelas plastifié. Pourquoi Javier ? Ce n'était qu'un enfant.

Tout compte fait, je serais moins malheureuse si le Collectif avait réussi à reprogrammer mon Sav : au moins, je ne me rendrais compte de rien, comme les autres. Je ne serais pas couchée là, à avoir envie de mourir pour rejoindre ma famille... Si je dis à la chancelière que je me souviens de tout, soit elle m'expulsera, soit elle essaiera à nouveau de me reprogrammer. Les deux valent mieux que passer une vie entière à imaginer ce qui a dû arriver à papa, à maman et à Javier.

À côté de moi, Zeta-4 gémit dans son sommeil. Depuis qu'on leur a retiré les Savs, Rubio et elle ne sont plus abreuvés de téléchargements quand ils dorment. Elle sursaute et heurte la paroi de sa couchette, ce qui fait vibrer toute notre ruche.

— Mais maman, tu m'avais promis qu'il n'y aurait qu'une piqûre ! Ça va faire mal !

Je me redresse sur mon lit et me cogne la tête.

Tous ses souvenirs de la Terre devraient être effacés. Même en rêve, comment peut-elle se rappeler une visite chez le médecin avec sa mère ?

Je me lève et la secoue pour la réveiller. Elle retire vivement son bras en poussant un petit cri. Ce mauvais rêve semble la terrifier : je la secoue de plus belle. Elle se redresse et se tourne vers moi.

— Zeta-1, qu'est-ce que...

Elle respire profondément plusieurs fois. Elle fronce les sourcils et elle tape du poing sur son front comme si elle essayait de remettre quelque chose en place. Son menton tremble.

— Bizarre... Elle n'était pas réelle. (Zeta-4 me regarde, les yeux pleins de larmes.) Si ?

Je sais que tout en bas, dans les entrailles du vaisseau, il y a un caisson vide au nom de sa mère. Et que quelque part au fond de sa tête, Zeta-4 se languit d'une maman qu'elle ne connaît plus. Mais au moins peut-elle faire comme si sa peine n'était pas réelle... Tandis que pour moi, les souvenirs de ma mère ne sont pas de simples rêves. Jamais je ne pourrai lui dire combien je suis désolée de l'avoir mise en colère quand nous sommes montés à bord...

— Rendors-toi, dis-je tout bas à Zeta-4. On pourra en reparler demain.

Elle se rallonge. Son souffle s'arrête un instant – je sais qu'elle est encore en train de digérer ses sentiments, même si elle les croit imaginaires. Je songe à ce qu'aurait fait Lita pour la réconforter. Est-ce que je vais encore aggraver les choses, comme avec Javier ?

J'entends la voix de maman dans ma tête. « *Franchement, Petra, ce n'est pas le moment de raconter des histoires.* »

Je regrette de ne pas avoir refusé d'embarquer. Et je regrette que ces mots soient parmi les derniers que maman m'ait adressés. Le corps de Zeta-4 frissonne. Le jeu en vaut la chandelle. Je caresse ses cheveux légers.

Ma voix tremble.

Arroró mi niño,
Arroró mi sol,
Arroró pedazo
De mi corazón.

Je me dépêche de sécher mes larmes.

Zeta-4 se retourne vers moi.

— C'était quoi, ça, Zeta-1 ?

— Ça s'appelle un *arrullo*, une petite chanson pour aider à dormir, dis-je d'une voix enrouée. Je ne suis pas très douée.

— *Aluro*, répète-t-elle en prononçant de travers. J'aime bien.

Elle se frotte les paupières du dos de la main.

— Zeta-1 ?

— Oui ?

— Pourquoi est-ce que mon rêve m'a fait pleurer, à ton avis ? Je ne devrais pas pleurer. Tu crois que je dois en parler à la chancelière ?

— Non !

Je pose ma main sur la sienne. La voix sortie des caissons de papa et maman envahit mes pensées : « *Effacement de mémoire : échec. Reprogrammation : échec. Expulsé...* »

— Ne parle à personne de tes rêves. Ils ne doivent pas être partagés avec le Collectif.

— Si tu en es sûre...

— Certaine. Je peux te raconter quelque chose ?

De toute manière, dès demain, quand j'aurai dit à la chancelière que je me rappelle qui je suis, on m'expulsera ou on me reprogrammera et je n'aurai plus aucun souvenir de ces histoires.

— Qu'est-ce que tu veux me raconter ?

Rubio se retourne dans sa couchette, mais continue de ronfler.

— Ça s'appelle... un *cuento*. C'est pour servir le Collectif. Mais pour l'instant, il faut qu'on le garde pour nous.

— *Cuento*, répète Zeta-4.

Je commence comme Lita commençait.

— *Érase que se era...*

Elle fronce les sourcils.

— Qu'est-ce que ça veut dire, ces mots ?

— Que c'est le début. C'est comme dire « Il était une fois ».

Elle me regarde sans comprendre. Bien sûr : elle ne connaît pas cette expression non plus.

— Tous les *cuentos* commencent par une petite phrase pour poser l'ambiance. Et ils se terminent par une autre pour conclure.

Elle hoche la tête comme si elle saisissait, mais j'en doute.

— Il était une fois une princesse qui s'appelait Blancaflor.

Ce n'est pas un conte de fées standard. Il y a des parties que je ne suis même pas sûre de savoir relater dans ma langue. Lita disait qu'autrefois, quand elle était petite, elle n'osait pas parler espagnol en public ni conter ses histoires. À l'époque, sa langue et sa couleur de peau pouvaient lui attirer des ennuis. C'est pour ça que, sous le couvert du ciel étoilé et de la fumée de *pinyon*, par habitude, elle me chuchotait ses *cuentos* en *spanglish* – un mélange d'espagnol et d'anglais. Sa version : celle qu'elle avait reçue de sa grand-mère, et de la grand-mère de sa grand-mère… mais chaque fois revisitée à la lueur de ce qui se passait alors dans le monde.

Je me rappelle aussi ce qu'elle disait de mes *cuentos*. « *N'aie pas honte de tes origines ni des histoires que t'apportent tes ancêtres. Il faut te les approprier.* »

Je ne serai jamais une vraie conteuse comme ma grand-mère. Mais pour Zeta-4, je décide de partager encore une histoire. Et pour Lita, je le ferai mien.

Je combine sa version à elle avec le visage maladif de la chancelière et les paroles sifflantes qu'elle a prononcées quand nous avons vu des morceaux de la Terre se disperser dans l'espace : « *La destruction de l'ancien monde n'est pas une tragédie. Au contraire, elle a été l'occasion de laisser le passé derrière nous.* » Je m'assois en tailleur devant l'ouverture hexagonale de la couchette de Zeta-4.

— Le père de Blancaflor était un roi étrange. Il avait très peur de tout ce qui se passait dehors, et sa peur avait fait de lui un ogre : sa peau était transparente, et il parlait d'une voix de serpent.

Zeta-4 tressaille et rit doucement. Sa réaction impertinente me surprend. Je m'en réjouis, en tout cas : soit ils n'ont pas bloqué cette partie-là de son cerveau, soit il y a quelque chose dans l'histoire qui a réussi à l'atteindre.

— Mais Blancaflor était bonne, généreuse et ouverte à tous ceux qu'elle rencontrait, ceux qui avaient la peau brun-rouge comme les monts Sangre de Cristo…

Zeta-4 ferme les yeux et sourit. Je sais qu'elle imagine tout cela dans sa tête, même si elle n'a aucune idée de ce que sont les monts Sangre de Cristo. Je passe la main sur ses cheveux si doux.

— … et ceux qui avaient les cheveux blonds comme les plumes d'une chouette.

Plume. Ça y est, j'ai le nouveau nom de Zeta-4.

— Une chouette, murmure Plume pour elle-même, en se demandant bien à quoi ressemble cet animal que nous ne reverrons jamais.

— Lorsqu'un prince arriva dans leur… royaume, Blancaflor le sauva du contrôle de son horrible père.

Je raconte à Plume… toutes les tâches impossibles que le roi assigna au prince en échange de sa liberté. Et comment, chaque fois, Blancaflor lui donna tout ce dont il avait besoin pour relever le défi. Mais à la fin, le roi refusa quand même de le libérer. Alors Blancaflor et lui enfourchèrent deux destriers volants du roi, et prirent la fuite ensemble… Je me demande soudain si je ne vais pas trop loin. Pourtant je poursuis :

— Tandis que le roi les pourchassait, Blancaflor retira un peigne de ses cheveux et le laissa tomber… aussitôt, de gigantesques montagnes escarpées surgirent de la Terre.

— La Terre ?

Je revois notre planète tourner sur elle-même lors de la fête de la chancelière, vert et bleu dans leur monde pâle. Nulle couleur, hormis leurs boissons. La chaleur monte dans ma poitrine.

— Oui.

— La Terre, murmure-t-elle.

— C'est là que vivaient Blancaflor et le prince. C'était une planète.

— Il me semble que j'en ai entendu parler. Mais comment ce *cuento* nous aide-t-il à servir le Collectif ?

Je poursuis sans répondre.

— Blancaflor laissa tomber ensuite une épingle en or, qui devint les déserts de sable chaud, comme le Sahara. Mais le vilain roi était toujours sur leurs talons. Blancaflor retira alors son châle saphir, formant des vagues bleues et de l'écume blanche, comme le Pacifique.

À ces mots, le petit visage de Plume se chiffonne à nouveau. Je me rends compte alors que je ne sais même pas d'où elle est originaire.

— Enfin, Blancaflor ramena le prince à sa maison et à sa famille. Le père du prince en fut si heureux…

Il faut te l'approprier.

— … et il fut tellement impressionné par la ruse et l'intelligence de Blancaflor qu'il fit d'elle son héritière et la future monarque de son royaume. Elle choisit le prince comme Premier ministre, car il connaissait bien ce royaume, et elle régna avec intelligence et bonté. Non seulement Blancaflor dirigea le royaume du prince, mais elle réussit à triompher de son père l'ogre, et de tous les autres tyrans ou dirigeants qui manquaient de bonté. *Y colorín Colorado, este cuento se ha acabado.*

Plume sourit.

— Demain, tu me chanteras encore un *aluro* et tu me raconteras un nouveau *cuento* ?

Je souris.

— *Arrullo.* Et seulement si tu promets de n'en parler à personne.

Elle fait oui de la tête.

Une petite voix nous parvient alors de la couchette d'à-côté.

— Moi non plus, je ne dirai rien.

Je sens mes joues me brûler. Je me penche pour voir : Rubio est bien réveillé, la tête sur l'oreiller. Qu'ai-je fait ?

— C'était génial, me dit-il. J'aime bien Blancaflor.

Plume retombe sur son oreiller, les yeux fermés.

— Moi aussi, Zeta-3.

Je caresse une fois de plus sa tête duveteuse et je regagne ma couchette.

— Moi aussi, dis-je, satisfaite de ma nouvelle version de Blancaflor.

Ça ne peut pas être la fin. Mon histoire ne peut pas s'arrêter là.

Le calme retombe sur la chambre. Je n'entends plus que leur souffle léger et le clapotis du gel dans lequel est toujours plongée Suma. Je ferme les yeux, mais impossible de dormir : les caissons vides de ma famille se sont comme imprimés sur ma rétine. Et dans mes oreilles résonne cette voix tranquille : *Expulsé*.

Que me diraient-ils de faire, mes parents ? Et Javier, s'il pouvait me voir en ce moment ?

Je sais qu'ils voudraient que je vive. Que je me batte. Que je trouve une échappatoire.

Lita m'aurait recommandé de prier. Seulement, quand je ferme les yeux pour essayer de parler avec Dieu, je n'entends rien. Et je n'ai rien à Lui dire non plus en ce moment.

Je préfère m'imaginer avec Lita, assise sous une couverture d'étoiles ; si nombreuses, éparpillées dans la nuit, qu'en plissant les yeux on emplit le ciel entier de paillettes. Ou bien blottie contre Javier, son sweat-shirt GGG tout doux contre ma joue, mon doigt caressant sa tache de naissance en forme de constellation. Puis je suis avec papa qui m'entoure de ses bras, et l'odeur de la pluie fraîche sur le sol du désert nous enveloppe. Maman chasse mes cheveux de mes yeux et me montre un buisson de sauge ; dans mon imagination, une fée aux ailes pourpres volette vers nous.

Je ne peux pas imaginer vivre une vie entière sans mes souvenirs. Si je les oublie, ce sera comme si ma famille n'avait jamais existé. Les larmes coulent le long de mes joues, dans mon cou, et mouillent mes cheveux.

Plume et Rubio méritent eux aussi de retrouver les souvenirs des leurs. Qu'espéraient-ils tous ? Leurs parents leur ont-ils également promis une nouvelle vie sur Sagan ?

Rubio ronfle bruyamment. Soudain, Crick entre dans le dortoir avec une pile de combinaisons épaisses, qu'il dépose une par une au bout de nos couchettes. J'ai un petit frisson d'impatience : ce sont nos tenues pour Sagan.

Si je veux m'évader, il faut que je garde mon calme.

— Bonjour, Crick, dis-je.

— Bonjour, Zeta-1. Comment te sens-tu ? Tu devrais dormir.

— Ça va mieux.

— Parfait. Une longue journée t'attend à ton réveil. Ça pourrait être dangereux.

Mon cœur tambourine dans ma poitrine.

— Je suis sûre que le Collectif sera impressionné par ce dont nous sommes capables. (J'essaie d'adopter la voix un peu sifflante de la chancelière.) Je suis fière de servir de cobaye au Collectif.

Il fait une tête un peu perplexe.

Je me retourne avant qu'il ait pu réagir.

17.

Je me cogne encore la tête contre le plafond de ma couchette lorsqu'une voix douce dans les haut-parleurs me réveille en sursaut.

— Brigade Zeta, préparez-vous à être escortés jusqu'aux navettes.

Dans le reflet de la porte en acier, Plume et Rubio sont déjà au garde-à-vous, la combinaison bien nette et zippée jusqu'au cou. Leurs cheveux peignés en arrière évoquent un jardin zen fraîchement ratissé. Je me lève d'un bond, enfile ma combinaison, démêle mes cheveux vite fait avec mes doigts et les tresse rapidement. Les mèches qui s'échappent me chatouillent la joue, ma combinaison est chiffonnée.

Je viens à peine de nouer les lacets de mes bottes de travail quand la porte s'ouvre. Crick est face à nous et semble plein d'ardeur.

— Suivez-moi, les Zeta.

Comment ai-je fait pour avoir une panne d'oreiller ? S'il y a un jour où je dois être à cent pour cent de mes capacités, c'est bien aujourd'hui. Je me dépêche d'enfiler mes gants et je me mets en rang avec les autres.

Crick mène notre cortège d'un pas décidé. Des yeux curieux nous suivent depuis les chambres, et des conversations chuchotées bruissent à notre passage.

Depuis l'ascenseur, je regarde la salle principale, là où se trouvait le parc autrefois. Le sol émet une pâle lueur blanche, comme une fine couche de glace prête à craquer et à nous engloutir. Je jette un coup d'œil vers la cafétéria où Nyla a donné sa fête hier soir. Les tables et les colonnes ont disparu, le lieu est à nouveau vide.

Dans un petit coin de la vaste zone ouverte, une vingtaine de personnes au moins travaillent à la chaîne sur des plantes en pots. Mon estomac se noue. Pour que des végétaux poussent dans l'espace, il n'y a qu'un moyen possible : les nutriments à effet différé de maman, comme ceux qu'elle a utilisés dans le terreau d'Hypérion. Je ne peux pas m'empêcher de les regarder couper les plus grandes feuilles de ces plantes que je reconnais maintenant : du chou kale. Ils déposent ces feuilles dans un compresseur avec une cuillerée de poudre et une noix d'une substance qui ressemble à la levure de maman. Quelques instants plus tard, ils en ressortent un bloc qui évoque une barre de chocolat vert vomi, et le découpent en carrés.

Le garçon qui m'a donné ma biopâte à la fête s'approche de nous avec un plateau chargé de ces carrés. Je ne vois pas bien pourquoi ils l'ont chargé de cette tâche alors que nous pouvions aller les chercher nous-mêmes. Plume et Rubio prennent chacun une portion. Je les imite. J'essaie de sourire en remerciement, mais comme le garçon fuit toujours mon regard, je fais semblant de m'intéresser à la chaîne de production.

Crick vient se placer à côté de moi.

— Je comprends que notre production alimentaire te fascine, étant donné ta spécialisation en botanique, dit-il. C'est tout simplement génial. Végétaux, protéines et levure. Une réserve alimentaire quasiment infinie.

— Oui, je réponds. On ne cueille que les feuilles dont on a besoin, et le reste continue de pousser. Quant à la levure, elle a une reproduction autonome et asexuée…

Je serre les dents. J'ai vu les rations le premier jour sur le vaisseau : il aurait dû en rester encore pour au moins un siècle. Je voudrais rétorquer que le projet était de cultiver ces plantes sur Sagan, pas à bord. Quant aux protéines en poudre, elles étaient destinées aux passagers, mais ne devaient servir qu'à l'arrivée !

Le petit Voxy arrive, accompagné de Nyla. Il m'adresse un signe et un grand sourire barbouillé de biopâte. Je me retiens de sourire aussi. Un bref regard de Nyla suffit à lui faire sagement baisser sa main.

Les gens ont beau être éparpillés dans ce vaste espace, je prends conscience qu'ils sont bien plus nombreux que prévu. Les rations destinées aux Moniteurs étaient strictement comptées. Mais les êtres que j'ai devant moi ne sont plus des Moniteurs, et ils ne suivent plus les règles établies à une époque pour eux révolue.

C'est alors que je comprends : ces gens n'ont jamais eu l'intention de nourrir quiconque en dehors de leur Collectif – ce qui fait de nous, les derniers passagers, des éléments jetables.

Beaucoup s'éclipsent aussitôt leur part avalée. Quelques-uns restent pour briquer une vaste portion du sol, déjà propre à manger par terre. Au-dessus, comme dans une image en miroir, au moins quarante personnes suspendues au plafond par des harnais astiquent le dôme déjà impeccable. De temps en temps, les mots *Harmonie* ou *Unité* clignotent, et chaque lettre violette est si énorme que le nettoyeur en dessous ressemble à une fourmi tenant un grain de raisin.

Lorsque je m'arrache à la contemplation de ce spectacle aérien, une console de travail surgit d'un renfoncement qui la dissimulait dans le mur. Une à une, tels des dominos géants, d'autres consoles font de même. Un ascenseur venu de la soute apporte de grands bacs à lévitation magnétique, que des travailleurs poussent sans effort vers chacune des consoles.

À l'une d'elles, dix personnes, cinq de chaque côté, repassent et plient des draps avant de les déposer dans les bacs. À une autre console, on reprise des combinaisons. Partout, la précision des gestes laisse deviner que ces tâches ont déjà été accomplies des milliers de fois.

Le vaisseau était conçu pour se guider tout seul et pour tenir des siècles sans réparations. Donc, à part surveiller nos caissons et nos Savs, et préparer l'arrivée sur Sagan, les anciens Moniteurs comme Ben devaient disposer d'assez de temps libre pour faire tout ce qu'ils aimaient. Désormais, seul subsiste le travail. Rien de créatif, rien d'unique ; rien de coloré ni de désordonné.

Et pourtant, même ainsi, il reste quelques tire-au-flanc : ils traînent en préparant la biopâte. Je m'éloigne lentement de Crick, Plume et Rubio qui mangent en silence, et de Nyla qui essaye en vain d'avoir une conversation sérieuse avec Voxy, pour pouvoir entendre leur petit groupe près du mur.

Un homme aux yeux écartés, qui m'évoque un requin-marteau, grignote son cube de pâte.

— *Mmmm*, fait-il.

Je ne saurais dire si ce *mmmm* est un « oui » pour montrer à son interlocuteur qu'il écoute, ou s'il veut dire « miam ». S'il n'a jamais mangé autre chose que de la biopâte, il ne peut pas savoir à quel point c'est infect. Il n'a jamais goûté une *paleta* – un bâtonnet de glace – mangue-piment, du chocolat ou des chips pimentées Takis…

Sa voisine se penche vers lui. Elle est légèrement plus petite que Nyla, mais elle compense par un chignon plus haut.

— Il paraît qu'ils envoient Len. (Elle se racle la gorge.) Len et moi avons été fabriqués en même temps, on est de la même série et on a grandi ensemble.

Moi qui croyais que Voxy était le fils de Nyla ! J'étais loin du compte.

— On a toujours eu les mêmes tâches. Et l'exploration planétaire n'en faisait pas partie.

— Qu'est-ce que tu veux dire, Glish ? demande le requin-marteau.

— Rien. Je m'étonne, c'est tout.

Sur ces mots, elle engloutit toute sa pâte d'un coup et s'en va.

Je sursaute quand une main me prend par le bras. Je n'avais vu personne arriver.

— On y va ? me demande Crick en souriant.

Il fait signe à Nyla, Voxy, Plume et Rubio. Nyla chasse Voxy qui s'éloigne en traînant les pieds, l'air boudeur. Je me force à avaler ma biopâte et je suis les autres.

Tassés comme des sardines en boîte dans le tube de métal sombre, nous descendons jusqu'à la soute où se trouvent les caissons vides de nos familles. Mes mains commencent à trembler, mais je garde un visage impassible. *Ils ne sont plus là. Ils ne sont plus là.* Il y a des siècles qu'ils ne sont plus là. Plus rien ne me retient dans ce vaisseau. Je sais que les parents de Plume et de Rubio ont connu le même sort. Tous deux suivent la chancelière sans jeter un regard aux caissons plongés dans la pénombre. Je songe à Suma, toujours en stase. Je ne peux aider personne.

Ici, dans la soute, les gens du Collectif s'activent autant qu'au-dessus. Pourquoi faut-il donc que tout soit si propre ? Les lieux sont aussi austères qu'à l'étage. Aucune décoration. Pas de musique.

Crick s'éclaircit la gorge.

— Du nouveau de la part des drones, madame la chancelière ?

Nyla ne tourne même pas les yeux vers lui.

— Rien de spécial à signaler. Des vents violents dans la zone habitable, par cycles de huit heures. Il suffit d'en tenir compte dans la programmation des missions.

Je ne sais pas ce qu'il a, Crick, avec ses questions, mais visiblement il se passe plus de choses qu'ils n'en laissent paraître.

Je me demande si le premier vaisseau s'est bien posé sur Sagan. Et si oui, ses passagers ont-ils survécu ? Se peut-il qu'il soit arrivé à bord la même chose que dans le nôtre ? Le Collectif ne semble pas pressé de retrouver d'autres Terriens.

Nous continuons de marcher jusqu'à la porte par laquelle nous avons embarqué. Une boule se forme dans ma gorge quand nous arrivons là où maman m'a saisie par le coude. Mais au lieu d'une rampe, un tunnel métallique relie maintenant l'entrée à la navette, qui a été sortie de son coin sombre. Nyla, indifférente aux regards curieux, nous y fait monter.

J'ai déjà emprunté toutes sortes de moyens de transport lors de mes sorties scolaires, mais je n'avais encore jamais rien vu de tel. Les bandes lumineuses violettes de la société Pléiades éclairent toujours le sol et le plafond gris sombre. Les sièges sont du bleu indigo de la compagnie de croisières spatiales de luxe. Au lieu de bancs serrés sur toute la longueur comme dans une navette scolaire, cependant, il n'y a que dix sièges de chaque côté, aussi larges que ceux du cockpit. L'allée centrale est équipée de casiers qui contiennent des sacoches de collecte d'échantillons ouvertes. Les flacons et outils rassemblés à l'intérieur m'auraient intimidée avant les téléchargements que j'ai reçus, mais grâce au programme En Cognito, je comprends spontanément le fonctionnement de tous les instruments.

Plume s'installe dans un siège sur la gauche et boucle sa ceinture. Rubio fait de même. Pour ma part, je m'assois en face de Plume. Un instant plus tard, Len nous rejoint. Je ne sais pas si c'est mon imagination, mais je crois deviner une nouvelle trace de tonique vert au coin de sa bouche. Il s'assoit à distance de nous, vers le fond, et ferme les yeux.

Plume cligne lentement des paupières, comme si tout cela l'ennuyait. Elle remarque que je l'observe.

— La chancelière ne m'a rien trouvé de particulier à faire, dit-elle d'une petite voix haut perchée, alors je vais chercher des matériaux bruts pour les nanotechnologies. Tu t'y connais, toi, en nanotubes de carbone ?

Je fais non de la tête et me mords les lèvres pour dissimuler mon sourire.

Nyla inspire profondément et se penche vers moi.

— Zeta-1.

Je retrouve mon sérieux et hoche la tête. J'espère que bientôt je n'aurai plus à répondre à ce nom ridicule.

— Ta mission est particulièrement importante. Nous avons besoin de ton expertise en matière de défoliation.

Avant notre départ de la Terre, je n'envisageais pas vraiment de mettre à profit le programme En Cognito que papa et maman m'imposaient. Je comptais bien les convaincre que je n'étais pas faite pour les sciences, que j'avais autre chose à apporter. Bien sûr, pour s'installer sur Sagan, ils auraient eu besoin de dégager un peu la végétation afin d'installer la colonie. Mais ç'aurait été leur boulot à eux...

Je songe un instant à tout ce que je sais sur les herbicides, depuis les solutions les moins toxiques comme le vinaigre, le sel et le liquide vaisselle jusqu'à « l'agent orange » utilisé pendant la guerre du Vietnam. Évidemment, je ne peux pas dire à la chancelière que je me rappelle ces choses qui relèvent de l'histoire de la Terre.

— Pouvez-vous être plus précise ? lui dis-je.

Elle détourne les yeux.

— Nous allons devoir éradiquer certaines espèces locales. Le Collectif est convaincu qu'un herbicide en aérosol peut éliminer les feuillages et ainsi nous éviter tout contact physique avec une flore dangereuse.

Jusqu'ici, je n'ai pas beaucoup réfléchi à l'occupation de la planète par le Collectif. Je ne les imagine pas descendant du vaisseau. Je suppose qu'au fond, je pensais qu'ils se poseraient mais ne quitteraient jamais la sécurité de leur monde stérile.

— Créer un herbicide en aérosol ne pose pas de problème, lui dis-je – et c'est la vérité. C'est facile à produire en labo, dans le vaisseau. Je vais collecter des spécimens de plantes qui pourraient se montrer particulièrement résistantes. Pour le Collectif !

Elle sourit à ces derniers mots.

— Tout est prêt, annonce Crick.

— Très bien, dit Nyla en joignant les mains.

Elle nous regarde tour à tour, mais Len ne la salue pas.

Nyla et Crick descendent de la navette, et le sas se referme derrière eux. Un silence lugubre règne maintenant dans l'habitacle, à l'exception des murmures inaudibles de Len.

Le cockpit a beau être vide, les moteurs vibrent sous mes pieds. La fonction « pilotage à distance » plonge le cockpit dans une lumière rouge.

Je me retourne vers Len. Il a toujours les yeux fermés. Il est aussi pâle que d'habitude, mais ses lèvres ont une teinte violette inhabituelle, et il semble sur le point de s'évanouir.

La navette avance en grinçant sur les rails de lancement. Nous sommes secoués lorsqu'elle commence à pivoter de quatre-vingt-dix degrés pour se placer face au portail ouvert.

Je reste bouche bée en découvrant un ciel scintillant, mordoré, d'un violet et d'un bleu nacrés, derrière la vitre du cockpit. Comme je sais que mes yeux ne discernent pas certaines couleurs, je me demande quel spectacle encore plus magique s'offre en ce moment à mes camarades.

Plume arbore un grand sourire. Rubio, lui, reste maussade.

— Fascinant, souffle-t-il néanmoins.

À en juger par leur réaction, ils ne sont pas aussi émerveillés que moi. Mais quelque chose en eux, tout au fond peut-être, reste capable d'éprouver de la curiosité, voire d'être impressionné par la beauté alentour.

Un bourdonnement de mixeur réglé sur vitesse basse se déclenche et monte en puissance jusqu'à devenir un sifflement aigu. En quelques secondes, nous sommes propulsés : le vaisseau crache notre navette comme une graine de tournesol. Nous sommes catapultés dans le ciel, et j'en reste plaquée contre mon siège. Puis nous nous retrouvons en apesanteur. La navette ralentit et s'arrête. Elle flotte à la même altitude que le vaisseau.

Notre véhicule tremble, indiquant qu'à bord du vaisseau la main de Crick, qui nous pilote, fait de même… Toutefois je ne peux pas avouer à mes compagnons que j'ai déjà piloté mille fois un aérocar (la plupart du temps assise sur les genoux de papa et à l'insu de maman), et que j'aurais pu nous faire descendre à la surface plus en douceur qu'il ne le fait maintenant.

Le silence revient et j'entends enfin ce que Len marmonne. Il répète sans fin : « Pour le Collectif, pour le Collectif. » De la sueur perle sur sa peau translucide.

— Équipez-vous, nous ordonne Crick dans le micro.

Je ventouse le traqueur corporel dans ma nuque et le communicateur derrière mon oreille, puis je branche les deux dans ma combinaison. Puis je passe la main derrière mon siège et j'enfile mon casque, comme les autres. Il se ferme avec un chuintement, et de l'air frais m'arrive d'une cartouche intégrée.

Nous sortons de l'ombre du vaisseau et plongeons en piqué. J'ai l'impression de tomber d'une falaise. Je ferme les yeux jusqu'à ce que nous arrivions à un angle de descente de quarante-cinq degrés seulement. Quand je les rouvre, Len est le seul qui ait encore les paupières closes.

« *Mille cinq cents mètres* », annonce l'altimètre.

Devant le cockpit, des montagnes sombres se dessinent. Plus nous descendons, plus elles m'apparaissent vertes.

De cette altitude, je vois exactement ce que voulait dire mon père quand il m'expliquait le verrouillage gravitationnel de Sagan.

Il soulève Javier et le pose sur ses genoux.

— Sa période orbitale est la même que sa période de rotation, verrouillée par son étoile, qui est une naine rouge.

— Alors il fait jour en permanence ?

— Oui, mais le soleil n'est pas aussi brillant que sur Terre.

En dessous de nous, le ciel me rappelle le crépuscule à Santa Fe.

« *Quatre cents mètres.* »

— Le soleil nain de Sagan est bien plus petit que le nôtre, mais tellement proche de la planète que cela crée un verrouillage gravitationnel, explique papa. Pas trop chaud pour nous, mais suffisamment pour faire fondre la glace qui se forme du côté froid. (Il rit comme si c'était une blague compréhensible uniquement par les intellos.) Bien sûr, nous n'irons pas nous promener sur la face sombre, mais la zone où nous vivrons sera juste comme il faut pour nous : ni trop froide, ni trop chaude.

— Juste comme il faut, comme dans l'histoire de Boucle d'Or et les trois ours *! commente Javier.*

Papa sourit et lui pince le nez.

— Exactement. C'est pour ça qu'on appelle ces mondes habitables des planètes boucle d'or.

Loin vers l'est, là où commence la nuit, on aperçoit des montagnes blanches de neige. Comme l'avait prédit papa.

« *Deux cents mètres.* »

Juste en dessous de nous, sous le soleil permanent de Sagan, s'étend une canopée qui fait penser à l'ère jurassique. À côté se dessine un lac turquoise, d'un bleu qui rappelle les tropiques sur Terre. Si toute la zone habitable ressemble à ça, difficile d'imaginer plus beau pour un nouveau monde…

« *Cent mètres.* »

Je scrute les arbres à la recherche de prédateurs dangereux. Les feuilles sont énormes, aussi grandes que notre navette et en forme d'oreilles d'éléphants. Un tel feuillage pourrait facilement dissimuler un tyrannosaure. Je comprends soudain en quoi un défoliant pourrait s'avérer utile. En imaginant ce qui peut se cacher sous ces frondaisons gargantuesques, je regrette un peu que le Collectif n'ait pas réglé le problème avant de nous envoyer sur place. S'il l'avait fait, je n'hésiterais pas à arracher le traqueur qui me suit à la trace et à m'enfuir.

L'atterrissage piloté à distance est encore plus brutal que mes premières tentatives sur Terre. Nous survivons – pour le moment, en tout cas.

La porte s'ouvre, et la lueur du crépuscule vient emplir la navette. Rubio et Plume sont déjà détachés et en train de récupérer leur matériel dans les casiers. Len prend son temps en prétendant que sa ceinture est coincée.

La rampe de débarquement s'abaisse, et je rassemble mes affaires à mon tour. Mes jambes sont molles et les flacons cliquettent dans ma sacoche.

J'avance vers la porte pour rejoindre Plume et Rubio, qui observent la nouvelle planète. Le lac, aussi vaste que le désert qui s'étendait derrière chez Lita, est à moins de trente mètres de nous. À sa surface, une brume légère remplace la poussière et les herbes folles du désert. Les vaguelettes lèchent doucement la rive, et une brise tiède venue de l'ouest agite les feuilles en oreilles d'éléphants. Les arbres sont aussi hauts qu'Hypérion. Leurs troncs penchent tous vers l'est, courbés par le vent violent qui revient toutes les huit heures.

De l'autre côté du lac, à l'est – vers la face sombre de la planète et ses hautes montagnes glacées –, trois cascades de hauteurs variées se déversent d'une falaise. L'eau glacée qui descend de la lointaine banquise de l'est rencontre le soleil de l'ouest et alimente le lac turquoise.

La brise nous apporte une stridulation semblable à celle des cigales. Une lune immense est partiellement couchée au-dessus de l'horizon, tandis qu'une autre, moitié moins grande, est suspendue juste derrière. Elle semble regarder avec curiosité par-dessus l'épaule de la première, comme une petite sœur. Au-dessus et derrière, une planète à anneaux brille, jaune dans le ciel mauve.

Enfin, plus haut, la naine rouge nous regarde, comme papa l'avait annoncé. Elle n'est pas aussi vive que le Soleil de la Terre, mais elle baigne la jungle et le lac de sa lueur dorée. Mes compagnons, avec leurs yeux en bon état, doivent voir un paysage encore plus coloré que moi. Mais je peine à imaginer quelque chose de plus magique que ce que je vois déjà. Je pense à mon pendentif d'obsidienne perdu, celui que Lita m'a donné il y a quatre siècles. C'est exactement dans un instant comme celui-ci que je l'aurais tenu devant le soleil. J'aurais chuchoté dans le vent : « Tout va bien, Lita. On est arrivés. »

M'aurait-elle répondu ?

Oh, mija *! J'attendais depuis si longtemps d'entendre ta jolie voix. Je suis avec tes ancêtres. Tu vois ? Des millions d'étoiles de distance, et je suis encore là avec toi.*

Mais je ne le saurai jamais. Mes mains sont vides. Pas de pendentif. Pas d'histoires.

Perdue dans mes pensées, je ne remarque pas tout de suite que les autres (sauf Len) sont déjà sur la rampe. Je les suis et m'arrête au bord.

Les montagnes d'ici ne sont pas si différentes de celles de la Terre. Tout ce qu'avaient espéré mes parents et les dirigeants d'alors est arrivé. Nous avons réussi. Je suis sur le point de faire mon premier pas dans un nouveau monde, mais rien ne va : j'aurais dû le faire avec Javier, ce premier pas. Une larme tombe sous ma visière.

18.

La voix monocorde de Crick résonne dans nos casques.

— Quittez la navette, brigade Zeta.

Je sais qu'il faut que je me calme.

Plume fait un premier pas prudent sur la mousse qui couvre le sol de Sagan. Sans perdre de temps, elle prélève un premier échantillon de terre.

Je regarde à droite et à gauche. Si je m'enfuyais maintenant, où irais-je ?

Non loin de la jungle, des taches noires marquent la pente d'une colline rocheuse. L'une d'elles, bien plus grande que les autres, est en partie masquée par des feuillages qui tombent en rideau. La forêt qui borde cette cachette potentielle est dense. En quelques pas, je pourrais disparaître. Si je me débarrassais de mon traqueur corporel, le Collectif ne pourrait pas me suivre. Et je n'ai pas de caméra intégrée par laquelle on pourrait voir où je me trouve : j'ai vérifié. Même si c'était possible, d'ailleurs, personne sur le vaisseau n'a jamais vu un arbre en vrai… Alors j'ai du mal à imaginer qu'ils trouveraient le courage d'aller fouiller une forêt entière aux feuilles géantes. Tout le tonique de la galaxie ne suffirait pas à les convaincre de se lancer !

Rubio descend de la rampe et sort de son sac un lecteur atmosphérique.

J'inspire un grand coup et je fais mon premier pas sur Sagan. Ma botte ne s'enfonce pas dans le sol comme je m'y attendais. Et au pas suivant, mon pied ne descend pas à une vitesse normale. Je fais un petit saut : je reste en suspension un peu plus longtemps que la normale. J'imagine comme cela aurait amusé Javier de faire des bonds dans la gravité réduite de Sagan. Malheureusement, les autres étant déjà à plusieurs mètres devant moi, mes premiers instants sur Sagan sont solitaires. Je n'ai personne à qui tenir la main.

— Ça ne devait pas se passer comme ça, dis-je tout bas.

— Comment, Zeta-1 ? fait la voix de Crick dans mon casque.

Je me hâte de sortir le toxomètre pour avoir l'air occupée.

— Je… Il y a de la luciférine à l'état de trace dans cette plante, dis-je, ce qui est la vérité.

— Oh non… gémit-il.

Mais je suis à peu près certaine qu'il n'a aucune idée de ce qu'est la luciférine.

— Crick ! le reprend Nyla.

J'observe les alentours. J'aimerais pouvoir partager cet instant exaltant avec quelqu'un d'autre que Crick… Certes, il y a les

Zeta. Mais ils ont le cerveau trop lavé pour s'émerveiller devant le spectacle extraordinaire qu'offre cette planète.

La voix de la chancelière dans nos écouteurs vient rompre le silence.

— Zeta-4, ouvre ton casque.

— Oui, madame la chancelière, répond Plume de sa petite voix haut perchée.

Je comprends ce qui se passe avec un temps de retard. Quand je tourne la tête, elle est déjà en train de déverrouiller sa visière. Avant que j'aie pu lui hurler d'arrêter, elle la soulève sans la moindre hésitation. Je me précipite vers elle, prête à détacher ma propre visière pour l'attacher à son casque. Elle inspire profondément. J'arrive trop tard. Le froid remonte dans mon corps comme une armée d'araignées de glace. Mais elle respire, pas du tout perturbée. J'espère que mon traqueur n'enregistre pas ma fréquence cardiaque et ma respiration accélérées.

Je jette un coup d'œil à Len, qui observe la scène dans l'ombre de la rampe, qu'il n'a pas quittée. Décidément, ils ne veulent vraiment pas prendre le risque d'explorer eux-mêmes la planète. Je suis un pion – mais un pion dont ils ont besoin. Pour l'instant.

Plume s'assoit par terre et prélève encore de la terre dans un sachet. Apparemment, elle va bien. Je laisse donc mon corps se détendre.

— Len, ouvre ton casque.

La voix de la chancelière ne trahit aucune émotion.

Je me retourne vers lui. Il ne bouge pas du tout aussi vite que Plume. Sa main tremble lorsqu'il défait lentement la fixation et arrache sa visière.

Si Len a une confiance absolue en la chancelière et si elle a dit que l'air était respirable, je ne comprends pas son hésitation. Mais soudain, la conversation entre Nyla et Crick lors de la fête me revient.

L'air est respirable. L'eau peut être traitée.

Oui, mais y a-t-il autre chose qui pourrait nous faire du mal ?

Len prend une bouffée d'air et attend. Il ouvre les yeux et rit nerveusement.

— L'air ne semble pas poser de problèmes, madame la chancelière.

— Zeta-1 et Zeta-3, ouvrez vos casques, exige Nyla, bien en sécurité dans le vaisseau.

Si le seul choix qui s'offre à moi est de trouver comment survivre sur Sagan ou regagner le vaisseau… qu'est-ce que j'ai à perdre ?

Je soulève ma visière. Un air tiède et humide vient emplir mes narines : rien à voir avec la chaleur sèche de Santa Fe. Ça sent l'herbe et quelque chose de parfumé, comme les pois de senteur de maman. Je repense à l'atmosphère stérile et rance du vaisseau. Cela me donne encore plus envie de disparaître tout de suite dans la jungle et de ne jamais revenir.

Des fleurs épineuses rouges tendent leurs pétales vers le soleil nain : on dirait des crabes aux pinces levées. Plume, de sa main gantée, retire une roche métallique de la boue et la place dans un sachet de prélèvement. Rubio élève le lecteur atmosphérique et entreprend prudemment de suivre le pourtour du lac. Contrairement à nous tous, Len reste cloué sur place, l'air soulagé d'être encore en vie.

Je m'agenouille au bord du lac pour collecter les échantillons que les drones n'ont pas pu atteindre. Des algues semblables à des fougères, sans doute accrochées au fond, déploient leurs spirales en direction de la rive. L'une d'elles est assez près pour que je puisse la toucher. Un essaim aquatique violet luminescent sort soudain du cœur de ces fougères. Il se rapproche. J'avance ma main au-dessus de la lumière et je tapote l'eau de mon doigt ganté. En réaction, l'essaim se disperse comme un feu d'artifice. Ma vue est plus basse dans la faible lumière de Sagan que sous les fortes lampes blanches du vaisseau, mais j'arrive à suivre du regard l'une des créatures violettes jusqu'à ce qu'elle ait disparu derrière la spirale végétale.

Stupéfiée, je m'assois en tailleur au bord de l'eau et j'attends. En moins d'une minute, les créatures se sont à nouveau regroupées. Une rebelle, plus curieuse que les autres, monte vers moi. Elle est si proche que je distingue maintenant ses minuscules nageoires luminescentes, comme des ailes de papillon, qui éclaircissent et virent au lavande pâle à mesure qu'elle se rapproche de la surface.

Je tends la main au-dessus pour lui faire de l'ombre : elle reprend aussitôt une teinte d'améthyste foncée.

Le papillon aquatique grignote une branche d'algues lacustres. C'est bon signe. Je cueille une tige qui flotte à la surface. Le petit organisme file rejoindre la sécurité de son groupe. J'élève la plante avec des pinces et je braque le toxomètre dessus. L'écran s'illumine : *pas de toxines détectées*. En me penchant pour prélever un échantillon plus grand, je fais fuir deux autres papillons d'eau.

— Pardon, dis-je en déposant mes spécimens dans un bocal qui ira dans ma sacoche.

— Zeta-1 ?

— Je vérifie juste quelque chose, dis-je, contrariée de ne même pas avoir ce moment pour moi seule.

Il faut que je joue le jeu. En plus des quatre sachets de plantes que je ramasse, je remplis deux flacons d'eau du lac sans ajouter un mot.

Je me dirige ensuite vers la forêt et les buissons qui l'entourent. Rubio et à plus de deux cents mètres, en train de mesurer l'atmosphère, et Plume est bien trop près de l'orée de la jungle, en train d'élever une pierre devant le soleil. Ils ne connaissent pas la peur. Le cocktail de Savs et de toniques neurobloquants administré par la chancelière y veille. Je m'approche en hâte de Plume et l'éloigne de la jungle sous prétexte de lui montrer quelque chose.

C'est alors que j'aperçois… Là, au cœur d'une fleur : une abeille, j'en suis certaine. Elle est plus orangée que dans mes souvenirs, et elle s'envole trop vite pour que je puisse la suivre des yeux. Mais je suis absolument convaincue que c'en était une…

Ça n'a pas de sens. La concentration élevée en oxygène doit affecter mes perceptions.

— Tu as vu ça ? dis-je à Plume.

— Vu quoi, Zeta-1 ?

Je secoue la tête.

— Rien.

Alors qu'elle repart, un drone s'approche d'elle. Elle accroche ses sachets d'échantillons à la base de l'engin volant, qui les emporte aussitôt vers la navette. Len est toujours là-bas.

Je réfléchis un instant aux drones. Même les modèles ordinaires sont équipés d'un détecteur de signature thermique. Me débarrasser de mon traqueur ne suffira pas. Je prends conscience que si je veux avoir une chance de m'enfuir, la jungle ne pourra peut-être pas m'offrir une cachette sûre.

En me retournant vers la forêt, je sursaute. Un animal velu, gros comme une souris, mais avec des yeux et des oreilles immenses, comme un chinchilla, trottine sur mon pied gauche pour aller grignoter des herbes. Il pousse un petit couinement et évite une plante aux feuilles vert pomme bordées de rouge, puis file et disparaît dans la forêt.

Je remarque que cette plante-ci, contrairement aux autres, ne porte pas une seule marque de grignotage ni un seul insecte, alors qu'elle est présente partout aux alentours. Je sors le toxomètre de ma sacoche et le passe au-dessus, en prenant soin de ne pas la toucher avec mes gants. L'écran s'allume : *DL50 0,001 ng/kg*. Mon cœur accélère et j'inspire profondément plusieurs fois. Je note : ne pas toucher ce truc !

Même sur Terre, la peau d'une grenouille kokoï de Colombie avait une DL50 (la dose létale nécessaire pour tuer 50 % d'une population test) moins dangereuse : 2 microgrammes par kilo. Même la toxine botulique, la plus mortelle jamais connue, nécessitait au moins 1 nanogramme par kilo pour tuer un humain. Avec 0,0001 nanogramme par kilo, cette petite feuille les bat à plate couture !

— Euh, les Zeta ? Crick ?

— Oui, me répondent Rubio et Plume à l'unisson.

— Il y a une plante à feuilles vert vif bordées de rouge : évitez-la.

— Reçu, Zeta-1, me répond Rubio.

Crick murmure un « oui » quelques instants plus tard.

J'utilise mes pinces pour remplir trois sachets du feuillage toxique. Je tiens une feuille minuscule dans la lumière et lui chuchote :

— Pardon, ma petite, mais je dois t'envoyer te faire tester.

Peut-être que le Collectif, une fois pourvu de leurs échantillons, ne perdra pas de temps à me chercher si je disparais soudain. Si je désactive le traqueur et que je trouve un endroit où dissimuler ma signature thermique, ils pourront supposer que j'ai été victime d'un danger inconnu sur cette nouvelle planète. Je jette un coup d'œil à la tache sombre que j'ai aperçue à flanc de colline, non loin de la jungle. Il est clair que ce n'est pas une simple coloration de la roche. Ça vaut le coup d'aller voir. Je m'en rapproche, mais j'entends Nyla se racler la gorge dans le micro. S'ils me surveillent, ma sacoche est trop pleine pour qu'ils m'ignorent. Comme je ne veux pas attirer l'attention, je charge mes échantillons sur un drone, qui repart en vitesse vers la navette.

Je prends un instant pour noter la position de chacun. Il me faut un petit temps pour localiser Rubio : il continue de longer le lac en direction de l'est. Tout va bien. Len, lui, traîne toujours près de la navette, sans rien faire pour se rendre utile. Il marche de long en large, s'arrête pour s'essuyer le front, se gratte la tête. Sa trouille prend visiblement le dessus. Il inspire à fond plusieurs fois et vomit un liquide vert. Plume passe son spectromètre sur un rocher et attend son analyse.

— Ah, du graphite, dit-elle. Parfait.

J'ignore combien de temps je peux survivre ici, mais ma décision est prise : tout vaut mieux que rester à bord du vaisseau avec le Collectif, sachant ce qu'ils nous ont fait, à ma famille et à moi.

Comme si l'Univers m'avait entendue, des profondeurs de la jungle s'élève un chuintement, puis un hurlement strident.

Tout en haut dans les cimes, les oreilles d'éléphants remuent. Len remonte la rampe à la vitesse d'un lézard Jésus-Christ courant sur un étang. Un nuage de créatures semblables à des chauves-souris à longue queue surgit des frondaisons et traverse le ciel en s'éloignant de la forêt.

J'ai envie de dire à Len de se calmer. Ce n'est qu'un vol de… de je ne sais quoi, certainement inoffensifs. Mais après tout, qu'est-ce que j'en sais ? Je m'éloigne de l'orée de la jungle et m'approche mine de rien de la plus grosse tache noire, à flanc de colline. Je continue de faire semblant de mesurer tout ce qui pousse sur mon chemin avec le toxomètre.

La voix étranglée de Len se fait entendre dans nos écouteurs.

— Pitié, madame la chancelière, ramenez-moi, je vous en supplie !

J'avance encore, jusqu'à être assez près pour voir distinctement le rideau de lianes qui pend devant la zone noire. Quand je ne suis plus qu'à vingt mètres, mon cœur s'emballe : c'est bien l'entrée d'une grotte. Simplement, je n'ai aucune idée de sa profondeur. Je sors de mon sac l'imageur thermique, et bingo : la zone est plus froide que ce qui l'entoure. Si la forêt ne peut pas dissimuler aux drones ma signature thermique, en revanche aucun appareil ne pourra lire ma température à travers la roche.

Au pied de la grotte sombre, un mini-chinchilla traverse en trottinant le rideau de lianes. Je profite de la diversion créée par

Len pour ramasser un caillou et le jeter dans l'ouverture. Je l'entends rouler, clic-clic-clic-clic, jusqu'à ce qu'il se perde.

Peut-être que personne ne fait attention à moi. Je pourrais jeter mon traqueur dans le lac. La grotte cacherait ma signature thermique. Je serais libre.

Je ferme les yeux et m'imagine dans les bras de Lita.

— *Tu imagines comme Blancaflor doit avoir peur ? Pourtant, elle monte sur le cheval volant et lui fait confiance pour les porter au-delà du vaste océan, le prince et elle. Alors que pendant tout ce temps, le roi les poursuit sur un cheval plus rapide encore...* La que no se arriesga no cruza la mar. *Celle qui ne prend aucun risque n'a aucune chance de traverser l'océan, dit Lita dans un long soupir.*

Je jette un nouveau coup d'œil vers la navette. Derrière ces lianes, jamais ils ne pourraient me voir. Len n'aurait même pas le courage de regarder. Je me plaque contre un arbre, hors de leur vue. Il suffirait d'un pas...

La voix de la chancelière résonne dans nos oreilles.

— Brigade Zeta, ça suffit pour aujourd'hui. Il est temps de rentrer.

J'écarte quelques lianes pour jeter un œil à l'intérieur. Comme les créatures violettes dans l'eau, les parois de la grotte émettent de la lumière. Mais ici, la bioluminescence est bleu turquoise, comme dans ces cavernes pleines de vers luisants en Nouvelle-Zélande. Peut-être que celles-ci aussi s'étendent sur des kilomètres, comme là-bas... ?

Je couvre le micro de mon traqueur.

— Si je ne prends pas de risque, je n'ai aucune chance de traverser l'océan, je murmure pour moi-même.

Quelqu'un me touche le bras. Surprise, je fais un bond. C'est Plume. Je lâche rapidement les lianes.

— Zeta-1. Tu as entendu ? Il est temps de rentrer.

Elle me sourit, le visage levé vers moi. L'humidité de Sagan plaque sur son front ses petits cheveux semblables à du duvet de poussin. Et je comprends soudain une chose : je ne peux pas les abandonner sur le vaisseau, Rubio et elle, pour qu'ils passent leur vie avec Nyla.

Tout à coup, le sens véritable des paroles de Lita m'apparaît. Blancaflor n'est pas simplement courageuse de traverser l'océan elle-même. Ce qui fait son courage, c'est de tout risquer pour sauver le prince. Si je pars sans Rubio et Plume, le jeu n'en vaut pas la chandelle. C'est seulement si je prends le risque de les emmener avec moi que je traverserai vraiment l'océan.

Seulement, je ne pourrai pas m'arrêter là. Une fois que je nous aurai définitivement extraits du vaisseau, je leur rappellerai qui ils sont. Je leur rendrai le souvenir de leurs familles. Ils pourront décider eux-mêmes de ce qu'ils veulent faire ensuite… Mais quoi qu'ils choisissent, quand je me sauverai, ils seront avec moi.

Je prends le bras de Plume en soupirant.

— D'accord. Rentrons.

Je ferme hermétiquement ma sacoche et me mets en marche vers la navette. Avant de gravir la rampe, j'inspire une grande goulée de l'air doux de Sagan. Je range ma sacoche dans son casier et je boucle ma ceinture.

La navette décolle en vibrant. Par le hublot, je contemple le lac, les cascades et les pics montagneux, jusqu'au moment où je retrouve le ciel nacré comme un coquillage. C'est encore plus beau que le ciel de Santa Fe, mais mon estomac se noue de dégoût à l'idée de retourner dans le sévère vaisseau.

Len doit penser tout le contraire, il doit avoir hâte de retrouver la sécurité. Pourtant, ses yeux sont fermés et ses deux mains sont crispées sur son ventre.

Un plan commence à s'élaborer dans ma tête. Je vais convaincre Rubio et Plume que j'ai besoin de leur aide pour faire des recherches dans les grottes. Encore mieux ! Je leur dirai que j'ai un *cuento* spécial pour eux s'ils viennent avec moi. Mais il faut que je me débrouille pour les empêcher d'en parler à quiconque. Maintenant que je ne suis plus seule, nous allons devoir nous procurer du matériel, ce qui prendra un peu de temps. Il nous faut à manger, à boire, un lieu où se cacher et se protéger des cycles de tempêtes... Nous ne pouvons pas simplement débarquer sur Sagan et prendre aussitôt la poudre d'escampette.

Même si c'est sans nos familles, nous devrions être capables de nous construire une vie sur cette planète. Avec le temps, celle-ci finira peut-être même par ressembler à ce qu'avait promis maman.

Un vol de chauves-souris à longue queue passe au loin. Len a les lèvres qui tremblent et la respiration haletante. Pourquoi ne se calme-t-il pas ? Elles ne vont pas venir l'attaquer dans la navette !

Cela peut prendre des années, mais si je raconte la Terre en détail à Plume et Rubio, peut-être qu'un jour ils se rappelleront. Je ferme les yeux et j'imagine ce que sera notre première nuit dans la grotte. Je leur raconterai des histoires. Je leur parlerai de la Terre, juste un peu au début, puis de plus en plus.

Je jette un œil à Len, recroquevillé sur son siège à l'arrière. Il grelotte, maintenant.

Sa peau est couverte de cloques.

19.

La voix chuchotée de Lita vient envahir mes pensées pendant que j'observe le pauvre Len. « *La peur en pousse certains à faire des choses terribles. Mais d'autres, au contraire, donnent le meilleur d'eux-mêmes.* »

Je n'ai jamais vu un mourant, mais je suis convaincue qu'il n'atteindra pas le vaisseau vivant si je n'interviens pas. Une seule miette des feuilles que j'ai cueillies pourrait nous tuer tous les quatre. Je me demande s'il a touché quelque chose. Il en a peut-être encore sur lui. C'est peut-être contagieux.

Lita m'a transmis l'habitude de faire un signe de croix avant d'entreprendre quoi que ce soit de dangereux. Len a la respiration sifflante. Pas de temps pour les bondieuseries. Je soulève ma visière, me détache et me précipite à son côté pour lui retirer son casque. Puis je m'empare de ma gourde et verse de l'eau sur ses cloques. Lorsque les dernières gouttes tombent sur sa tête, ses yeux suppliants trouvent les miens.

— Vite !

Je me retourne vers Plume pour prendre sa gourde. Je l'ouvre avec des mains tremblantes et la vide entièrement sur lui. Je crie pour réclamer de l'aide, sachant que Nyla et les autres m'entendent.

Personne ne répond.

Len a les yeux clos et respire de plus en plus mal. J'attrape la gourde de Rubio. Je l'incline, mais pas une goutte n'en tombe.

— J'avais soif, explique Rubio d'une voix égale.

Len s'appuie contre le hublot. Il tremble comme une feuille.

— Désolée, dis-je, on n'en a plus.

Je me sens impuissante. J'envisage d'utiliser mes échantillons d'eau du lac, mais je ne sais pas ce qu'il a et cela pourrait aussi aggraver les choses. Je m'agenouille à côté de lui et l'observe en retenant mes larmes. Il est complètement différent de nous, et en même temps exactement comme nous : un cobaye pour le Collectif. Sa tête tombe sur le côté. Un frisson glacial me hérisse le crâne.

— Oh, non.

J'arrache mon gant et je place ma main sous son nez : son souffle est brûlant. Il est encore en vie. Par le hublot, j'aperçois enfin les contours du vaisseau.

Plume me donne un coup de coude. Je baisse les yeux vers elle, et je lis sur ses traits une expression que je n'y ai jamais vue. Elle semble accablée.

— Qu'est-ce qu'on peut faire pour l'aider ?

Je suis en partie soulagée : elle le plaint. Le Collectif n'a pas pu effacer complètement chez elle toute trace d'empathie. J'ai l'espoir de trouver bientôt la vraie personne en elle. Mais mon soulagement s'évapore aussitôt : que fera Nyla si elle la voit ainsi ?

— Il faut être forte, Zeta-4. N'aie pas peur, je t'en prie. (Je tapote sa joue, ou du moins le côté de son casque.) Pour le Collectif ?

— Pour le Collectif.

Je regarde discrètement la caméra qui, à n'en pas douter, nous observe.

Rubio a retiré ses gants et arrache des petites peaux au coin de son pouce.

— Tout va bien, lui dis-je tout bas.

Il se remet à regarder par le hublot. L'espace d'un instant, je ne me sens plus si seule. Rubio, Plume et moi sommes restés différents du Collectif. Au fond de nous, nous avons conservé ce qu'il y a de meilleur dans l'être humain.

Len se tord et grimace de douleur, mais le plus dur à voir est la peur que laisse transparaître son menton tremblant. Je voudrais savoir ce qui a provoqué cette réaction subite et comment la traiter… Si cela vient des modifications qu'ils ont apportées à leur peau, je ne peux cependant rien faire. Pourquoi le trajet de retour semble-t-il si long ?

Je voudrais dire à Len que c'est injuste, mais il comprendrait alors que je me rappelle ce que sont la compassion et la gentillesse.

Même s'il est mourant, il fait encore partie de la ruche du Collectif : il risquerait d'en parler à la chancelière.

La navette s'amarre au vaisseau avec un bruit sourd. La chancelière donne ses ordres dans le micro :

— Restez où vous êtes.

La navette pivote perpendiculairement à la rampe avant d'être soulevée jusqu'à son débarcadère. En quelques instants, le sas se referme et des médecins masqués, en combinaison de protection renforcée, arrivent avec une civière qui lévite à un mètre du sol. Ils posent Len dessus.

— Merci, me chuchote-t-il.

Ses lèvres remuent à peine.

Je tâche de ne rien montrer, mais j'ai les larmes aux yeux. Plume, Rubio et moi restons immobiles sur nos sièges pendant que les autres l'emportent.

Crick reprend le micro :

— Brigade Zeta, laissez vos sacoches, débarquez de la navette et rendez-vous en zone de décontamination.

La porte de la navette est maintenant reliée à un tunnel métallique dans lequel nous avançons tels des hamsters, sans autre choix qu'aller de l'avant. Le tunnel se termine par trois petits vestiaires.

Je retire ma combinaison et la pose dans le coin. J'entre dans la douche de décontamination et je me frictionne, laissant l'eau chaude couler sur mon visage et dissimuler mes larmes, au cas où je serais surveillée. En sortant, je trouve une combi propre et sèche suspendue derrière la porte. Ma peau est saine et ma respiration normale : si les radiations naturelles de Sagan ont affecté Len, à moi elles n'ont rien fait.

J'ai à peine zippé ma tenue que la chancelière arrive. Elle prend une grande inspiration.

— Merci d'avoir aidé Len, Zeta-1.

— Pour le Collectif.

J'espère que je n'ai pas les yeux bouffis d'avoir pleuré.

Elle sourit.

— J'ai apprécié le geste, mais je te demande de ne plus faire ce genre de choses à l'avenir.

Je sais que je dois ressembler à un chien qui ronge sa muselière.

— Est-ce que Len va s'en sortir ?

Elle incline la tête et se penche vers moi. Les veines, sous sa peau, ont la même couleur que les papillons du lac. Comment une créature peut-elle être si belle, et l'autre… ?

— On est utile au Collectif ou on ne l'est pas. (Elle m'examine d'encore plus près.) Tu es utile, donc précieuse : ne te mets pas en danger pour un élément qui ne l'est plus.

Si je donne la mauvaise réponse, ça risque de très mal tourner pour moi.

— Je… J'étais sûre que c'était une toxine transportée par l'atmosphère, et qu'elle ne résisterait peut-être pas à un lavage à l'eau.

Je vous prie de m'excuser, madame la chancelière. J'ai pensé que c'était le meilleur moyen de servir le Collectif.

Elle se redresse, et je respire à nouveau.

— Je vais te présenter à quelqu'un avec qui tu vas travailler au labo. Ensemble, vous fabriquerez le défoliant.

J'avais presque oublié... Je pensais que je ne serais déjà plus sur le vaisseau quand il s'agirait de s'occuper de ça. Elle me dévisage fixement de ses yeux mauves. Puis elle tourne les talons et s'en va.

Je referme les bras sur mon ventre comme si j'avais reçu un coup de pied dans l'abdomen. *Plus que quelques jours et on s'en va*, je me promets. *Plus que quelques jours.*

Rubio et Plume me rejoignent alors, les cheveux encore mouillés de la douche. Nous passons devant les caissons vides. À côté de l'ascenseur clignote la lumière bleue au-dessus de la porte que Ben nous a montrée le premier jour. Le boîtier qui protège le verrou ne devrait pas être trop difficile à forcer, avec l'outil approprié. Derrière cette porte se trouvent les rations de nourriture et les filtres à eau que les passagers de notre vaisseau devaient emporter pour survivre sur Sagan.

Nous n'échangeons pas un mot pendant l'ascension. Je me demande si eux aussi pensent à Len. Nous regagnons nos quartiers en silence et je me laisse lourdement tomber assise au bout de mon lit. C'est une chose d'être forte quand il le faut, mais à présent j'ai l'impression de m'effondrer après avoir couru un marathon.

Je fais semblant d'avaler gaiement le somnifère que me tend Crick. Je le loge dans ma joue, puis je me dépêche de le recracher aux toilettes. Quand je retourne dans la chambre, Rubio et Plume sont déjà couchés.

Je rampe sur mon lit. Bercée par les ronflements de Rubio, je sombre dans le sommeil.

Lita est assise sur une couverture, adossée au tronc d'un pinyon *qui lui fait de l'ombre.*

— *Ay,* changuita. *Viens t'asseoir avec moi, dit-elle en souriant.*

Sa voix dans mon rêve est aussi réelle que si elle était à mes côtés. Le vent soulève ses cheveux poivre et sel. Nichée dans ses bras, je ne veux pas retourner dans ma couchette. Jamais.

Quelque chose appuie sur ma main. Je regarde : c'est ma tortue qui me pousse du bout de son museau.

— *Rápido !*

Je caresse sa carapace. Tout à coup, Rápido rentre vivement sa tête. Au loin, un homme portant une coiffe de plumes aux couleurs de l'arc-en-ciel s'approche de nous. Un petit lapin blanc au poil touffu l'accompagne.

— ¿Quieres escuchar un cuento? *commence Lita. Tu connais l'histoire d'El Conejo et de Quetzalcóatl.*

Elle m'indique du geste l'homme et l'animal qui approchent, toujours aussi réels qu'elle-même. Le dieu-serpent arc-en-ciel, et le lapin, le conejo, *qui lui sauva la vie.*

— Oui, je la connais. Quetzalcóatl vint sur Terre sous la forme d'un humain. Mais il rata son coup parce qu'il ignorait que les humains avaient besoin de boire et de manger...

— Et El Conejo le sauva de ses souffrances, me souffle Lita.

Quetzalcóatl titube dans le désert, jouant la scène sous nos yeux comme si c'était un épisode d'un librex. Il s'effondre devant Lita et moi, soulevant un nuage de poussière. Le lapin s'approche de lui à petits bonds, lisse ses plumes avec sa patte et lui touche le visage de son petit nez rose. « Il faut que tu manges », lui dit-il.

Je donne un coup de coude à Lita.

— C'est le passage où il se propose lui-même comme repas, n'est-ce pas ?

Lita fait oui de la tête.

Comme dans l'histoire que j'ai déjà entendue, à quelque pas de nous, Quetzalcóatl est impressionné par la générosité et le sens du sacrifice du petit lapin blanc. Je sais qu'ensuite il refusera de manger El Conejo, préférera le lancer vers les cieux, et que la silhouette du lapin restera visible à la surface de la Lune pour rappeler à tous la puissance d'une si petite créature...

Mais ce n'est pas ce qui arrive. Au lieu de suivre l'histoire, le lapin se tourne vers nous...

— Suis-moi, dit-il.

Il ne regarde pas Quetzalcóatl ni Lita. Juste moi.

— Je te sauverai.

Je décline poliment :

— Je n'ai pas besoin de toi pour boire ou pour manger.

— Je te propose bien plus que ça, réplique-t-il. Ton sacrifice et les risques que tu as pris seront récompensés.

Même s'il ne le dit pas, je sais qu'il parle de Len.

— Mais je ne crois pas l'avoir sauvé...

El Conejo fait demi-tour et part à petits bonds dans la direction des monts Sangre de Cristo.

— Viens ! me lance-t-il en me faisant signe de le suivre.

Ce n'est pas ce qu'il est censé faire... J'essaie d'orienter mon rêve dans la bonne direction, mais rien ne change. Je lève les yeux vers la Lune.

— Il n'y est pas, Petra, me dit Lita. Il est ici.

Elle désigne le lapin qui bondit dans le désert. La Lune, privée de sa silhouette grise, brille du même éclat pâle que la peau des membres du Collectif.

— Tu devrais aller voir où il te mène, insiste calmement Lita.

— Mais j'ai peur.

— Celle qui ne prend pas de risques...

Je crie sans le vouloir, en montrant le désert immense :

— Ce n'est pas un océan, Lita ! Si je le suis, je mourrai. C'est toi qui m'as dit qu'il y avait partout des gens pour abuser de notre

confiance… Ce lapin pourrait bien en être un ! (J'indique la forme inerte de Quetzalcóatl.) Regarde ce qui lui est arrivé, à lui ! Il a suivi El Conejo, et maintenant il est mort.

Avec un haut-le-cœur, je vois le corps du dieu tomber en poussière que le vent disperse.

— Ça ne devait pas se passer comme ça, Lita, pas du tout ! Pourquoi est-ce que tu changes l'histoire ?

Elle éclate de rire.

— Ce n'est pas moi qui la change, c'est toi ! (Elle hoche le menton en direction du lapin.) Mais si tu prends le risque de faire confiance à l'histoire, tu pourrais bien trouver l'océan que tu dois traverser.

Le lapin s'éloigne vers les montagnes, et ma tortue Rápido se dirige vers l'arbre où elle a son terrier. Tout est calme et paisible. Et ma Rápido est là, tout près.

— Rápido, reviens !

Mais elle disparaît dans son trou entre les racines.

— Lita.

Je me retourne : ma grand-mère n'est plus là non plus. Je cherche le lapin des yeux. Un minuscule point blanc est en train de disparaître au loin, au pied des montagnes.

Me voilà seule dans le désert. L'arbre s'est volatilisé aussi. Il ne reste qu'une plaine de poussière. Pas même un chuchotement de Lita… ou de son histoire portée par le vent.

J'ai eu peur et j'ai hésité. J'ai laissé passer ma chance.

Le sol tremble. La poussière tourbillonne autour de moi, comme tout à l'heure avec Quetzalcóatl.

— Lita ! Reviens !

Je me redresse brusquement sur mon lit. Même mon esprit éveillé sait que j'ai peut-être commis une énorme erreur, et que je n'aurai sans doute pas de seconde chance de suivre El Conejo… Rubio ronflote, me ramenant doucement à la réalité. Maintenant que je ne dors plus, tout cela semble absurde. Je me rallonge. « Ce n'était qu'un rêve », je me répète tout bas en contemplant le plafond de ma couchette.

Un cliquetis titille tout à coup mon oreille. Je relève la tête juste à temps pour voir se refermer la porte de notre chambre.

20.

Je parviens à peine à fermer l'œil le reste de la nuit, inquiète de savoir qui a pu entrer dans la chambre. Cette personne m'a forcément vue perdre les pédales.

Je prends mon temps pour bien faire ma tresse sans laisser dépasser un seul cheveu, je passe ma sacoche en bandoulière, et je vais me placer en tête de file, le dos bien droit.

Arrivée dans la grande salle, je me dirige tout droit vers le garçon qui distribue la biopâte. Je ne m'embête même pas à essayer de le faire sourire ou de capter son regard. J'engloutis immédiatement la moitié de mon cube comme si c'était un beignet et non une ignoble mixture.

Je constate que Glish, la femme au haut chignon, est avec le même groupe qu'hier, non loin de moi. Je me rapproche en faisant semblant de grignoter comme elle le reste de mon cube.

— Qui sera le suivant ? s'inquiète-t-elle. Len était tout aussi utile que moi, non ?

Elle a bien dit hier que Len et elle étaient « de la même série ». L'homme aux yeux écartés, le requin-marteau, lui donne un coup de coude.

— Tu veux certainement dire que tu es prête à te sacrifier pour le Collectif, Glish, quoi qu'il en coûte.

Il parle à voix basse, en jetant des regards à droite et à gauche. Un membre de leur groupe se racle la gorge et s'en va l'air nerveux. Le requin-marteau continue.

— Sans le Collectif, il n'y aurait que guerres et famines. Notre Union et notre concordance en tout point assurent que nous ne retrouvions jamais ces anciens usages conflictuels. (Il brandit sa biopâte.) Nous ne connaîtrons jamais la faim, car le Collectif a éliminé la diversité et la nécessité de faire des choix.

Que peut-il savoir de la diversité et du choix ? Il n'est jamais entré dans un musée, n'a jamais vu de peintures de Cézanne, Savage, de Basquiat ou Kahlo. Il n'a jamais mangé de nouilles udon, de *buccatini*, de ragoût irlandais ni de *pepián* maya. Ce n'est pas parce qu'on répète une chose jusqu'à plus soif qu'elle devient vraie...

Et soudain, au bout de tout ce temps, je comprends véritablement le sens du mot *dogme*.

Le requin-marteau détourne vivement la tête. Je suis son regard, qui ne va pas très loin. Juste derrière Glish, Nyla et Crick écoutent et observent. Je voudrais prévenir Glish, mais elle a déjà recommencé à parler.

— Notre service nous fera une belle jambe si on n'est pas en vie pour en récolter les bénéfices...

Elle s'interrompt brusquement, et fait volte-face pour voir qui se tient derrière elle. Nyla adresse un signe de tête à Crick, qui s'éloigne aussitôt.

Le reste du petit groupe est paralysé sur place, comme des biches prises dans des phares. Glish ne bouge pas d'un millimètre, telle une proie qui sent son prédateur. Où pourrait-elle se cacher à bord, de toute manière ?

Le silence s'éternise. Quand Crick revient enfin, il n'est pas seul. Même de loin, je le devine minuscule à côté de l'homme qui l'accompagne, la plus énorme crevette fantôme que j'aie vue jusqu'à présent. Je décide de l'appeler « la Langouste ». Son front est plissé au naturel.

Crick reste avec Nyla tandis que la Langouste continue d'avancer vers Glish. L'un des hommes ferme les yeux. La Langouste saisit Glish par le coude.

Elle ne bouge toujours pas.

— Pour le Collectif, dit-elle calmement.

Sans résister, elle s'éloigne avec lui, son petit coude fermement tenu par l'énorme patte du géant. Ils entrent dans l'ascenseur et disparaissent en quelques secondes, avalés par le tube de métal sombre.

Je regarde ailleurs. Au plafond, les mots semblent clignoter plus vite. *Unité. Camaraderie.*

— Pour le Collectif, dit le requin-marteau.

— Pour le Collectif, répètent les autres.

Pas de guerres. Pas de famines. Mais à quel prix ? Je suis plus pressée que jamais de leur échapper.

Je me dirige vers la chaîne de fabrication de la nourriture. Les boîtes qui n'ont pas été utilisées aujourd'hui sont empilées pour plus tard. Et contrairement aux rations enfermées dans la soute, elles ne sont pas sous clé.

L'arrestation de Glish a produit la diversion qu'il me fallait. J'ouvre ma sacoche et je m'adosse au mur à côté des hautes piles de biopâte. Je scrute les environs pour m'assurer que personne ne me regarde, avant de m'emparer d'une boîte… Je suis sur le point de la glisser dans ma sacoche lorsque la voix de Crick résonne.

— Brigade Zeta ! C'est l'heure du départ.

Un murmure collectif s'élève. Les gens regardent autour d'eux avec excitation, cherchant des yeux Plume et Rubio. Ils ne tarderont pas à me repérer aussi. En baissant la tête pour vite cacher la boîte, je m'aperçois que Voxy est juste là, en train de me dévisager fixement.

Cette fois, c'est moi la biche figée sur place.

Il porte un doigt à ses lèvres.

— Moi aussi, ça m'arrive d'avoir faim. (Il fourre deux boîtes de plus dans ma sacoche.) Je ne dirai rien.

Et, sur ces mots, il s'en va gaiement en courant. Mon cœur fait du ping-pong dans ma poitrine.

— Zeta-1 !

C'est Plume, qui me fait signe depuis l'autre bout de la salle.

J'agite la main dans sa direction et je gagne l'ascenseur en rasant le mur pour dissimuler le mieux possible ma sacoche archipleine. J'entre en premier dans la cabine pour pouvoir la cacher dans mon dos.

Comme hier, Nyla, Crick, Plume, Rubio et moi descendons dans la soute, et rejoignons la navette. La Langouste vient à notre rencontre depuis le sas. Mais Glish n'est plus à ses côtés…

Personne ne croise son regard en passant à côté de lui, comme s'il ne s'était rien passé. Ça fait pourtant moins de cinq minutes… C'est tout ce qu'il fallait pour se débarrasser du problème ?

Cette fois, Plume, Rubio et moi montons seuls dans la navette. Je garde une posture rigide et ne jette pas un regard à Nyla ni à Crick. Je me dépêche de ranger ma sacoche et de boucler ma ceinture. Je ne suis plus la seule concernée. Aujourd'hui, je serai en mission de repérage pour quand nous pourrons réellement fuir.

La descente est silencieuse et morose, et je surprends Rubio à contempler le siège occupé hier par Len. Nous branchons nos traqueurs et notre système de communication et sortons par la rampe, mais contrairement à hier, sans casques. Le même air chaud s'engouffre dans mes poumons. La même lumière dorée tombe sur la jungle et le lac. Les lunes et la planète à anneaux ne semblent pas avoir bougé. C'est toujours aussi magique.

— Hmmm, intéressant ! dis-je à voix haute pour quiconque m'écouterait à distance.

Puis, feignant la curiosité, je me dirige vers la jungle et la grotte qui la jouxte. J'espère que ceux qui me surveillent ne s'intéressent qu'à mes signes vitaux, et pas à mes déplacements. Quelques minutes de marche et j'aperçois les lianes. Elles ondulent encore dans le vent qui vient d'achever son cycle infernal de huit heures. En prenant soin de me tenir à l'abri des regards derrière le gros arbre, j'écarte la végétation et j'entre.

Les parois sont toujours doucement éclairées par la bioluminescence, mais mes yeux mettent longtemps à s'accoutumer et je reste à l'entrée de la grotte. Je n'entends que ma respiration. *Pitié, faites qu'il n'y ait pas d'ours sur Sagan.* En passant ma main gantée sur la paroi de la caverne, je trouve une corniche au-dessus de ma tête. Je passe mon détecteur à la surface : c'est sec, et il n'y a pas trace de toxines. J'y empile rapidement les trois boîtes de biopâte et je calcule que cela ne nous permettra de tenir que quelques mois. Mais il y a des années et des années de filtres à eau et de rations supplémentaires dans la salle des réserves, à bord du vaisseau. Le tout est de trouver un moyen d'y pénétrer. Je me dépêche de quitter la grotte et j'attends derrière l'arbre que mes yeux se soient réhabitués à la lumière. Puis je m'avance pour observer les environs. Plume m'a suivie sur une partie du chemin. Accroupie au bord du lac, elle est en train de dégager une pierre du sol. Rubio, plus près de la navette, accroche ses prélèvements à un drone.

Je m'éloigne de la grotte, soucieuse de ne pas attirer l'attention dessus. Je ne voudrais surtout pas qu'ils aillent fouiller cette zone quand nous fuirons. Près de l'orée de la jungle, je retrouve la plante bordée de rouge qui pourrait me tuer si j'y donnais un coup de dents, et j'en remplis un nouveau sachet pour donner l'impression que je travaille. Je prends quatre échantillons de la mousse qui couvre le sol, et je découpe plusieurs morceaux d'une feuille en oreille d'éléphant tombée au sol. Je place chaque morceau dans un sachet différent et je renvoie le drone à la navette. Je prélève encore des échantillons d'eau et d'algues lacustres : si vraiment je dois travailler dans un labo, autant en profiter pour tester l'eau et les plantes potentiellement comestibles avant de fuir.

Comme hier, une fois décontaminés, nous sommes envoyés dans notre dortoir en passant devant la réserve de rations qui contient exactement ce qu'il me faut.

Je suis sur le point de me mettre au lit lorsqu'une silhouette aux longs cheveux noirs vient s'asseoir au bord de ma couchette.

— Suma !

— Pardon ? dit-elle d'une voix râpeuse.

Quelle joie de savoir que je ne passerai pas ma vie sur Sagan à me demander si elle est restée encore quatre cents ans coincée en stase ! Je voudrais la serrer dans mes bras… Je retiens mes larmes.

— Euh, j'allais dire… Su… sur ma couchette, il y a quelqu'un !

— Pardon, je vais changer de place, dit-elle.

J'ai un mal fou à ne pas sourire d'une oreille à l'autre.

— Non, non, reste où tu es.

— Je suis Zeta-4, se présente Plume. Experte en...

Suma lui coupe la parole tout en frottant ses paupières closes.

— Pardon, je suis crevée.

Je me rappelle comment je me sentais en sortant de stase. Et elle vit ça pour la seconde fois.

— On est très heureux que tu sois revenue, dis-je.

Tous tournent la tête vers moi.

— Je veux dire... tu pourras nous aider à prélever des échantillons... pour le Collectif, me reprends-je en comprenant mon erreur.

Heureusement, les autres ont l'air d'accepter mon explication. Plume remonte dans sa couchette, et Suma repose la tête sur l'oreiller.

— J'ai vraiment sommeil, dit-elle.

Rubio sourit et referme la porte d'un geste vif.

— Alors... couchons-nous. Zeta-1 va nous raconter un *cuento*, n'est-ce pas ? S'il te plaît ? Pour que Zeta... Zeta combien, au fait ?

— Zeta-2, lui répond Suma.

— Pour que Zeta-2 dorme bien.

Je me retiens de pouffer de rire.

Suma se rallonge dans mon lit.

— C'est quoi, un *cuento* ? demande-t-elle avant que j'aie pu dire non.

L'appréhension me noue l'estomac. Désormais, j'ai besoin qu'ils entendent les histoires de la Terre. J'espère qu'elles leur rappelleront qui ils sont et comment étaient leurs familles. Mais si les souvenirs leur reviennent, je prie pour qu'ils n'en parlent à personne en dehors de cette chambre. Ils m'observent tous avec impatience. Le risque en vaut la peine.

— Oh, tu verras ! gazouille Rubio en remontant sa couverture de survie jusqu'au cou.

Je m'assois par terre face à notre nid d'abeilles. Je regarde Suma. Je n'avais pas réalisé à quel point ça m'inquiétait de la laisser alors que nous pouvions nous enfuir. Maintenant, nous sommes tous réunis et nous avons tous une chance. Sauf qu'il va nous falloir encore plus à manger… Et je ne peux pas descendre en douce dans la salle des rations tant que les autres ne dorment pas.

Je respire un grand coup.

— *Había una vez.*

Plume sort la tête de sa couchette et se penche pour regarder dans celle de Suma.

— C'est comme ça qu'on commence un *cuento*. Pour se mettre dans l'ambiance, explique-t-elle.

Elle se rallonge et me fait signe de continuer. Je m'éclaircis la gorge.

— Il était une fois un couple de gens très vieux et très pauvres, qu'on appelait Los Viejos. Ils avaient très peu de choses, rien à manger, une toute petite maison. (Je me dis que nous sommes un peu comme eux, sauf que les trois autres ne le savent pas encore.) Ils étaient différents de leurs voisins : ils n'avaient pas la même apparence, ils ne mangeaient pas pareil, ils n'aimaient pas les mêmes choses. Mais ils étaient prêts à accepter les autres et à partager avec eux.

Puis je songe à la promesse que m'a faite maman à propos de Sagan. « *On repartira de zéro. On vivra comme dans une ferme, en autosuffisance.* » Et à ce qui nous en empêche.

— Cependant, leurs voisins étaient cruels et égoïstes. Ils voulaient tout pour eux et pour ceux qui leur ressemblaient. Une voisine en particulier, une femme aux lèvres violettes, avait privé Los Viejos de tout espoir en leur volant peu à peu leurs terres pour elle et les gens comme elle.

Rubio secoue la tête, dégoûté.

Dans la version de Lita, un méchant volait les rêves des vieux, mais désormais cette histoire perdure à travers moi et ma propre adaptation.

Je me lève et mime le geste de frapper à une porte.

— Un beau jour, un mendiant venu d'une contrée lointaine vint frapper à la porte de Los Viejos. Ils lui donnèrent tout le maïs qui leur restait. Puis leurs restes de tortillas.

Je porte mes doigts à ma bouche pour faire semblant de manger.

Plume et Rubio sont assis sur leurs lits, Suma a le menton dans la main.

J'élève un verre invisible vers mes lèvres.

— Puis ils lui donnèrent toute leur eau. (Je m'essuie les lèvres d'un grand geste et je pousse un soupir repu.) Quand le mendiant eut tout mangé, il avait encore faim, alors ils lui donnèrent leur propre dîner.

Je lève l'index.

— « Pour vous remercier de votre gentillesse, je vais vous faire un cadeau », leur dit le mendiant. Les yeux de Los Viejos se mirent à briller comme les étoiles.

Les yeux de Plume, de Suma et de Rubio s'illuminent également.

— Les vieux ne se rappelaient même plus la dernière fois qu'ils avaient reçu un cadeau. Le mendiant leur dit : « Au bout de la chaîne de montagnes, au nord, vous verrez un cactus à quatre bras avec une fleur rose vif. Derrière le cactus, dans un ravin, il y a une grotte cachée. Au fond de la grotte, vous trouverez une jarre remplie d'un trésor. Ce sera la récompense de votre bonté. »

Plume incline la tête.

— Ça se passe sur la planète Terre, comme ton dernier *cuento* ?

Rubio se cogne contre la paroi de sa couchette.

— Hmmm, probablement dans la galaxie d'Andromède, aussi appelée Messier 31. Elle compte deux trillions de planètes ! Mais quand même, il ne faut pas interrompre un conte, Zeta-4. Continue, Zeta-1 !

Ces traces de leurs personnalités que le Collectif n'a pas pu effacer me font sourire. Je pense que nous allons tous bien nous entendre.

— Une fois le mendiant parti, les vieux décidèrent qu'ils iraient dans le ravin et dans la grotte secrète aussitôt qu'ils trouveraient suffisamment à manger pour le voyage. Ce qu'ils ignoraient, c'est que la méchante voisine égoïste avait écouté le mendiant (je montre la porte du doigt) par la fenêtre !

Suma pousse une exclamation.

— C'est injuste !

Je hoche calmement la tête.

— Oui. La méchante voisine chevaucha toute la nuit vers la montagne, sur un âne qu'elle avait volé à Los Viejos. Elle trouva le cactus et la fleur rose vif, le ravin et la grotte. Elle y entra, rampa jusqu'au fond et trouva la jarre. Mais lorsqu'elle souleva le couvercle, elle fut assaillie par un essaim d'insectes horribles. Elle se mit à crier tandis que les tarentules, les scorpions et les guêpes la piquaient de partout. Elle remit le couvercle et rentra chez elle couverte de plaies et de boutons, en rapportant la jarre fermée dans son sac.

Plume a la bouche entrouverte et Suma tient sa couverture sur un œil, même si je suis sûre que la moitié de l'histoire leur échappe complètement.

Rubio incline la tête.

— Tarentule, un type d'arachnide. De quelle espèce est celle-ci ? demande-t-il.

Suma et Plume se tournent toutes les deux en même temps vers sa couchette.

— CHHHHHHUT !

— Une fois de retour, la voisine se rendit tout droit chez Los Viejos, en pleine nuit, et renversa la jarre d'insectes horribles par la fenêtre de leur cuisine.

Rubio déglutit. J'ai envie de rire. Une tarentule le laisse froid, mais des « insectes horribles » ?

Je prends une voix de grizzly :

— « Voilà pour vous, vieux imbéciles ! Ça vous apprendra à faire confiance à un mendiant que vous ne connaissez pas et à lui donner à manger », dit la méchante voisine avant de rentrer chez elle.

Je me tais un instant pour les laisser imaginer l'horreur des insectes grouillant dans la cuisine des vieux. Ça marche. Suma a les mains crispées, Rubio est encore plus pâle que d'habitude, et Plume a le front plus plissé que la Langouste.

— Le lendemain matin, la vieille alla dans la cuisine faire bouillir de l'eau pour préparer des *nopales*, en espérant que ce plat frugal de cactus suffirait à les nourrir pendant le long voyage jusqu'à la grotte. Mais en entrant dans la cuisine… elle poussa un cri !

Rubio et Plume poussent eux-mêmes un petit cri étouffé.

— Quand la vieille se baissa pour voir l'objet pointu sur lequel elle avait marché, elle sortit un diamant de sous son talon. Partout sur le sol, tels des insectes étincelants, il y avait des diamants et des rubis et des saphirs par centaines : toute la vermine, transformée par magie grâce à la bonté qui régnait dans cette maisonnette.

Plume joint ses mains et éclate de rire. Je vois dans ses yeux de la joie pour une chose qu'elle ne comprend pas entièrement. Elle ressent encore le bonheur de trouver un trésor.

— Les vieux ramassèrent les pierres précieuses et en vendirent juste assez pour acheter des terres entourées d'une jungle, avec un lac aussi bleu qu'une aigue-marine. Et ils gardèrent le reste pour avoir toujours de quoi faire pousser des arbres fruitiers et des vivres. Et *así fue como* la rumeur se répandit : si quiconque – venu de n'importe où, riche, pauvre ou simplement fatigué – avait faim, il pouvait aller chez Los Viejos.

Je soupire comme Lita le faisait toujours à la fin de ses récits.

— *Este cuento entró por un caminito plateado, y salió por uno dorado.*

Plume ressort sa tête pour regarder dans la couchette de Suma.

— C'est comme ça qu'un conte se termine. Une phrase pour conclure ce qu'on vient d'entendre.

Elle se rallonge, et un par un, ils s'enfoncent dans leurs lits. Ouf. J'éteins la lumière. Le ronflement familier de Rubio ne tarde pas à se faire entendre.

J'entre à pas de loup dans ce qui fut la salle de stase des adolescents et je trouve un outil de calibrage en acier dans le tiroir en dessous de la station météo, qui diffuse toujours sa faible lumière. Alors que la plupart des gens se contenteraient de le regarder dans la pénombre, je suis obligée de suivre le contour de l'instrument avec mes doigts. Plus fin qu'un tournevis, il a bien la forme idéale pour ouvrir le boîtier qui protège le système d'ouverture...

L'ascenseur irait plus vite, mais je risquerais d'être vue à travers ses parois vitrées, je prends donc l'escalier. Comme la première fois, je compte les deux cent dix-huit marches jusqu'à la soute, où mes pas résonnent. Enfin, me voilà sous la lumière clignotante bleue. Son éclat est aussi vif qu'il y a trois cent quatre-vingts ans, le premier jour, quand Ben nous a indiqué la réserve. Je sors le petit outil de ma poche et l'introduis en douceur sous le couvercle pour faire levier. Au lieu de la résistance à laquelle je m'attendais, le boîtier en plastique saute immédiatement, et je n'ai pas le temps de le rattraper avant qu'il tombe par terre, où il rebondit deux fois à grand bruit. Je m'aplatis contre le mur et j'attends. Comme personne ne vient, je me retourne vers la porte.

La vieille femme du conte a dû ressentir la même chose que moi lorsqu'elle a trouvé le diamant sous son talon et ramassé les pierres précieuses. C'est avec émotion que je soulève le loquet. Contrairement aux autres portes du vaisseau, après être restée si longtemps fermée, celle-ci grince en coulissant. Lorsque je la franchis, un faible plafonnier s'allume en grésillant. Et là, tout en moi s'effondre. Cette salle, qui devrait contenir à manger pour cent vies entières, est vide.

Je la traverse sur la pointe des pieds pour m'approcher des étagères qui tapissent le mur du fond. Rien. Il ne reste pas un seul repas. Le Collectif, cette bande de parasites, a raflé jusqu'aux dernières rations prévues pour les passagers à l'arrivée sur Sagan. Avec mes quelques boîtes de biopâte chapardées, je me demande comment nous allons nous nourrir.

Sur l'étagère du bas, au moins, de puissants filtres à eau sont empilés bien en ordre. J'en remplis ma sacoche jusqu'à avoir de quoi boire de l'eau claire jusqu'à la fin de nos jours.

Si mon intuition se confirme et que les plantes lacustres que j'ai découvertes sont comestibles, nous pourrons peut-être survivre. Ce n'est pas un régime folichon, mais c'est jouable. Je respire à fond et me retourne pour repartir.

À ce moment-là, non loin de moi dans la soute, une porte claque.

Je me retrouve comme Glish : paralysée de frayeur pendant que la silhouette grêle s'approche lentement de moi. Elle s'adresse soudain à moi d'une voix grave, celle que j'ai déjà entendue dans la soute le soir où j'ai trouvé les caissons vides.

— Vous n'avez rien à faire ici. Cette zone est interdite par le Collectif.

Un homme âgé, à la peau sombre et ridée, avec une longue barbe blanche, me coupe le chemin de l'ascenseur. Je l'observe de la tête aux pieds et je mets un instant à comprendre ce que je vois. Il porte la tenue réglementaire du Collectif, mais aussi des gants, ainsi que des lunettes de labo remontées sur son crâne. Je recule d'un pas, surprise par cette apparition qui ressemble à un père Noël mince et basané. Enfin, un adulte de chez moi !

Comme lorsque j'avais 6 ans et que j'allais voir le père Noël au centre commercial, j'ai envie de me jeter dans ses bras. Mais je m'en abstiens. Je me demande qui il était sur Terre, pour avoir fait partie de la sélection malgré son âge. Il a dû inventer quelque chose de révolutionnaire.

Je croyais que tous les adultes avaient été expulsés parce que leur reprogrammation avait échoué… Mais si le Collectif a réussi à reprogrammer cet homme-là, comme Plume et Rubio, c'est peut-être que quelque chose en lui le rendait plus facile à manipuler ?

— Bonjour, dis-je d'une voix rauque. Je suis Zeta-1.

— Que puis-je faire pour toi, Zeta-1 ?

Je repousse ma sacoche pleine de filtres derrière mon dos.

— On m'a dit que je travaillerais ici. Je ne suis pas censée commencer tout de suite, mais j'étais impatiente.

Je m'autorise un instant à espérer que lui aussi feint d'être reprogrammé, mais c'est peu vraisemblable : le Collectif doit lui faire vraiment confiance pour le laisser seul ici comme ça.

— Ça se comprend, lâche-t-il avec un petit rire. On m'avait prévenu que tu viendrais, mais seulement après les prochaines missions d'exploration. Cela dit, tu t'es trompée de chemin. Viens, je vais te montrer notre labo.

J'ai un mouvement de recul.

— *Notre* labo ?

C'était donc lui, la personne dont me parlait Nyla.

Il me guide jusqu'au recoin le plus éloigné au fond de la soute, là où se trouve le complexe de laboratoires. À notre arrivée, ces labos auraient dû fourmiller de scientifiques comme mes parents. Mais il n'y a que nous deux : ce vieux monsieur et moi.

Il entre dans le dernier labo à gauche. Derrière lui, une multitude de boîtes de Petri sont alignées le long du mur. Les gelées multicolores qu'elles contiennent composent un véritable arc-en-ciel.

— C'est là, dit-il en me tenant la porte.

Son sourire est gentil, et ses longs cheveux attachés en queue-de-cheval lui donnent plus l'air d'un poète que d'un scientifique.

— Merci, dis-je à mi-voix.

Je me demande s'il a été sorti de stase avant ou après nous, et s'il y avait quelqu'un d'autre avec lui. Je m'approche d'une paillasse.

— Euh… Vous êtes le seul chercheur ici ? Je veux dire, est-ce qu'il y en a d'autres comme vous… moi… nous ?

— Il n'y a plus que moi, me répond-il.

Mais d'autres adultes comme lui ont-ils été reprogrammés avec succès, à un moment ou à un autre ? J'indique les gelées multicolores.

— Puis-je vous demander quel est votre domaine d'expertise ? Sur quoi travaillez-vous ?

— Vivre si longtemps à bord d'un vaisseau spatial n'est pas toujours facile. Mon rôle principal est d'aider à administrer les toniques, afin de stabiliser les éventuels mouvements d'humeur que pourrait rencontrer le Collectif.

Je repense à la « fête » de Nyla et à tous ces gens buvant un verre, puis un autre, et encore un autre.

Il se gratte la tempe.

— Mais pour répondre à ta question, nous étions cinq dans la brigade Epsilon.

— Epsilon ?

— Je suis Epsilon-5. Autrefois, je connaissais par cœur tout ce qui concernait les équations chimiques ou la synthèse moléculaire. Mais avec l'âge, je deviens moins utile.

Je revois la chancelière Nyla parler de Len et du fait qu'on est utile ou non. Je suis certaine qu'Epsilon-5 serait expulsé sans sommation si elle savait ce qu'il vient de me dire.

— Par ici, dit-il en m'emmenant dans le laboratoire suivant.

La porte est hermétiquement ventousée et des combinaisons de protection sont suspendues au mur. Je comprends soudain pourquoi : dans une vitrine réfrigérée sont entreposés mes échantillons de mousse et d'oreilles d'éléphants... et mes sachets de feuilles bordées de rouge dangereusement mortelles. À côté, dans des éprouvettes, ce sont sans doute mes prélèvements d'eau du lac, que quelqu'un y aura transféré.

Epsilon-5 m'offre son bras et m'emmène avec lui comme pour une promenade au parc. Il ne peut pourtant pas être au courant de mes problèmes de vue. Il avance à petits pas lents, et je me demande s'il se sert de moi pour s'appuyer discrètement. Nous nous arrêtons devant une paroi d'acier lisse, puis, avec un sourire malicieux, il appuie sur un bouton. La paroi entière coulisse alors, révélant une baie vitrée… La lumière des lunes et du soleil nain dans le ciel violet emplit la pièce. Je m'approche de la vitre pour contempler les rivières, les lacs et la verdure de Sagan en contrebas. Vu d'ici, il m'apparaît clairement que nous avons à peine commencé à explorer la zone habitable au cours de nos missions. Mon lac, avec ses papillons d'eau, n'est qu'une flaque parmi des centaines.

— Comme c'est beau !

Epsilon-5 soupire.

— Eh oui. Bien sûr, je ne verrai Sagan que d'ici.

— Pourquoi dites-vous ça ?

Il hausse les épaules.

— La chancelière pense que c'est ici qu'on a besoin de moi.

Nous gardons le silence pendant quelques instants.

— J'aurais bien aimé voir en vrai les créatures qui vivent sur cette planète.

J'ai beau le connaître à peine, cela m'attriste d'apprendre que nous devrons l'abandonner à bord, à moins que Nyla change d'avis.

— Il y a des créatures merveilleuses, dis-je. Par exemple, dans le lac, des millions de petits poissons avec des ailes de papillon, à peu près gros comme ça.

Je montre un écart de dix centimètres entre mon pouce et mon index.

Il sourit, et je remarque qu'il lui manque une dent du fond.

— Raconte.

Je sais bien que tout est réel, mais j'ai l'impression de lui raconter un *cuento*.

— Ces papillons d'eau nagent en bancs et dissimulent leur superbe luminescence violette en se cachant dans des plantes épaisses.

Il se penche vers moi, et son sourire disparaît.

— De quoi se cachent-ils, à ton avis ?

Mon cœur s'emballe : sa question est sensée.

— Je n'avais pas pensé à ça.

Je me demande alors quelles autres créatures sont tapies dans les eaux du lac...

— Quand tu retourneras là-bas, tu chercheras à comprendre de quoi ils ont peur ? me demande-t-il avec des yeux d'enfant curieux.

J'acquiesce en silence. Mais la vérité, c'est que si j'arrive à rassembler assez de provisions, même si je découvre de quoi se cachent les papillons d'eau, je ne reviendrai sans doute pas pour le lui dire.

Un creux s'installe dans mon ventre en même temps que le mensonge. J'aime bien Epsilon-5.

Tout à coup, la chancelière Nyla entre à grands pas.

— Zeta-1 ? Qu'est-ce que tu fais là ?

Je repousse vite ma sacoche derrière mon dos.

— Je… Je voulais voir le labo et jeter un œil aux prélèvements, pour être bien préparée.

Elle avance dans la pièce et, d'une pression sur le bouton, fait disparaître la baie vitrée.

— Donc vous avez fait connaissance. Puisque je vous tiens tous les deux, je vais vous expliquer votre projet.

— Très bien, dit Epsilon-5, qui s'approche de la vitrine réfrigérée et tend la main vers un sachet de feuilles vénéneuses.

— Non ! (Je baisse aussitôt la voix.) C'est hautement toxique. J'en ai rapporté pour chercher comment les éradiquer. Pour le Collectif.

— Parfait, sourit Nyla. Je vois que vous comprenez tous les deux ce que vous avez à faire. (Elle se tourne vers moi.) Combien de temps vous faudra-t-il pour créer le défoliant ?

Je pense aux énormes feuilles en oreilles d'éléphants, aux plantes vénéneuses et aux tests qu'il faudra mener.

— Pas longtemps.

— En effet, dit Epsilon-5. On forme une bonne équipe.

Il me sourit, et ses manifestations d'amitié me donnent un coup au cœur. Comment puis-je l'aider ? Comme aurait dit Lita, il n'a plus beaucoup de temps dans ce monde-ci… Et celui d'où nous venons, lui et moi, n'existe plus.

Nyla est juste devant moi.

— Dès que ce sera prêt, dit-elle, nous renverrons les Zeta à la surface pour le tester. (Elle indique mes sachets d'échantillons suspendus.) Zeta-1 ? Était-ce vraiment utile de récolter de telles quantités de cette plante-là ?

— Une seule feuille pourrait tuer tous les membres du Collectif. J'ai pensé que vous trouveriez prioritaire de l'éradiquer.

Elle hausse légèrement les épaules.

— C'est effrayant.

Je peux préparer son défoliant en quelques jours. Ensuite, Suma, Plume, Rubio et moi ne serons plus jamais des Zeta. Et je ne laisserai pas à Nyla ni au Collectif la moindre excuse pour nous trouver inutiles, tous les quatre.

21.

Mes mains tremblent tandis que je bourre tant bien que mal ma réserve de filtres à eau sous le matelas de ma couchette.

Nyla est restée si longtemps à nous regarder commencer le travail sur notre projet de défoliant que je n'ai pas eu le temps d'analyser mes prélèvements.

Je regarde Suma, Plume et Rubio dormir. Il y a encore de l'espoir pour nous quatre. Mais je grimace intérieurement en repensant à la quantité de provisions qui nous étaient réservées... et que le Collectif a dévorées. Je me faufile à quatre pattes dans ma couchette et je ferme les yeux. Je visualise les plantes lacustres agitées par le remous : elles ne sont guère appétissantes. Des *empanadas* – chaussons de pâte farcis – et des cheeseburgers sortent en dansant d'entre les algues pour me tenter, puis se rétractent brusquement dans leurs spirales qui m'empêchent de les attraper.

Je repousse ces images de nourriture pour passer mon plan en revue. Tout ce que j'ai à faire, c'est continuer de jouer mon rôle assez longtemps pour fabriquer le défoliant afin que Nyla nous renvoie sur la planète. Je n'ai plus qu'à espérer que Len leur a fourni à ses dépens tous les renseignements voulus, et qu'à la prochaine sortie nous serons seuls.

Une fois que nous aurons débarqué, j'attirerai Plume, Suma et Rubio dans les grottes. Tel le joueur de flûte de Hamelin, j'utiliserai mes histoires pour les éloigner peu à peu du vaisseau et du Collectif. Je ne suis pas fière à l'idée de les tromper. Mais ils méritent de savoir ce qui est arrivé à nos familles. Je m'emploierai à leur rappeler la vérité. Alors, ils pourront décider eux-mêmes de la manière dont ils veulent vivre…

Il faut que je dorme, mais quand j'essaie de compter les moutons, cela me donne envie de revoir la ferme de Lita. Je cherche donc quelque chose de barbant à énumérer.

Pozole *d'algues lacustres (sans poulet). Céréales d'algues lacustres (sans lait). Pizza d'algues lacustres (sans fromage). Bonbons d'algues lacustres (sans sucre)…*

Une boule de poils blanche fuse dans mon champ de vision. Le lapin, devant moi. Cet avertissement de Lita me revient en tête : Le farceur peut te servir de guide, si c'est dans son intérêt. *El Conejo bondit à travers le désert en direction des montagnes. De nouveau, tout va trop vite. Il me faudrait davantage de temps pour réfléchir.*

Soudain, Lita est à côté de moi, et Rápido aussi.

— Ah, mijita. *Te voilà de retour ! Pourquoi tu ne le suis pas ?*

Je croise les bras sur ma poitrine. Lita hausse les épaules.

— Bien sûr, mieux vaut rester ici, en sécurité dans ton petit confort.

— Pourquoi est-ce que je ne resterais pas avec toi ? C'est affreux, là-bas ! Le désert, c'est dangereux.

— Ce n'est pas le danger, ça. La vie est un voyage. Tu ne sauras ce qu'il en est que si tu le suis.

Je reste assise sous l'arbre. Lita commence déjà à s'effacer. Le lapin rapetisse au loin.

Je ne peux pas risquer de le perdre une nouvelle fois.

— Bon, d'accord !

Je caresse la petite tête de Rápido et je me lève. Je me retourne pour embrasser Lita, mais elle n'est plus là, et ma tortue s'estompe dans la brume.

Je cours après le lapin comme je n'ai pas couru depuis des siècles. Ici, dans mon rêve, je n'ai pas peur de trébucher sur un obstacle que je n'aurais pas vu. Loin devant, El Conejo détale vers les montagnes baignées de rouge par le soleil de l'après-midi. Il s'engouffre dans un trou au pied des monts.

Tout ce qu'il a fait, ce farceur, c'est m'emmener au milieu de nulle part. Pas de rideau de lianes dissimulant une grotte luminescente. Pas de lac magique empli de poissons-papillons scintillants...

Je me retourne face au désert vide. Peut-être que si je repars, Lita réapparaîtra ? Je me remets en route vers l'endroit où se trouvait l'arbre. Alors, derrière moi, résonnent des guitares et des violons.

Je fais volte-face. Comme la maison de Lita, la faible mélodie de la musique ranchera *vient du cœur des montagnes rouges. Je cours dans sa direction.*

— Attends-moi !

Le volume des accords de guitare grimpe à mesure que j'approche. Ils sont maintenant si forts que j'en ressens la vibration dans mon corps. Puis quelque chose me donne une tape dans le dos.

— Attends, attends, El Conejo, j'arrive !

Je reçois une nouvelle tape.

Mais en même temps que je crie, la musique faiblit, la montagne s'estompe. Je suis tirée en arrière, vers le désert, vers la nuit, et je me retrouve dans mon lit.

Tap, tap, tap, dans mon dos.

— Attends, par pitié !

Quand je me réveille, je suis encore en train de parler. Je m'assois sur mon lit : deux petits yeux mauves m'observent fixement. Je sursaute et pousse un cri étouffé.

— Voxy, qu'est-ce que tu fais là ?

Lui aussi a un mouvement de recul.

— Pardon.

Il m'indique un coin sombre derrière le bureau de Ben. Rubio, dans sa couchette, ronfle comme toujours.

— Je viens ici pour écouter tes *cuentos*, mais je finis toujours par m'endormir. (Il prend un air penaud.) Tu criais. Je n'ai pas eu le choix : j'ai dû te réveiller pour que personne ne vienne voir et me trouve ici.

C'est donc lui que j'ai entendu la nuit dernière. Je déglutis, la gorge sèche.

— Est-ce ce que… est-ce que quelqu'un d'autre sait que tu es ici ?

— Je me cache pour venir. Nyla ne me laisserait jamais t'écouter.

Un frisson glacé remonte dans ma nuque et passe sur mon crâne.

— Voxy, il ne faut en parler à personne.

Il fait la grimace.

— Oh, non, ça ne risque pas. Si je raconte à Nyla ce que tu dis dans ton sommeil, je devrai lui expliquer ce que je fais dans les dortoirs. Et alors, je serai obligé de lui parler des *cuentos*. Le Collectif me surveillera en permanence. Je ne pourrais plus jamais en entendre un seul.

Il baisse la tête.

Certes, nous serons bientôt partis, mais cela reste dangereux. Et en plus, je parle trop en dormant.

— Il ne faut pas revenir.

— Mais… et les *cuentos* ?

On dirait Javier me suppliant de lui faire la lecture. Voxy s'éloigne peu à peu du Collectif, et c'est à cause de moi et de mes histoires. Je devrais m'en réjouir, mais j'éprouve un grand malaise.

Je frémis en imaginant ce qui arriverait s'il se faisait prendre à venir ici. Il suffirait d'une fois, et tout mon projet tomberait à l'eau.

— Je regrette. Je ne peux plus te laisser venir.

Il baisse la tête, dépité.

— C'est pas juste. Le Collectif n'a que des règles, et pas de *cuentos*. Enfin, Nyla m'en a lu un, une fois. Pas un *cuento* comme les tiens. Celui-là, c'était une relique, et il était dans ce qu'on appelle un livre, fait avec du papier…

— Quoi ?!

Mon cœur bat plus vite que la fois où j'ai pris un cactus pour un gnome, lors d'une chasse aux fées avec maman.

— Tu as vu un livre ?

Pour ma part, je n'ai pas encore vu ici la moindre chose qui ait un rapport même lointain avec la Terre. Rien que je puisse tenir entre mes mains pour me rappeler mon chez-moi.

— Une fois, oui, dans notre chambre. (Il se penche vers moi pour me parler à l'oreille.) Avec d'autres reliques.

Je suppose que Voxy a été créé de toutes pièces, comme Glish et ses compagnons. Mais maintenant que j'y pense, il est le seul de son âge dans le Collectif… Au fond, je ne sais absolument rien de lui.

— Je n'ai pas le droit d'en parler, précise-t-il.

Je tâche de dissimuler mon émotion, mais il me semble que je n'y arrive pas très bien.

— Voxy, il y en a combien, de ces reliques ? Tu pourrais me les montrer ?

Il me regarde avec de grands yeux.

— Zeta-1, si je te montre où elles sont, tu promets de continuer à me raconter tes *cuentos* ?

— Mmm, fais-je en hochant la tête.

Un mensonge, bien sûr.

Il pose l'index sur ses lèvres.

— Chut.

Il me fait signe de venir et se lève d'un bond, filant vers la porte exactement comme El Conejo. Cette fois, je le suis sans hésiter.

22.

Voxy détale vers l'ascenseur. Il se déplace réellement comme le lapin blanc.

— Attends ! dis-je comme dans mon rêve. Où vas-tu ?

Le « ding » de l'ascenseur me donne des sueurs froides. Paniquée, je proteste tout bas :

— On va se faire repérer !

Voxy se campe sur ses pieds, les mains sur les hanches.

— Blancaflor n'a pas eu peur que son père la voie partir avec le prince. Los Viejos ne se seraient pas inquiétés de quelques membres du Collectif.

— Depuis quand est-ce que tu te glisses en douce dans notre chambre, Voxy ?

Il ne répond pas. Je lève les yeux au ciel et me dépêche de le rejoindre. Au moins, si on me voit avec lui, on ne pensera pas que je me balade seule dans les couloirs.

— Je crois que tu veux juste entendre des *cuentos*, je marmonne.

Il hausse les épaules, pas désolé pour un sou. Je respire un bon coup et j'entre derrière lui dans l'ascenseur. S'il a réellement vu un livre venu de la Terre, c'est plus précieux pour moi que tous les diamants, toutes les émeraudes et tous les rubis éparpillés dans la cuisine de Los Viejos.

Mon cœur bat la chamade. Une longue descente nous sépare encore du trésor. Mes yeux restent rivés sur le voyant qui indique les étages. Voxy, lui, me sourit.

Cinq, quatre, trois : l'ascenseur s'arrête et la porte s'ouvre sur la Langouste, le géant qui a emmené Glish de force. Il hausse les sourcils, et son front se plisse au point de ressembler à un bol de nouilles chinoises.

— Bonjour ! lui lance Voxy, comme si notre excursion était parfaitement normale.

— Bonjour ? fait l'homme d'une voix perplexe en nous dévisageant.

— Vous descendez ? lui demande Voxy avec aplomb.

Quel pouvoir ont sur lui les histoires du soir, pour qu'il prenne ces risques insensés ?

La Langouste entre dans la cabine et appuie sur le bouton du deuxième étage. Nous nous plaçons tous face à la porte, et je continue de fixer intensément les chiffres lumineux. *Trois…*

La Langouste se tourne vers Voxy, non sans me jeter un coup d'œil.

— La chancelière sait-elle que tu es…

Voxy pousse un gros soupir contrarié.

— Vous pensez vraiment que je désobéirais aux ordres du Collectif ? Vous doutez que la chancelière soit au courant de tout ce qui se passe à bord ?

Deux...

— Bien sûr que non, répond piteusement la Langouste. Pardon pour cette indiscrétion.

Les portes s'ouvrent. Je me retiens de bouger, de battre des paupières et de respirer jusqu'à ce qu'il soit descendu.

— C'est une très, très mauvaise idée, dis-je entre mes dents une fois qu'il est parti.

Voxy sourit : l'ascenseur s'arrête. Il sort avec assurance et traverse le niveau principal en diagonale. Nous sommes loin des logements du Collectif, et je me demande bien où il a pu voir le livre. Je me sens à des années-lumière de ma chambre et de la sécurité de ma couchette.

Quelques personnes sont encore au travail : elles plient des couvertures, lavent les sols et les plafonds, préparent la biopâte et la boisson mystère qui ressemble à du jus dilué.

J'ignore si c'est dû à la posture pleine d'assurance de Voxy, mais personne ne nous regarde. Nous tournons dans un couloir terminé par une porte unique. Au-dessus de celle-ci, on devine encore les contours de lettres qui ont été retirées : *grainothèque*.

Un boîtier à code d'un très vieux modèle, comme celui de la serre de maman, est installé à côté de la serrure. Voxy tape *2061*, l'année où nous avons quitté la Terre, et la porte coulisse.

La pièce est éclairée en bleu sombre, comme l'était le vaisseau entier autrefois. Et au centre, il y a un lit.

— C'est là que dort la chancelière, m'annonce tranquillement Voxy.

Je cache mon haut-le-cœur en simulant une quinte de toux.

Puis il me montre un renfoncement adjacent, pas plus grand qu'une armoire.

— Ma chambre.

Je regarde à l'intérieur. La petite couchette hexagonale fixée au mur ne laisse même pas la place de se tenir debout. Des plateaux de petits pots de rempotage et des tuyaux d'irrigation sont empilés sur des étagères flottantes.

Je me souviens que l'amie de maman, la Dr Nguyen, était responsable de la réserve de semences – une sorte d'immense bibliothèque de graines –, mais le placard de Voxy me paraît bien trop petit. Ça ne peut pas être la chambre forte où maman a déposé ses graines de maïs, de courges et de haricots du Nouveau-Mexique...

Dans la pièce principale, en dehors du lit de Nyla, il n'y a que les murs arrondis habituels. Pas la moindre chambre forte en vue. Et absolument aucun livre. Même si Voxy en a vu un, ainsi que d'autres « reliques » de la Terre, ces objets ne sont plus là. Le garçon est encore petit : il a pu confondre avec un autre endroit du vaisseau ? Je n'ai pas le temps de chercher une chose que je ne trouverai jamais.

— Voxy, il faut que je remonte.

— Non ! s'écrie-t-il. Je sais que c'était ici. Mais c'était il y a longtemps. Quand j'ai dit à Nyla que j'aimerais garder le livre, elle m'a répondu que j'avais dû rêver. Pourtant, il était bien réel.

Il marche de long en large devant son placard.

— Je l'ai lu ici, dit-il en indiquant le bout de sa couchette.

Puis il ajoute à voix basse, en relevant les yeux vers moi :

— C'était magique. Comme tes *cuentos*. Les gens et les endroits dans chaque histoire sont tous complètement différents. Ils décident de ce qu'ils seront ou de ce qu'ils feront ou d'où ils iront, sans que le Collectif le leur dise. Et les gens, dans tes *cuentos*, ils ne vivent pas dans un monde sans… sans *cuentos*.

Je me dis alors que Voxy et moi ne sommes pas si différents : mes parents et les Moniteurs d'origine (à part Ben) m'ont imposé des programmes En Cognito qui ne m'intéressaient pas du tout…

Voxy s'assoit au bord de son lit, l'air démoralisé.

— Les personnages de tes *cuentos* et ceux du livre que j'ai lu, ils font des choses que je n'aurai jamais le courage de faire.

Même si c'est risqué, je ne peux pas le laisser penser ça. Je pose la main sur son épaule.

— Tu as eu le courage de m'amener ici.

Son menton reste baissé contre sa poitrine, mais ses yeux remontent vers moi.

— Tu t'efforces de trouver quelque chose qui soit bon pour toi, même si le Collectif te dit que c'est dangereux. Tu te fies à ton instinct. C'est bien, ça.

S'il répète un mot de ce que je lui dis avant que nous quittions le vaisseau, tout sera fini.

— Eh bien, je ne sais pas exactement ce que ça veut dire, concède-t-il. Mais si ça veut dire que je veux encore des *cuentos*, alors ce que tu dis est vrai, Zeta-1. Enfin bref, elle a sûrement tout caché, mais c'était là, je te le promets.

Je m'assois à côté de lui en soupirant et je lui tapote le genou.

— La dame, dans le livre… elle avait un bébé à elle, continue Voxy. Ça se passait à l'époque où il y avait des parents. Ils partaient de chez eux pour une terre nouvelle.

La surprise me coupe le souffle. Ce qu'il me raconte là, c'est le livre de Javier. C'est plus fort que moi, je lui prends les deux mains.

— Voxy ! Il faut absolument que tu te rappelles où il est, ce livre.

Mais il s'entête :

— Il était ici, j'en suis certain !

Ses yeux s'écarquillent quand je me jette à quatre pattes et colle ma joue au sol pour regarder sous sa couchette. Un mince ruban lumineux violet dessine le contour d'une porte. Une porte semblable à celle qui mène à la soute, à l'arrière du vaisseau. Je me redresse sur mes genoux et pointe du doigt le mur du fond.

— Voxy, qu'est-ce qu'il y a derrière ?

— Rien.

Il rampe sur son lit pour aller cogner contre le mur. Ça sonne creux.

Je monte avec lui dans la couchette et nous nous retrouvons tassés tous les deux côte à côte. Je passe les doigts sur la fine ligne violette, puis j'insère mes ongles dans la fente. Je tire jusqu'à ce qu'un de mes ongles se casse, mais rien ne bouge. Je tâtonne sur le mur sombre. Mes doigts butent sur un morceau de tuyau d'irrigation qui n'est branché à rien.

Je tire dessus : le bout de tuyau tombe par terre. Voxy et moi échangeons un regard abasourdi. Si Nyla décide de regarder sous ce lit, nous sommes fichus.

Au fond du trou où l'objet était coincé, un bouton lumineux clignote. C'est trop étroit pour mes mains, mais...

Voxy enfonce son petit doigt dans le trou et, enfin, j'entends un déclic et un bruit de ventouse. Un air froid et une odeur réconfortante viennent frapper mon visage. Je mets quelques instants à l'identifier, mais soudain, je sais... la bibliothèque de mon école élémentaire.

La porte coulisse et laisse passer un rai de lumière dorée qui tombe sur la couchette de Voxy. Elle s'entrouvre juste assez pour qu'un adulte puisse passer de profil. Avant que j'aie le temps de dire ouf, Voxy plonge la tête la première dans l'ouverture.

Je n'ai plus qu'à le suivre. En descendant par le fond de la couchette, je pose le pied sur un sol glacé. L'air froid et le métal de la porte m'apprennent tout ce que j'ai besoin de savoir : nous avons trouvé la grainothèque. La réserve des semences.

Voxy se tient devant une table de travail qui trône seule au centre d'une pièce aussi vaste que ma maison entière. Je pensais que la lumière dorée venait d'une lampe, mais je me trompais. C'est un soleil holographique gros comme un ballon de basket qui diffuse cet éclat jaune. La Terre, Vénus, Mars, la glaciale Neptune, Uranus et les autres, même Saturne avec ses anneaux, tournent lentement dans le coin le plus éloigné. Ce n'est pas exactement à l'échelle, mais c'est bien le système solaire.

En dessous de cet hologramme tournoyant, un mur entier de tiroirs à semences recèle toute la vie végétale de la Terre.

Voxy sourit devant la table de travail. Sur le meuble, une fillette à qui il manque une dent de devant sourit dans un cadre à photo en forme de sapin de Noël. Une paire de chaussons de bébé est accrochée par ses lacets à la poignée d'un tiroir. Dans la lumière du faux soleil, des photos de famille encadrées et des faire-part de naissance et de mariage jaunis sont accrochés aux autres murs. On se croirait dans un temple consacré à la Terre.

Voxy agite le poing en l'air, alors qu'il n'a sûrement jamais vu personne faire ce geste.

— Tu vois ? Je le savais, que c'était bien réel !

Je pense à Nyla, à ses discours sur le passé et sur le destin des humains. Elle a rabroué Crick simplement pour avoir fait allusion à la Terre.

— Tu sais où elle a eu tout ça ?

J'essaie de garder un ton détaché, mais ma voix se brise.

Voxy se gratte la tête.

— Je ne sais pas trop. Mais on n'a plus le droit de parler des reliques.

J'ai l'estomac noué. Je ne peux pas lui dire que ces objets représentent ce que nous aimions le plus : notre planète, nos amis, nos familles. Je ne peux pas lui expliquer que Nyla et ceux qui l'ont précédée ont volé tout cela à des gens comme moi et ma famille morte.

Ces souvenirs dispersés dans la pièce ne peuvent même pas représenter la moitié de ce que nous, les passagers, avons apporté avec nous. J'ouvre un tiroir, et j'ai un haut-le-cœur. Des rangées de Savs étiquetés « Savoir téléchargeable : défectueux » sont posés sur des petits supports, comme des bagues dans une bijouterie. Chacun de ces Savs est marqué au laser avec des dates et des initiales qui couvrent des centaines d'années.

En regardant autour de moi, je remarque des boîtes scellées, inutilisées, contre un mur. Je m'approche : elles sont étiquetées respectivement « Savoir téléchargeable En Cognito – Juvéniles » et « Savoir téléchargeable En Cognito – Adultes ». Leurs voyants indiquent qu'elles sont en charge, à côté d'un injecteur en forme de cuiller à glace comme celui dont se servait

Ben. Si les connaissances sont tellement dangereuses, pourquoi Nyla garde-t-elle des Savs prêts à servir ici ? À qui prévoit-elle de les inoculer ?

— Où est le livre, à ton avis ? dis-je.

Voxy fait un geste d'ignorance. Je passe d'une photo à l'autre, d'un certificat à l'autre, à la recherche de quelque chose qui appartienne à ma famille.

— Zeta-1 ?

Je me retourne : Voxy sourit largement devant un tiroir à semences ouvert. Je m'approche pour voir. Parmi les débris de sachets en aluminium qui ont contenu autrefois des semences congelées, des sacs en plastique plus grands sont suspendus à des crochets, comme dans une armoire à dossiers. Ils ressemblent fort aux sacs que Ben nous a donnés, à Javier et moi, pour que nous y mettions nos affaires avant d'entrer dans nos caissons. Des étiquettes rétroéclairées en dépassent.

Un bruit soudain nous fait sursauter, et un air glacial se déverse de deux ouvertures carrées au-dessus de nos têtes, me rappelant que cette salle a été prévue pour conserver des semences.

— Tu as vu, maintenant, chuchote Voxy en jetant un regard inquiet vers sa couchette. On ferait mieux de revenir une autre fois. Je ne me sens plus si courageux.

Il a raison. Nyla peut arriver d'une seconde à l'autre. Mes jambes ont la tremblote, et ce n'est pas à cause du froid. Mais si je quitte le vaisseau, c'est peut-être là ma dernière chance de retrouver mes affaires.

— Juste une petite seconde !

Je me penche sur le tiroir pour lire les étiquettes lumineuses. *Yancy, Meg.* Dans le sac miroite la bague en diamant de ladite Meg Yancy. Je me hâte de refermer le tiroir.

Voxy me tape sur l'épaule.

— Il faut qu'on s'en aille.

Je ne peux pas partir si près du but. Malgré l'air glacial, la sueur perle sur mon front.

— Va monter la garde à la porte.

Voxy semble très inquiet, mais il acquiesce et obéit.

Je tente ma chance deux tiroirs plus haut. *Rieses, Marcus.* Je monte encore, passe mes doigts fébriles sur le dessus des sacs, et ralentis quand j'arrive à la lettre O : *O'Neal, Jason.* Puis… P : *Patel, Aashika,* P : *Peña.*

J'ai comme un essaim d'abeilles dans l'estomac. Je sors le sac de Javier et je l'ouvre. Son jean et son sweat-shirt GGG sont encore roulés en boule au fond. Les couleurs du mammouth Wally souriant, du bébé hypacrosaure et du dodo se sont fanées.

Mes doigts rencontrent ensuite une surface plane. Je sors le livre de Javier et je le tiens en l'air. Sur la couverture, la femme au regard mélancolique avec un foulard rouge dans les cheveux me regarde. Le titre, *Les Rêveurs,* est écrit en lettres cursives.

— C'est ça ! Le livre ! me lance Voxy depuis son poste. Je te l'avais dit !

La boule grossit dans ma gorge. J'élève le livre sous mon nez et je le renifle. Même après trois cent quatre-vingts ans, il a encore l'odeur de la maison… Je pivote avec l'intention de demander au garçon de me le tenir pour que je puisse continuer ma fouille, mais je me rends compte que je suis incapable de le lâcher.

Alors je le glisse sous mon bras et passe au sac suivant.

Peña, Petra.

J'y plonge la main. Mon ongle rencontre une pointe métallique. Je referme les doigts dessus et sors mon pendentif, noirci par l'oxydation. Je le serre contre moi. Il était là, depuis tout ce temps ! Mon cœur se serre et les larmes me brûlent les yeux. Je le glisse dans ma poche de poitrine et pose la main à plat dessus, paupières baissées.

La ventilation glacée cesse de souffler. Je rouvre les yeux : Voxy est juste devant moi.

— Il faut vraiment qu'on s'en aille, Zeta-1.

Je renifle.

— Oui, oui.

Je commence à refermer le tiroir. Voxy tend la main pour que je lui donne le livre de Javier.

— On doit le remettre.

— Non !

C'est sorti tout seul : un cri du cœur.

Voxy fait un petit bond en arrière.

— On sait où est la salle, maintenant. On pourra revenir le lire plus tard, insiste-t-il.

Je sais que ça ne sera pas possible. Mais je sais aussi que si Voxy change d'avis et dit à Nyla que j'ai pris une relique, mon évasion tombe à l'eau. Je ne peux pas prendre ce risque.

Il m'ouvre le sac, et j'y dépose le livre. C'est un peu comme perdre Javier une nouvelle fois.

Voxy, satisfait, se dirige vers la porte. Je commence à le suivre, mais je m'arrête aussitôt. Je ne peux pas laisser ce livre. Et les affaires de mes parents ? Qu'avaient-ils emporté avec eux ? Je ne le leur ai même jamais demandé.

— Qu'est-ce qu'il y a, Zeta-1 ?

— C'est juste que...

— Voxy ! éclate alors la voix de Nyla.

Nous nous figeons comme les chèvres de Lita. Voxy se précipite et plonge dans l'ouverture de sa couchette. La porte se referme presque aussitôt, me laissant seule dans le faible éclairage de notre système solaire qui tourne dans une brume froide.

Mon haleine tiède forme des petits nuages dans l'air glacial. Je serre mon pendentif dans ma main. *Pitié, faites que je ne me fasse pas attraper si près du but.*

La voix étouffée de Voxy me parvient.

— Oui, Nyla ?

Un silence, qui s'éternise un peu trop à mon goût.

— Pardon… Je veux dire : madame la chancelière. Je peux vous demander quelque chose ?

— Bien sûr, Voxy.

— Vous m'avez dit que j'avais imaginé les reliques. Je sais que ce n'est pas vrai. Pourquoi est-ce que vous ne voulez pas qu'on soit au courant, moi et les autres ?

Mais qu'est-ce qui lui prend ? Il fait comme Javier le jour où maman nous a surpris à nous gaver d'Oreo avant le dîner. Il avait souri, les dents couvertes de petites miettes noires. « *On n'est pas en train de manger les gâteaux que tu as cachés derrière tes plantes grasses, maman. Pas du tout.* » Évidemment Maman avait aussitôt regardé ses plantes sur le comptoir de la cuisine. Je suis certaine que Nyla est en train de fixer la porte derrière le lit de Voxy.

Elle soupire.

— Voxy, il faut que tu comprennes que tout ce que je… tout ce que fait le Collectif, c'est pour nous protéger, nous tous, toi y compris.

J'entends le petit pouffer de rire.

— Mais tu as raison, continue-t-elle, ces reliques existent bien. Cependant, il faut les oublier. Elles n'ont jamais rien apporté de bon. Les possessions humaines qui faisaient partie de l'ancienne

Terre, autrefois, n'ont mené qu'à la cupidité et à l'égoïsme. Et cela n'entraînait que du malheur. Et le malheur créait des conflits. Tu comprends ?

— Oui, Nyla. Je comprends.

Cette fois, elle ne le corrige pas sur son nom. Je me demande s'il croit que le livre de Javier a pu un jour mener à la cupidité ou à la guerre.

— Rien ne doit s'interposer entre toi et la protection apportée par le Collectif. Il est possible qu'un jour, toi et moi devions absorber plus de connaissances que tu ne pourrais en rêver. Même dans un Collectif, le fardeau du pouvoir occulte retombe sur les épaules de quelques rares élus. (Je fais tout de suite le lien avec les Savs inutilisés dans le tiroir.) Mais il serait dangereux que tout le monde possède ce savoir. Pour l'instant, pour que le Collectif réussisse, nous devons contrôler l'accès aux connaissances et ne l'accorder qu'à quelques êtres choisis. Ceux-ci doivent être conditionnés à servir avec une soumission absolue, comme les Zeta.

Le silence revient pendant quelques instants.

— Mais qu'est-ce qui va se passer quand il n'y aura plus de Zeta ? demande Voxy.

— Ne t'inquiète pas pour ça. Nous travaillons depuis des années à la fabrication d'une nouvelle série. Tout cela, en vue d'une raison précise. Tu auras bientôt des camarades plus proches de ton âge. Ceux-là, nous pourrons aussi les utiliser pour faire avancer la science, et ils seront programmés pour servir la cause de manière inconditionnelle.

Après quelques nouvelles secondes de silence, elle conclut :

— Toi et moi, effaçons tout ce savoir superflu et les possessions qui nous distraient, pour ne plus rien voir d'autre que le Collectif. Et si, en nous regardant l'un l'autre, nous ne voyons rien de plus que le reflet de nous-mêmes, alors tout ne sera que paix.

À l'entendre présenter les choses ainsi, je doute que quiconque puisse lui opposer un contre-argument solide…

— Viens avec moi, dit-elle. Il y a une réunion à laquelle je veux que tu assistes. C'est ainsi que tu apprendras et que tu comprendras.

— Maintenant ? Je ne peux pas commencer à apprendre une autre fois ?

Encore un silence menaçant, puis :

— Bien, madame la chancelière.

J'entends des pas, puis plus rien. Je sais qu'elle a tort. Qu'elle déforme la réalité pour mieux défendre ses convictions. Nyla a-t-elle eu quelqu'un pour faire son éducation, comme elle fait maintenant celle de Voxy ?

Si je ne m'enfuis pas avant leur retour, je vais rester coincée toute la nuit dans cette chambre froide. Éclairée par le soleil miniature, j'avance à pas de loup vers l'ouverture – tellement discrète que mes seuls repères pour la localiser sont les murs des deux côtés, couverts de souvenirs de la Terre alors que la porte elle-même est nue. Je cherche un bouton ou un petit trou, mais mes doigts ne trouvent rien de tel.

— Non, non, non, non… dis-je tout bas.

La plupart des gens reculeraient d'un pas et chercheraient des yeux le déclencheur de la porte. Mais même si j'avais plus de lumière, le mur est tellement couvert de photos, de faire-part et de dessins que je mourrais de froid avant d'avoir pu l'examiner centimètre par centimètre.

J'y vais au jugé et je passe les doigts sur l'endroit qui me semble correspondre à l'emplacement du bouton de l'autre côté. Il est recouvert par une carte de base-ball représentant la première lanceuse femme en ligue majeure. En la retirant, je découvre le même trou rond. Trop petit pour mes doigts. Je retourne à la table de travail pour chercher un holostylet, mais il n'y a rien de tel. Je sors alors la carte de base-ball de son étui en plastique et je la roule.

— Pardon, dis-je tout bas, devinant d'après l'étiquette collée au dos de l'étui que la carte a dû avoir de la valeur pour un certain *Foster, Niles.*

Je glisse le tube dans l'orifice… et la porte s'ouvre en coulissant. Je me dépêche de passer. Heureusement, la couchette de Voxy est vide ! J'enfonce la carte dans le trou de l'autre côté. Pendant que la porte se referme, je continue de réfléchir… Si je reste coincée dans la chambre forte en retournant chercher toutes les affaires de ma famille, posséder leurs souvenirs ne me servira à rien : on me reprogrammera pour que j'oublie jusqu'à leur existence. Je sors de la couchette de Voxy et passe la tête dans la chambre vide de Nyla.

La porte qui donne sur le couloir est fermée. Je pousse le verrou, mais il ne bouge pas. Il y a le même digicode que de l'autre côté. J'essuie la sueur sur mon front. *Faites que ça marche.* Je tape *2061*, et rien ne se passe. Si Nyla revient, tout est fini. S'ils ont choisi *2061*, l'année du départ...

La peur au ventre, je tape *2442*, qui doit être l'année en cours si mes calculs sont bons. Je pousse le verrou : ça marche, la porte s'ouvre. Je sors d'un bond et parcours le couloir en dix secondes. Puis, le dos bien droit, je m'engage d'un pas assuré dans la grande salle.

Je suis à mi-chemin de l'ascenseur quand j'entends la voix de Nyla. Sa « réunion » se déroule près de l'ancienne cafétéria. Je n'ai pas le choix : je suis obligée de passer devant pour regagner ma chambre. Nyla se tient sur une estrade, dos à moi. Voxy, assis au premier rang, me suit des yeux mais ne laisse rien paraître.

— Nous explorons plusieurs possibilités, est en train de dire Nyla. Il faut cependant noter que le verrouillage gravitationnel limite le choix des sites de colonisation.

Je continue de marcher en regardant droit devant moi.

— La zone habitable optimale est très spécifiquement localisée. Nous avons un défoliant presque prêt.

Bonjour la pression.

J'ai fini ma traversée et j'attends maintenant l'ascenseur.

— Néanmoins, il y a bien d'autres obstacles à un séjour prolongé dans cette région, continue-t-elle. Et nous avons beau faire de notre mieux, si nous ne pouvons pas y remédier rapidement, nous nous mettrons en quête d'une autre planète.

Mon cœur fait une embardée dans ma poitrine. Cela dit, je me fiche de savoir où ira le Collectif une fois que nous serons sur Sagan, du moment qu'ils s'en vont.

J'entre dans la cabine, j'appuie sur le bouton du sixième étage et je me retourne face à la porte.

— Les éléments hostiles sont l'un de ces obstacles, continue Nyla au moment où la porte commence à se refermer. Nous n'avons aucune intention d'entrer en contact avec eux.

Quoi ! Ils nous ont envoyés là-bas alors qu'il y avait des « éléments hostiles » ? Je tends la main pour rouvrir…

— Jusqu'à présent, nos missions d'exploration dans la zone ont évité les Premiers…

Trop tard. La porte se ferme et je n'entends plus rien. La cabine monte déjà. *Les Premiers.*

Les Premiers quoi ? Jusqu'à présent, je n'avais osé espérer que le premier vaisseau soit arrivé jusqu'ici. Et même si c'était le cas, avec le Collectif au pouvoir ? Je n'avais pas pensé que trouver d'autres gens quelque part sur une nouvelle planète était même envisageable. Papa disait que le premier vaisseau installerait une colonie dans la zone habitable et que nous devrions la localiser depuis l'espace, par imagerie panchromatique, faute de quoi ce serait comme chercher une aiguille dans une botte de foin.

J'ai envie de sauter de joie, mais on me verrait à travers la vitre. Un gloussement m'échappe, et je me retiens de rire... avant de me rappeler que personne ne peut m'entendre. Alors je ris plus fort que je ne l'ai fait depuis des siècles. Sagan n'est pas aussi vaste que la Terre, mais j'avais renoncé à l'espoir que les terraformateurs soient encore en vie, et peut-être pas très loin de nous.

Certes, si les Premiers Arrivants se trouvent dans la zone habitable, il faudra peut-être des années pour les trouver – en se nourrissant d'algues lacustres. Mais s'ils sont quelque part, je finirai par y arriver, pour Plume, Rubio, Suma et moi.

Arrivée à mon étage, je cours à notre dortoir et me dépêche d'y entrer, en reprenant mon souffle. Mes camarades dorment encore et Rubio ronfle comme d'habitude.

Je m'engouffre dans la salle de bains et j'allume la ventilation, un grand sourire toujours collé aux lèvres. Je sors mon pendentif de ma poche et le frotte pour lui redonner son éclat – et tant pis pour les traînées noires qu'il laisse sur mes vêtements. Je le tiens devant la lumière.

Je repense aux paroles de Lita : « *Un portail pour retrouver ceux que l'on a perdus.* » Entre le retour de mon pendentif et la nouvelle qu'il pourrait y avoir d'autres humains sur Sagan… Si un cœur peut éclater de joie, le mien est sur le point d'exploser.

23.

Le lendemain matin, je me réveille avant les autres et m'enferme dans la salle de bains pour être tranquille. Je brosse mes cheveux et les sépare en trois mèches.

Ça y est. Désormais, avec mon pendentif, je vais pouvoir parler à Lita. J'ai tout ce qu'il me faut. Plus vite j'aurai fabriqué le défoliant, plus vite Nyla nous enverra tester son efficacité, et plus vite nous pourrons fuir. Les Premiers Arrivants sont peut-être encore en vie, eux aussi.

Je tresse mes cheveux bien serré, sans oublier une seule mèche folle, puis regagne la chambre. Suma s'étire et bâille.

— Bonjour, Zeta-1.

— Bonjour, Sum... euh, Zeta-2.

Je me crispe en prononçant ce nom idiot inventé par le Collectif, en me rappelant ce qu'a dit Nyla de Suma juste avant de la remettre en stase. « *Avec le téléchargement mis à jour, Suma Agarwal sera Zeta-2 pour le restant de ses jours.* » C'est bientôt fini, Suma.

Elle enfile sa combinaison.

— Quelle est ta mission pour aujourd'hui ?

— Oh, juste défolier la planète. Et toi ?

Elle se redresse sur son lit.

— Fabriquer du carburant pour le vaisseau.

Je repense à ce qu'a dit Nyla à propos des obstacles et d'un éventuel départ pour une autre planète. Est-ce pour cela qu'ils ont besoin de carburant ? Pour quand est-ce prévu ?

— Pourquoi ?

Ils lui ont peut-être donné un indice, me dis-je. Mais elle hausse les épaules.

— Je fais ce que me demande le Collectif.

Décidément, il est urgent d'agir.

Rubio intervient d'une voix aussi monocorde que celle de Crick.

— Moi, je dois juste faire en sorte que le Collectif ait le bon dosage d'oxygène à respirer.

Plume se lève et rajuste sa combinaison.

— Eh bien moi, je vais travailler à des nanomeds pour le Collectif. Il faut que leurs corps fonctionnent correctement : ton air bien dosé ne servirait à rien, bien sûr, sans un système pulmonaire sain.

Je ricane en mettant mes chaussures. Plume vient s'asseoir à côté de moi.

— J'ai beaucoup aimé le *cuento* que tu nous as raconté sur Los Viejos et le trésor de pierres précieuses, Zeta-1. Surtout la fin, le moment où ils vivaient au bord de la rivière et plantaient des arbres fruitiers et des vivres, et où les enfants venaient de partout jouer dans les vergers. (Elle soupire.) J'aimerais bien voir un verger un jour.

Je tourne vivement la tête. C'est un excellent ajout à l'histoire, mais je sais pertinemment que je n'ai pas parlé d'enfants jouant dans les vergers.

Rubio continue :

— J'ai bien aimé aussi quand Los Viejos aidaient les pauvres et les sans-abri après la grande pandémie.

Un picotement me parcourt l'échine. Je n'ai absolument pas parlé de la grande pandémie du début des années vingt. S'ils se rappellent des bribes d'histoire ou de leur vie sur Terre, c'est fantastique ! Mais mon instinct me dit qu'il vaudrait mieux qu'ils s'en souviennent *après* qu'on aura fui sur Sagan.

Je pose l'index sur mes lèvres et les regarde un par un dans les yeux.

— Chut !

Tous me retournent mon regard sans comprendre. C'est peut-être ma dernière chance. Je sais que c'est risqué, mais...

— Quand nous partirons pour la prochaine mission d'exploration, vous devrez obéir à tout ce que je dis. Si vous le faites, je vous promets autant de *cuentos* que vous voudrez.

— Pourquoi ? me demande Suma.

— On ne pose pas de questions, dis-je fermement. Le Collectif ne fait qu'un.

Je sais que c'est une déclaration vague, mais ça sonne tout à fait comme ce que dirait un membre du Collectif.

Plume et Rubio acquiescent, mais Suma me fixe comme si mes paroles mijotaient à petit feu dans sa tête.

Rubio parle tout seul à mi-voix.

— Mmm, encore des *cuentos*…

— Je suis d'accord ! lance gaiement Plume. Je suivrai tout ce que tu me diras. (Elle se lève, les bras le long du corps.) C'est pour aider le Collectif.

Suma fronce les sourcils.

— Mais est-ce qu'on n'aurait pas été informés par le Collectif s'il y avait eu un changement dans le commandement ?

C'est épineux. Cependant, si j'arrive à fabriquer le défoliant, nous pourrions bien être de retour sur Sagan d'ici vingt-quatre heures. Ça vaut la peine de tenter…

Mon cœur s'emballe et je me tourne avec autorité vers Suma.

— La chancelière me l'a demandé en privé. Je dois vous emmener sur un site de colonisation potentiel pour en tester la sécurité. Nous ne devons encore en parler devant personne, pour ne pas créer de faux espoirs. Mais si nous réussissons, ce sera une grande victoire pour le Collectif.

Suma me regarde d'un air soupçonneux.

— Si tu veux encore des *cuentos*, il faut accepter, dis-je.

Rubio pince ses lèvres.

— Moi, je suis d'accord.

Plume s'accroupit et regarde Suma avec espoir.

— Zeta-2 ? S'il te plaît.

C'est peut-être notre seule et unique chance de fuir. Je ne peux pas laisser Suma influencer les autres.

Je lève le menton en repensant à la manière dont Voxy s'est adressé à l'homme dans l'ascenseur.

— Sauf, bien sûr, si tu doutes des choix que fait la chancelière pour le bien du Collectif.

Suma ne répond pas, concentrée sur le tressage de sa natte. Quand elle a terminé, elle pousse un profond soupir.

— Je pense…

Soudain Crick entre dans la chambre. Il s'arrête, les mains jointes devant lui. Ses lèvres sont bordées de bleu.

— Brigade d'experts Zeta.

Nous le suivons jusqu'au niveau principal pour notre repas quotidien. Comme tous les jours, je prends mon cube de biopâte sur le plateau du garçon. Et comme tous les jours, celui-ci ne semble même pas me voir.

La chaîne de fabrication travaille comme d'habitude à produire l'alimentation du Collectif. J'envisage d'aller piquer encore une boîte, mais à ce stade je ne peux plus courir ce risque. Ailleurs, un groupe répare des combinaisons pourtant impeccables pendant qu'un autre astique le sol déjà reluisant. Tels des grains de poussière minuscules flottant dans les airs, d'autres encore, suspendus à leur harnais, nettoient le plafond.

Le petit groupe des bavards est au même endroit que les matins précédents. Je m'en rapproche une fois de plus. Maintenant que Glish n'est plus là, le requin-marteau et les autres discutent d'un ton morne.

Plume, Rubio, Suma et moi mettons moins d'une minute à avaler notre ration quotidienne. Je songe au temps que ma famille passait à table dans la cuisine, autrefois. Maman sirotait son café et dodelinait de la tête en faisant ses mots croisés. Javier déblatérait sur un nouveau membre du Gen-Gyro-Gang, ou débattait pendant dix minutes avec papa pour savoir si on pouvait vraiment atteindre sa cervelle en se curant le nez trop fort. Rien à voir avec les quarante-cinq secondes que nous passons à engloutir notre biopâte...

Une fois rassasiés, nous emboîtons le pas à Crick pour partir au travail.

— Une grosse journée... une grosse journée... répète-t-il.

Il ne croit pas si bien dire. Si j'arrive à terminer le défoliant sans éveiller les soupçons, et sans que Suma ne raconte à Nyla ce que je viens de dire à l'équipe, nous serons définitivement sur Sagan dans les vingt-quatre heures.

Dans la soute, aujourd'hui, les crevettes débordent d'activité. En un ballet qui semble chorégraphié, ils font léviter les caissons vides, aussitôt remplacés au centre par des conteneurs métalliques. Le débarquement se prépare.

Les caissons sont alignés un par un sur le pourtour de la soute, telles les briques blanches d'une bordure de jardin. Tous les quatre caissons, de gros bidons de gel nous rappellent qu'ils peuvent encore servir si nécessaire. Je me demande si notre remplacement par une nouvelle génération est imminent. Mon repas tourne comme du lait caillé dans mon estomac.

Crick nous fait passer devant l'ancienne réserve maintenant vide. Nous continuons d'avancer dans l'agitation ambiante jusqu'à atteindre le calme des laboratoires de recherche.

Crick indique l'entrée de l'un d'eux.

— Zeta-2. As-tu besoin d'un assistant ?

Suma souffle avec dédain.

— Non.

Je jure qu'elle jette un regard dédaigneux à Rubio avant d'entrer et de refermer derrière elle.

Crick a un hochement de tête approbateur.

— Très bien. Suivant ! dit-il en s'enfonçant plus loin dans la zone des labos.

Quand nous déposons Rubio devant le sien, il tape dans ses mains et murmure pour lui-même :

— Au boulot, enfin !

Plume part devant Crick et moi. Elle tourne à gauche dans un labo où ses sachets de prélèvements sont déjà disposés sur la paillasse. Chaque pierre, chaque caillou est installé dans sa propre boîte de Petri à côté d'un spectromètre. Elle agite vaguement la main au-dessus de sa tête en guise d'au revoir et referme la porte au nez de Crick, qui doit faire un petit saut en arrière.

Lui et moi poursuivons vers le labo du fond.

— Il paraît que tu as gâché ma surprise, me dit-il.

Mon cœur rate un battement. Je toussote.

— Quelle surprise ?

— La chancelière me dit que tu as déjà fait connaissance avec Epsilon-5.

— Ah, euh, oui ! J'avais trop hâte. Pardon.

— Tu as de la chance d'avoir un coéquipier. Il est très doué.

Cela me rend encore plus curieuse à l'égard du vieux savant. Qu'a-t-il pu inventer pendant sa vie sur Terre, pour que Crick soit au courant de son talent ?

Crick ouvre la porte, mais Epsilon-5 n'est pas là. Une odeur de produits chimiques brûlés flotte dans l'air. Une centrifugeuse ralentit jusqu'à l'arrêt complet. Un incubateur est réglé sur une température bien trop élevée, trente-sept degrés, ce qui n'a aucun sens si on veut fabriquer un défoliant. C'est exactement le genre de retard que je ne peux pas tolérer, étant donné l'urgence de ma situation. Je me dépêche d'aller régler l'incubateur sur trente degrés, ce qui fait biper le capteur. Je sais que ce n'est pas la faute d'Epsilon-5 : il ignore que mon temps est compté. Moi qui étais déjà mal de devoir l'abandonner en partant, je culpabilise encore plus d'être contrariée par ce qu'il a fait...

— Bon, je vois que tu es déjà à ton aise. Y a-t-il autre chose que je puisse faire pour toi ? me demande Crick.

Comme les autres avant moi, je le chasse de la main tel un moustique. Il soupire et s'assoit sur un banc à côté de la porte.

— Vous avez besoin d'autre chose ? demandé-je.

— Non, non. Le Collectif souhaite simplement être tenu au courant.

— Bien sûr.

Sa surveillance ne modifie pas mon programme. Je mettrais ma main au feu qu'il ne comprend rien à ce que nous faisons dans les labos, de toute manière.

Je profite de l'occasion pour tester un de mes échantillons d'eau du lac. Je le dépose dans une centrifugeuse pour analyser les particules en suspension. Pour les autres prélèvements, j'ouvre un kit de bandelettes test. En moins d'une heure, j'apprends que l'eau contient un parasite inconnu qui ressemble fort à une cryptosporidie, mais pas de métaux lourds. Je fais passer l'eau dans un filtre, qui la débarrasse facilement du parasite. Je teste les sédiments : ce n'est que du sable. L'eau est donc parfaitement buvable, pourvu qu'on la filtre au préalable.

Je sais donc exactement comment traiter les algues lacustres. J'ouvre le premier tiroir du meuble de rangement, et bingo : j'y trouve les allume-gaz à pierre. Je n'en reviens pas qu'avec toute cette technologie, dans un vaisseau lancé à travers la galaxie, ils se servent des mêmes appareils à silex que ceux de notre classe de cinquième. J'en prends deux, ainsi que plusieurs pierres de rechange, que je fourre rapidement dans ma poche.

J'entreprends de faire bouillir une soupe d'algues lacustres dans un bécher de 500 ml. Une fois sûre que toutes les cryptosporidies ont été tuées, je me place dos à Crick et prélève un petit morceau d'algue avec des pincettes. Je ferme les yeux, dis une rapide prière, le mets dans ma bouche et commence à mâcher. C'est un peu gluant, et ça ne vaut pas la *sopa de nopal* – la soupe de cactus – mais c'est déjà meilleur que la biopâte. Je tapote les allume-gaz dans ma poche avec le sentiment d'avoir déjà obtenu trois des choses dont nous aurons besoin. De quoi manger, de quoi boire, et de quoi faire du feu. Je serre mentalement le poing dans un petit geste de victoire, et m'attaque au défoliant.

Je me donne jusqu'à l'après-midi pour trouver comment tuer la plante qui peut elle-même nous tuer. Mais quand je vais chercher mes sachets de feuilles bordées de rouge dans la vitrine réfrigérée, ils n'y sont plus. Je me retourne vers Crick.

— Quelqu'un a pris mes feuillages.

Il hausse les sourcils.

— *Tes* feuillages ?

Je comprends aussitôt mon erreur.

— Les autres échantillons du Collectif sont là, mais pas ceux dont j'ai besoin en premier.

Il hoche la tête.

— Je suis sûr qu'Epsilon-5 aura la réponse.

— Bien sûr.

Je souris pour la façade, mais mon estomac frémit comme s'il était rempli de papillons aquatiques.

— Je vais commencer par les autres.

Je réfléchis à un défoliant qui puisse fonctionner à la fois sur la mousse qui couvre le sol et sur les feuilles d'éléphants. Comme attendu, il y a de l'acide dichlorophénoxyacétique et trichlorophénoxyacétique en abondance dans le labo. Suffisamment pour éradiquer toute vie végétale et animale sur Sagan… Car déjà sur Terre, ces substances ont fait des ravages, en tuant poissons et mammifères, et quantité d'humains aussi… Ils étaient des constituants de « l'agent orange » pendant la guerre du Vietnam. Il faut croire que le Collectif n'est pas si opposé à toutes les reliques et souvenirs de la Terre…

Au lieu d'utiliser des substances nocives, je prépare une mixture comprenant un tensioactif, du NaCl et un dérivé chimique de l'acide acétique – autrement dit, du liquide vaisselle, du sel et du vinaigre. Ça n'agira peut-être pas aussi vite que le souhaite

Nyla, mais si cela a pu empêcher les plants d'hostas de Mme Tronsted d'envahir les groseilliers de maman, cela devrait tuer les plantes à grandes feuilles et la mousse sans polluer ni l'eau ni le sol de Sagan.

Je dépose des échantillons de feuilles et de mousse dans des boîtes de Petri et pulvérise dessus ma potion écologique.

L'après-midi tire à sa fin et j'ai déjà fait la moitié du travail quand Epsilon-5 arrive. Il me sourit et me salue aimablement. Puis il rejoint à petits pas la paillasse, un pied légèrement en dedans comme celui de mon grand-père après son AVC. Il porte une blouse, mais garde ses lunettes de sécurité remontées sur le crâne.

Je le remercie pour son accueil et je pose devant lui les échantillons de plantes déjà mourantes.

— Acide trichlorophénoxy... ?

— Je n'en ai pas eu besoin, dis-je fièrement. (Je lui montre les ingrédients quc j'ai utilisés.) Ça rendra la zone plus rapidement habitable pour le Collectif.

— Beau boulot, Zeta-1.

Crick se lève.

— Alors ? Mission accomplie ?

C'est Epsilon-5 qui répond pour moi.

— Bien sûr que non. Nous devons encore procéder à des contrôles et calculer quelques variables.

Je lui tends un erlenmeyer et il passe prestement de l'autre côté de la paillasse : nos gestes sont fluides et sûrs, comme si chacun de nous lisait dans les pensées de l'autre.

Il regarde Crick par-dessus la cloison de séparation.

— Il y en a pour un moment.

Il a raison : cela va prendre un peu de temps. Mais quelque chose me dit aussi que la présence de Crick l'agace autant que moi. Nous aurions sans doute pu être bons amis, tous les deux...

Crick soupire avant de s'éloigner.

— Je vais voir où en sont les autres et je reviens.

Comme si nous étions partenaires de travail depuis vingt ans, Epsilon-5 et moi découpons les échantillons et préparons les boîtes sans avoir besoin de nous dire quoi faire. Les seuls instants de pause sont ceux où, de temps en temps, il attrape une de ses mains avec l'autre pour calmer un tremblement involontaire.

Au bout d'un petit moment, il me regarde par-dessous la séparation.

— Tu sais, on a été interrompus par la chancelière, hier.

Je n'ai pas oublié la splendeur de la vue sur la planète, mais je sais que Crick soupçonnerait quelque chose si nous regardions par la baie vitrée au lieu de nous consacrer au travail.

— Je me demandais... continue Epsilon-5.

— Oui ?

— As-tu observé d'autres créatures, à part les papillons aquatiques ?

Mon cœur se serre. Si quelqu'un mérite de voir les créatures de Sagan, c'est bien lui.

— Eh bien, j'ai aperçu une petite bête poilue, à oreilles rondes, dis-je, sachant qu'il ne comprendra pas le terme *mini-chinchilla*. Grosse comme ça, à peu près, précisé-je en soulevant une pipette par son bulbe.

Il a un grand sourire à trous. Je lui montre un bouchon en caoutchouc.

— Les oreilles, grandes comme ça.

Il rit.

— C'est dangereux, tu crois ?

— Je n'ai vu aucune vie animale qui ait l'air dangereuse.

Il continue sur un ton plus sérieux.

— Rien du tout ?

— Pas pour l'instant.

— Hmmm.

Il continue à prélever des échantillons de feuilles pour le contrôle.

— Cette petite bête se déplace en trottinant et grignote tout ce qu'elle trouve pour remplir son petit ventre rond, sauf ça… (Je désigne l'endroit où étaient rangées les feuilles à bordure rouge.)

D'ailleurs, savez-vous où sont les échantillons qui étaient dans ce frigo ? Il va falloir qu'on les teste aussi.

— Ah, j'ai oublié de te le dire. Le Collectif m'a demandé de tout utiliser sur-le-champ pour fabriquer autre chose.

Cette déclaration me fait l'effet d'une gifle. J'ai du mal à comprendre qu'il ait gaspillé tous les échantillons de la plante la plus vénéneuse de l'histoire de la galaxie pour tester un herbicide. Il a dit « fabriquer », pas « tester », mais c'est sans doute une simple erreur.

— Et vous avez déjà terminé ?

— Oh oui. Ça n'a pas mis longtemps du tout. Une substance dangereuse à travailler, mais plutôt facile à extraire.

— À extraire ? (J'espère toujours qu'il se trompe.) Vous voulez dire, neutraliser ? Avec un herbicide ?

Je repense soudain au réglage de l'incubateur quand je suis arrivée. Réglé pour faire pousser quelque chose. Mon sang se glace.

— Non. La chancelière a été très claire. Je devais fabriquer une toxine aéroportée à demi-vie courte. À effet instantané, mais qui laisse derrière elle un air respirable pour des colons humains. Ils ont dû trouver une forme de vie qui menaçait la sécurité du Collectif. Une créature si dangereuse qu'il fallait tout suspendre le temps de créer cette toxine mortelle.

J'ai soudain l'impression d'être en apesanteur, déconnectée de ce qui m'entoure. Quand je me suis réjouie dans l'ascenseur que les Premiers Arrivants soient là, quelque part, je n'ai pas envisagé un instant que le Collectif puisse être en train de comploter pour les exterminer.

— Qu'avons-nous fait ? murmuré-je.

Je pose ma flasque avant qu'elle ne glisse entre mes doigts tremblants. Je le sais déjà, ce que nous avons fait. Le Collectif doit avoir une idée assez précise de l'endroit où se trouvent les Premiers Arrivants. Et quand nous retournerons sur Sagan, si nous fuyons et les rejoignons, qu'est-ce qui pourra l'empêcher de tous nous empoisonner ?

Je n'ai plus le choix : il faut que je déniche la toxine fabriquée par Epsilon-5 et que j'essaie de la détruire. Et tout cela avant notre départ demain.

— J'ai passé une unité entière à les aider à réguler leurs humeurs, ajoute Epsilon-5 en me montrant le tonique. C'est bien volontiers que je veille à la sécurité de leur nouvelle planète.

Je passe en revue tout ce que je sais sur le Collectif. Ils ont peur. Ils sont très clairement prêts à éliminer tout ce qu'ils considèrent comme une menace. Mais ils ne savent même pas encore si leurs filtres épidermiques…

Soudain, je suis frappée par ce qu'Epsilon-5 vient de me dire.

— Attendez. Vous les aidez depuis une unité ?

Ma nuque et mon crâne se hérissent. Si la reprogrammation d'Epsilon-5 est aussi efficace qu'elle en a l'air, je sais qu'il lui est très difficile de mentir. Il est donc sorti de stase depuis…

— Plus de soixante-dix ans ?

S'il est conscient depuis tout ce temps, il était encore plus jeune que moi quand ils l'ont réveillé.

— C'est ce que je t'ai expliqué : quand on a commencé le travail, il ne restait plus que quelques Delta encore en vie. Avant les Delta, c'étaient les Gamma qui se chargeaient de ces tâches pour le Collectif.

J'inspire plusieurs fois lentement et je ferme les yeux. Tous les jeunes mis en stase le même jour que moi… Tous, vivant leur vie entière à bord, sans aucun souvenir de chez eux, de la Terre, ni de leur famille, quand ils n'étaient pas simplement expulsés. Je suis prise de tremblements incontrôlables.

Epsilon-5 va déposer un échantillon dans l'incubateur et revient. Il retire ses lunettes de sécurité et ses gants, qu'il pose sur la table.

Les lampes du labo éclairent une marque brune sur sa peau ridée. Ce motif de petits points me rappelle quelque chose. Je me penche plus près. Au creux de son pouce gauche, pas de doute : c'est bien une tache de naissance en forme de constellation.

Je chancelle et me rattrape au bord de la paillasse. Epsilon-5 me tend aussitôt sa main.

— Attends, je vais t'aider.

Je m'y accroche et me laisse tomber sur la chaise. J'attire sa main vers moi et je passe le doigt sur cette marque, comme je l'ai déjà fait mille fois.

Ma voix chevrote quand je dis son prénom, qui n'a pas été prononcé à voix haute depuis des siècles.

— Javier ?

24.

Epsilon-5, mon frère, incline la tête sur le côté.

— Je ne comprends pas.

Je ne peux retenir un cri étranglé. Je m'essuie les yeux et détourne la tête.

— Oh, non… dis-je tout bas.

Je me tourne de nouveau vers lui. Malgré tout ce qu'ils ont fait à son esprit, je le vois, maintenant : sous les rides et les cheveux blancs, c'est bien lui.

— Zeta-1 ? fait-il d'une voix légèrement moins raide. Qu'est-ce qu'il y a ?

Il a le même regard que quand je me cognais le doigt de pied contre son lit, il y a tant d'années. Ses paupières tombent à présent sur ses iris bruns, rendus laiteux par l'âge. Il les tourne vers la soute.

— Je vais aller chercher de l'aide.

— Non ! J'ai juste besoin… d'un petit instant.

— Veux-tu un peu de tonique ?

Il se dirige vers les étagères chargées de bouteilles rouges, vertes, bleues, jaunes.

Je ne peux plus respirer. Il a l'air encore plus vieux que Papy au moment de sa mort. Je le regarde avec incrédulité verser d'une main tremblante du tonique rouge dans un gobelet. Quand il se hâte de revenir vers moi, j'ai envie de lui dire de ralentir.

Il tire un tabouret pour s'asseoir à côté de moi.

— Faut-il que j'appelle le service médical ?

Je repousse le verre.

— Epsilon-5, te rappelles-tu comment tu es arrivé ici ?

Ma voix tremble encore.

Il me répond lentement, comme Lita quand elle se remémorait un souvenir d'enfance.

— Le Collectif décidait du moment où il nous sortait de stase, de manière à optimiser notre efficacité, comme pour toi et les autres Zeta. Mais... les autres Epsilon ont vieilli. (Il soupire, pose une main sur l'autre et les serre en baissant la tête.) Ils sont tous partis, maintenant.

Suma, Plume, Rubio et moi... Nous sommes les derniers.

J'ai besoin qu'il soit encore le Javier qui m'avait promis d'être mes yeux. Qui aurait fait n'importe quoi pour moi, et moi pour lui. Je comprends, maintenant, ce qu'entendait Lita quand elle disait « ça me fait bouillir le sang ». Même si Javier ne se souvient de rien, je ne le laisserai pas mourir ici en servant ces gens-là.

J'essuie mes joues sur ma manche et je tâche de parler d'une voix calme.

— Epsilon-5 ?

Il me tend le gobelet de tonique comme s'il ne savait pas quoi faire d'autre. Je le prends et le pose. Je voudrais serrer Javier dans mes bras, ou le secouer, ou lui hurler aux oreilles pour lui rappeler qui il est. Maintenant que nous avons le défoliant, le Collectif va nous renvoyer à la surface aussitôt que les vents se seront calmés.

— Tu sais que nous descendons demain ? dis-je.

Même s'il ne peut plus grandir avec moi, nous profiterons au maximum du temps qu'il nous reste ensemble.

— Oui. Une mission d'exploration. J'ai hâte que tu me racontes...

— Je vais avoir besoin de ton aide.

Il ouvre de grands yeux.

— De mon aide ?

— Oui. Il n'y a rien à craindre.

— Je ne crains rien. Je ferai ce qu'il faut pour servir le Collectif. Mais... Je n'irai pas sur la planète. La chancelière m'a clairement fait comprendre qu'on avait besoin de moi ici.

Je m'éclaircis la gorge pour raffermir ma voix.

— Je suis d'accord, nous devons faire notre possible pour servir le Collectif. Et j'expliquerai à la chancelière que j'ai besoin que tu m'accompagnes pour tester le défoliant.

Mais à quoi bon l'emmener avec moi sur Sagan, si c'est pour que le Collectif diffuse la toxine et nous empoisonne tous jusqu'au dernier ?

— Je me demandais, aussi...

— Oui ? dit-il en se penchant vers moi.

Je ne peux pas me permettre d'hésiter : j'ai si peu de temps pour agir !

— Peux-tu me dire où tu as rangé la toxine ?

Il m'interroge du regard.

— Simple curiosité, dis-je.

Il hoche la tête.

— Je l'ai mise…

Nyla et Crick entrent juste à ce moment-là. Ils nous rejoignent à grands pas, et Javier et moi nous tenons aussitôt plus droits.

— Le défoliant est bientôt prêt ? demande Nyla.

— Oui.

J'ai répondu avant que Javier puisse parler. S'il dit quelque chose de suspect maintenant, tout est fichu.

Nyla nous sourit.

— Vous avez accompli les deux tâches aussi vite que je l'attendais.

— Une chose, cependant. Je pense pouvoir améliorer la toxine qu'Epsilon-5 a créée pour vous.

Nyla regarde fixement Javier.

— Zeta-1, es-tu en train de dire qu'Epsilon-5 a créé un produit déficient ? me demande Crick.

Javier regarde vers la soute, derrière eux, sans doute en se demandant ce qu'il a pu rater. Je m'avance vers eux. Je n'aime pas la manière dont Nyla dévisage mon frère.

— Non, pas du tout ! Mais je *peux* en diminuer la demi-vie tout en décuplant sa puissance.

Il faut que je gagne un peu de temps, le temps de trouver comment le détruire.

Nyla, passant devant nous, s'approche lentement de la paroi lisse qui dissimule la baie vitrée et la fait coulisser. Une lumière dorée vient emplir le labo.

— La toxine d'Epsilon-5 est déjà prête à servir, dit-elle en contemplant la surface de Sagan.

— Oui, mais si elle est efficace, aucun humain ne pourra occuper la planète avant très longtemps.

Les bras croisés, elle reste parfaitement immobile. Personne ne dit rien. Qu'est-ce qu'elle mijote ? Je fais un pas hésitant dans sa direction, comme si je m'approchais d'un tigre.

— En réduisant sa demi-vie, vous pourrez coloniser la planète bien plus vite, dis-je en espérant qu'elle trouvera mon argument irrésistible. Et avec ma toxine plus puissante, non seulement il ne restera aucune vie animale à des kilomètres à la ronde, mais ce sera presque instantané.

Ses épaules se soulèvent et retombent, portées par un grand soupir. Crick va se placer à ses côtés.

— Est-ce qu'on ne devrait pas attendre de voir si Len… L'effet de la planète sur nos filtres épidermiques… Il n'y en a plus pour longtemps. Nous n'aurons peut-être pas du tout besoin d'utiliser la toxine, s'il nous faut repartir.

Nyla contemple toujours Sagan.

— Même si nous partons, comment savoir si le Collectif n'aura pas besoin de cette planète-ci dans l'avenir ? poursuit-elle en regardant Crick bien en face. Mieux vaut éliminer maintenant toute menace pour le futur, même si c'est dans plusieurs unités.

Papa avait raison sur toute la ligne. Pour parvenir à leur but – plus de famines ni de guerres –, ils sont prêts à faire le mal absolu.

Je m'applique à répondre avec la diction monotone du Collectif.

— J'aurai besoin d'un accès au stock pour faire les modifications. (Ma vue devient floue, comme si j'avais pris un virage trop rapide en aérocar.) Pour le Collectif !

Il n'y a plus un bruit, à part le ronronnement de la centrifugeuse. Enfin, Nyla hoche la tête en direction de Crick, qui sort. J'indique du doigt le défoliant qu'elle m'a demandé de fabriquer, ma concoction de liquide vaisselle, de sel et de vinaigre.

— Mais on a terminé ça, dis-je, incluant Javier pour qu'elle ne pense pas qu'il est inutile. Cela nous débarrassera du plus gros de la mousse en quelques jours.

Crick revient et me tend un plateau métallique à encoches garni de petits flacons de liquide vert pomme, la même couleur que les feuilles toxiques. Il le pose sur la table de travail.

— J'ai peut-être mal réglé l'incubateur, marmonne Javier dans sa barbe.

Je ne peux pas encore lui dire que son poison était le plus mortel jamais créé. Mais une fois que je nous aurai tirés d'affaire, je lui expliquerai à quel point il est brillant. Tellement brillant qu'il aurait pu mettre fin à l'humanité telle que nous la connaissons. Comment aurait-il pu savoir que les « créatures dangereuses » que le Collectif veut exterminer sont des passagers comme nous et nos parents ?

— Epsilon-5 ?

Nyla pose une main sur sa joue. Je me retiens à grand-peine de lui taper dessus.

— Oui, madame la chancelière ? dit-il faiblement.

— Te sens-tu encore *utile* ?

Elle a parlé à voix très basse, mais ses mots me glacent le sang.

Le front de Javier se plisse. Il hésite.

— Eh bien…

Je pense aussitôt à Ben : les premiers Moniteurs, il y a bien longtemps, l'ont « expulsé » quand il n'a plus été *utile*. Je bondis entre eux deux pour faire face à Nyla.

— C'est moi qui me suis trompée, en fait ! J'ai modifié le réglage de la température.

Elle semble incrédule.

— Crick m'a vue !

Nyla se tourne vers Crick, qui ouvre de grands yeux.

— Euh… oui. Zeta-1 soutenait avec insistance que quelque chose était mal réglé.

Nyla inspire profondément et acquiesce. Elle semble accepter l'explication.

— C'est compréhensible. À cause de ta mise à jour récente, ton cerveau est encore en apprentissage.

— Oui, madame la chancelière, c'est tout à fait ça. Et justement, comme mon esprit s'affûte de jour en jour, j'allais vous demander si Epsilon-5 pourrait m'accompagner à la surface demain. Nous formons une bonne équipe. Mon savoir allié à son expérience.

Je tourne les yeux juste à temps pour voir Javier calmer le tremblement de sa main, puis pousser discrètement la toxine vers l'autre côté de la table de travail, avec le défoliant. Les flacons tintent.

Ma voix tremble autant que ses mains, mais je n'y peux rien.

— Sa présence à mes côtés servirait au mieux le Collectif.

Elle m'observe d'un air soupçonneux.

— Y a-t-il autre chose que tu voudrais…

Un grand fracas résonne soudain de l'autre côté de la paillasse. Le souffle coupé, nous contemplons tous une rangée de tubes à essai renversés.

L'espace d'une seconde, je me dis que c'est la fin pour le vaisseau entier. Je souffle de soulagement en voyant des bulles de liquide vaisselle.

— Toutes mes excuses, bredouille Javier en se baissant pour ramasser les bris de verre baignant dans mon défoliant.

Il ne me facilite pas les choses ! Décidément, il faut que je me dépêche de le sortir de ce vaisseau.

Crick toussote.

— Madame la chancelière, le Collectif vous attend pour la réunion sur la stratégie, dit-il avec un petit signe en direction du poison vert pomme.

Si cette réunion concerne leurs projets, il faut absolument que j'y assiste. Comment les choses ont-elles pu tourner si mal, si vite ?

Les narines de Nyla se dilatent.

— Je compte sur vous pour mettre au point la toxine améliorée dans la journée, me dit-elle.

Elle referme la paroi devant la baie vitrée, faisant disparaître la lumière dorée du soleil de Sagan et ses lunes. Puis elle s'en va d'un pas décidé, en emmenant Crick dans son sillage.

Je me dépêche d'aller aider Javier à balayer le verre brisé dans la poubelle. À l'exception des petits tintements des débris, le silence est complet. Je voudrais lui dire que je suis désolée de lui avoir fait croire, ne serait-ce qu'une seconde, qu'il n'avait pas été à la hauteur.

— Tu connais vraiment un moyen d'augmenter la puissance de la toxine ? me demande-t-il.

Je ne peux toujours pas lui révéler la vérité.

— Epsilon-5 ?

— Oui ?

— À partir de maintenant, c'est moi qui présenterai nos résultats à la chancelière.

Il me dévisage fixement, la bouche entrouverte. Je suis terriblement gênée, mais je dois le protéger par tous les moyens possibles.

— C'est… c'est le mieux pour le Collectif, dis-je, utilisant le seul argument qu'il puisse accepter.

Je me mords l'intérieur de la joue. C'est pour son bien, et je suis à court de temps. Il faut que je détruise la toxine à l'abri des regards indiscrets. J'hésite un instant.

— Et… je pense que j'irais plus vite si j'étais seule pour remplacer le défoliant renversé.

Il regarde le tas de verre brisé.

— Tu as raison.

Ses genoux craquent quand il se lève. Il me sourit.

— Je vieillis. N'hésite pas à me dire si je peux encore faire quoi que ce soit pour être utile au Collectif.

Et il sort à pas lents. Je le regarde partir, une boule dans la gorge. Tout en moi me hurle de lui courir après, de le serrer dans mes bras et de lui dire à quel point je suis désolée. Mais je n'ai pas le temps. Quand j'aurai achevé ce que j'ai à faire, je pourrai passer toute la fin de sa vie à me rattraper.

Je me hâte de retourner à la paillasse et pose ma main gantée sur l'un des flacons dont le contenu pourrait me tuer dix mille fois.

En rabaissant mes lunettes de protection devant mes yeux, je cherche sur toutes les étagères quelque chose qui pourrait désactiver la toxine. La réponse, c'est la dilution. Mais il n'y a pas assez d'eau à bord pour diluer une telle concentration de poison. Il me faudrait une réserve infinie d'eau et d'oxygène.

« *Le gel préserve indéfiniment les tissus et évacue les cellules sénescentes et les déchets. Non seulement il apporte les nutriments et l'oxygène dont le corps aura besoin pour une stase si longue, mais la lidocaïne qu'il contient insensibilise les terminaisons nerveuses, ce qui atténue la sensation de froid au réveil.* »

Si le meilleur antidote aux poisons est la dilution, quelle meilleure solution qu'une substance conçue pour apporter constamment eau et oxygène pendant des centaines d'années ?

En commençant à agir, je vais lancer un compte à rebours que je ne pourrai plus arrêter. Quoi qu'il arrive, nous devrons être hors du vaisseau demain avant qu'ils découvrent que j'ai saboté leur plan.

Je repars avec aplomb dans la soute et croise des travailleurs affairés qui ne m'accordent pas un regard. Je m'approche du bidon le plus proche, à côté d'un caisson vide dont le voyant orange indique *Fu, Jie Ru*. Je siphonne un litre de gel vert et je regagne le labo.

La réunion de Nyla doit déjà avoir commencé. Je me hâte de fermer la porte et pose le gel de stase à côté de la toxine. J'enfile une combinaison de protection intégrale et je change de gants.

Mes doigts tremblent. Vite, avant que quelqu'un vienne me poser des questions, je dépose à l'aide d'une pipette du gel de stase dans chacun des flacons. Je cours dans le labo d'à côté chercher un toxomètre. Je reviens et le pointe sur le premier flacon. Il clignote, puis indique : *DL50 0,0015 ng/kg*. Ça marche ! La quantité de poison nécessaire pour tuer 50 % de la population augmente, ce qui veut dire qu'il perd en efficacité. J'attends encore pendant plusieurs interminables minutes. *DL50 0,0030 ng/kg*. Le gel a bien un effet diluant, mais…

— Pas assez rapide, dis-je entre mes dents.

Je me creuse la cervelle. Du superoxyde de potassium ? Il y en a une bouteille à côté des autres substances rangées devant moi. C'est logique qu'ils aient de ce super oxygénateur que les premiers astronautes utilisaient déjà dans l'espace. Mais mélanger une poudre explosive avec la solution toxique, c'est trop risqué.

En fouillant partout dans le labo, je constate que la hotte stérile est équipée d'une bombonne d'oxygène standard. Ça n'ira pas vite, mais c'est ce que j'ai de mieux dans l'immédiat. Je tourne la molette, et un flux d'oxygène constant la remplit en sifflant. Je dépose soigneusement les flacons à l'intérieur et je ferme.

Ma tête masquée collée à la vitre en plexiglas, je glisse mes mains dans les gants intégrés à la hotte et retire les bouchons des éprouvettes. J'éteins la lumière et j'appuie sur « opaque » pour cacher ce qu'il y a à l'intérieur. Je m'arrête à la porte et me retourne pour regarder, en espérant que quand je reviendrai vérifier, la toxine sera définitivement inoffensive.

25.

Comme le soir de la fête, les crevettes fantômes sont réunies dans toute leur splendeur translucide, dans l'espace commun, avec la chancelière Nyla sur une estrade. Vue de loin, elle paraît toute petite, mais ça ne la rend pas moins terrifiante...

À mi-chemin entre elle et moi, une fontaine de toniques multicolore à trois étages est posée sur une table grande comme ma chambre, à la maison. Un arc-en-ciel de boissons coule en permanence dans les verres du bas, dont les gens s'emparent aussitôt qu'ils sont pleins. Le garçon qui distribue habituellement la biopâte se tient prêt à les remplacer par des vides.

Même si les gens sont éparpillés, je n'ai jamais vu autant de monde dans la grande salle. Le ciel nacré de Sagan est projeté derrière Nyla, en toile de fond. Sous ce ciel, les cascades à trois niveaux que j'ai aperçues de l'autre côté du lac sont reproduites en hologramme. Soudain, je comprends mieux la déco bizarre avec la fontaine de toniques.

Tout en haut, au plafond, les mots *Sacrifice*, *Dévouement* et *Entente* clignotent.

Nyla lève les bras et en un instant, comme quand nous nous sommes retrouvés entre la Terre, la Lune et la comète de Halley le soir de la fête, nous voilà sur Sagan. Au lieu du colossal espace blanc, des forêts d'arbres agités par le vent et l'eau du lac turquoise nous entourent, comme si nous y étions. De temps en temps l'image saute un peu.

Un homme se baisse pour caresser un mini-chinchilla. Une femme du groupe des bavards matinaux se penche au bord du lac pour observer la lueur violette d'un banc de papillons d'eau. Même si tout cela est virtuel, ils n'en méritent pas tant.

Nyla tend son bras mince devant elle, et sa main traverse une énorme feuille d'arbre.

— Bienvenue à vous tous, membres du Collectif. C'est avec un grand plaisir que je m'apprête à vous annoncer nos projets.

Je suis arrivée à temps. Je me dépêche d'avancer en me faufilant parmi la foule tout en me baissant un peu pour ne pas être vue. Je repère le requin-marteau dans les premiers rangs et je vais me placer derrière lui.

— Notre arrivée s'accompagne d'inquiétudes. (Sa voix, cependant, n'a pas l'air trop inquiète.) Le long voyage a compromis l'état physique du Collectif. Les changements apportés par nos prédécesseurs à notre code génétique ont été faits pour nous protéger. Or je viens d'apprendre que l'un d'entre nous a péri en menant des recherches sur la planète, dit-elle sans émotion.

Elle parle de Len.

Le requin-marteau baisse un instant la tête, puis boit une grosse lampée de son cocktail neurobloquant. Son expression, quand il relève la tête, est complètement impassible.

Mon cœur palpite comme si j'avais bu trop du chocolat de Lita. Je sais déjà ce que ça signifie. Si Len est mort, c'est que la planète n'est pas habitable pour eux. Ils ne resteront pas. Mais comme l'a dit Nyla, ils vont quand même la préparer pour l'avenir... Je dispose donc de moins de temps que je ne l'espérais.

— Nous avons établi que la cause du décès était une réaction imprévue, due à la proximité du soleil nain sur nos filtres épidermiques. Ce revers, cependant, ne doit pas être vécu comme une déception. Ce n'est qu'un changement de projet temporaire, jusqu'à ce que nous puissions reconfigurer nos filtres et revenir.

Une cible surgit en hologramme derrière Nyla. Celle-ci indique d'un geste le centre de la cible, une zone située en dessous de la cascade la plus basse.

— Nos drones explorateurs ont localisé l'emplacement exact d'une colonie habitable.

Mon cœur fait des ricochets dans ma poitrine. Des murmures et des applaudissements sporadiques s'élèvent dans la salle. Quand la personne devant moi lève le bras vers l'endroit indiqué, je me retrouve dangereusement exposée à la vue de Nyla. Je me baisse un peu plus.

— Je comprends votre perplexité, continue-t-elle, puisque notre but était d'éviter les éléments hostiles. Ça l'est toujours.

Elle brandit alors un petit cube, en souriant comme si elle faisait de la pub pour une colle miracle. De la lumière vient éclairer le cube.

— Cependant... avant de partir, nous assurerons la paix en éliminant tout risque de guerre future.

Comme dans la Tour de la Terreur à Disneyland, j'ai l'impression que le sol se dérobe sous mes pieds. À l'intérieur du cube brille un flacon de poison vert, ultratoxique. Je m'efforce de garder mon calme en espérant que le récipient est vraiment hermétique. Comment a-t-elle mis la main dessus sans que je m'en aperçoive ? Crick en aurait donc gardé un de côté... Ce flacon à lui seul peut tuer tout le monde à bord – sans parler de tous les terraformateurs, plus Javier, les Zeta et moi. Il faut absolument que je le neutralise, mais pour le moment je ne peux pas retourner à la hotte stérile sans me trahir.

— Si le Collectif revient un jour sur cette planète, ce sera avec des filtres épidermiques génétiquement reconfigurés. Cela pourrait prendre plusieurs unités, mais nous pouvons d'ores et déjà nous assurer que cette colonie appartienne au Collectif et à lui seul. C'est vraiment rendre service à l'humanité que d'éliminer ceux qui détruiraient cette planète-ci comme ils ont détruit la leur. Une nouvelle origine !

— Une nouvelle origine ! répète la foule.

Si tu ne prends pas le risque... Je m'avance dans la foule, et lève la main.

Les yeux pâles de Nyla se fixent aussitôt sur moi.

— Excusez-moi.

Elle descend de l'estrade et approche à grands pas, en tenant négligemment le flacon dans son cube. Je souffle lentement entre mes dents serrées.

— Zeta-1, dit-elle. Qu'est-ce que tu fais là ? Est-ce que tout va bien ?

Je souris et montre calmement le flacon du doigt comme si c'était l'ingrédient manquant pour une recette de cookies.

— J'ai remarqué qu'il nous manquait une partie de notre réserve stratégique.

Et je tends la main pour le saisir soigneusement entre ses doigts minces. Elle me regarde avec curiosité le mettre en sécurité dans ma poche.

— Le temps d'incubation est d'une importance cruciale pour l'efficacité, dis-je.

Elle pose ses doigts glacés contre ma joue, comme elle l'a fait avec Javier.

— Tu es maligne... pour quelqu'un comme toi.

Comme moi ? Ma mâchoire se crispe, mais ce n'est pas le moment.

— Peut-être pas assez.

Je pousse un gros soupir, en espérant que je n'en fais pas trop. Les sourcils clairsemés de Nyla se rapprochent.

— Comment ça ? demande-t-elle.

Je copie sa mimique pour feindre l'inquiétude.

— Je crains que notre ultime mission-test ne souffre de l'absence d'Epsilon-5. Son expérience nous aiderait beaucoup. (Je ressors le flacon et le tiens devant elle pour renforcer mon effet.) Il y a tant à faire, et si peu de temps ! Je vais devoir centrifuger, puis transférer, puis remettre en incubation, puis…

Elle se penche vers moi en souriant.

— Bien sûr.

— Bien sûr… qu'Epsilon-5 peut m'accompagner ?

— Non. Bien sûr que tu peux retourner au travail. (Elle repousse une mèche de cheveux derrière mon oreille.) Une nouvelle mission en surface ne sera pas nécessaire.

Je manque me trouver mal. Ils comptent repartir tout de suite ! Je recule d'un pas en rempochant le flacon.

— Je m'y remets immédiatement.

Je tourne les talons et m'en vais sans un regard en arrière. Je passe devant la fontaine de tonique. Le garçon à la biopâte, une main en visière, observe quelque chose qui vole entre les grands arbres holographiques, sans voir que le tonique déborde d'un verre et coule par terre, formant une flaque rouge.

Si je veux continuer à vivre… si je veux que Javier vive, et que les enfants aient une vraie vie, je vais devoir organiser une évasion. Tout de suite.

Mais d'abord, il faut que je persuade Javier de partir.

Je me dépêche d'aller chercher ma sacoche dans ma chambre et d'y fourrer mes filtres à eau volés. Puis je roule mon matelas et j'étale une couverture par-dessus. Ça marchait quand je montais en douce sur le toit pour contempler les étoiles, à la maison. Mais ici, je n'ai pas de tête de poupée Josefina à poser sur l'oreiller pour faire illusion.

Comme toujours, Rubio ronfle comme un sonneur et Suma et Plume dorment tranquillement dans leurs étroites couchettes. Je suis soudain frappée par l'idée que c'est leur dernière nuit à bord. Après celle-ci, c'est l'air de Sagan, doux et parfumé au pois de senteur, qu'ils respireront en dormant.

Plume se retourne. Je contemple ses joues rondes et roses. Elle a l'âge qu'avait Javier quand ils l'ont sorti de sa stase. Je ne l'imagine pas devenant une vieille dame ici, dans ce vaisseau. Le Collectif a volé à Javier sa jeunesse en le confinant dans cette saleté de laboratoire. L'idée qu'on puisse passer tant d'années seul me donne la nausée. Je ne peux pas les laisser subir le même sort.

Retrouver l'ancien Javier me semble presque impossible, mais je suis prête à tout essayer, quitte à en mourir. Et quoi que je décide, je dois le faire dans les quelques heures qui viennent.

J'espère que ma sacoche m'aidera à avoir l'air d'être en mission officielle. J'y glisse enfin, soigneusement, le dernier flacon de toxine, à côté de la carte de base-ball roulée que j'ai trouvée sur le mur du coffre à semences.

Depuis l'ascenseur, je regarde en bas : la réunion de Nyla est visiblement terminée, mais personne n'est parti. Les crevettes continuent de déambuler dans la magie holographique de Sagan en buvant les toniques de la fontaine, alors qu'ils viennent d'apprendre qu'ils vont passer le restant de leurs jours à bord. Comme si le plafond lisait dans mes pensées, le mot *Sacrifice* s'y affiche.

Je sors de la cabine en remontant la sacoche sur mon épaule et passe en périphérie de la fête, à travers la jungle de Sagan, en direction du coffre à semences.

Voxy se tient à nouveau au côté de Nyla. Il me voit mais ne laisse rien paraître. Simplement, il ne participe pas ce soir : il n'est qu'un petit enfant qui suit le mouvement. Il se comporte comme s'il faisait partie de la cérémonie officielle. J'espère que ce que lui a dit Nyla dans la chambre l'autre soir ne l'a pas fait changer d'avis. Avec ce qu'il sait, il pourrait tout faire capoter. Mais je suis malade de penser à ce qu'il deviendra… Je le salue d'un coup de menton et continue d'avancer jusqu'à la porte de leur cabine.

Je tape *2061* et j'entre à la hâte. Je rampe sur la couchette de Voxy et retiens mon souffle en glissant la carte roulée dans le petit orifice. La porte coulisse. Comme la dernière fois, une bouffée d'air froid qui sent la bibliothèque de ma petite école élémentaire me saisit. L'hologramme du système solaire terrestre projette toujours sa lumière dorée dans la brume glaciale, là-bas dans le coin.

En me précipitant vers les tiroirs, je manque de me faire un croche-pied et m'étaler par terre. Le sac de Javier est encore béant. Le livre est exactement là où je l'ai laissé hier. Je le glisse dans ma sacoche.

L'étiquette à côté de celle de Javier et de la mienne est marquée *Peña, Robert*. Les larmes me brouillent la vue. Quand nous sommes partis, j'étais tellement préoccupée par mes propres affaires que je ne me suis pas demandé ce que mes parents emportaient avec eux. Je plonge la main dans le sac de papa et j'en sors son chapelet, une enfilade de perles de jaspe rouge, jaune ou bicolore, taillées, polies et percées par lui-même. Comme il le disait, elles sont toutes différentes, mais se complètent pour former le plus beau chapelet jamais fabriqué. Et celle que j'ai ramassée, la pierre jaune d'or traversée par une veine rouge, est placée juste au-dessus de la croix. Je n'arrive même plus à déglutir.

Comme le faisait papa à l'église, je roule une perle entre mon pouce et mon index. Je passe à la suivante, et je comprends alors que la patience de papa se trouve dans chacune de ces pierres, jusqu'à la dernière. Son amour et sa bonté débordent de leur surface lisse pour imprégner mes doigts.

Je passe le chapelet autour de mon cou et sens son poids sur ma poitrine. Je me demande comment fonctionne toute cette histoire de Jésus si nous sommes sur une autre planète, à l'autre bout de la galaxie, dans un autre système solaire. Si Jésus était le fils de Dieu et que Dieu était le dieu de l'Univers, est-ce que tout cela est valable ici aussi ?

Je sors ensuite une photo de Lita et Papy, mon grand-père. Lita porte une ample robe blanche cousue par mon arrière-grand-mère – la robe que j'espérais pouvoir porter un jour… Une couronne de pivoines et de roses rouges, orange et jaunes est posée sur ses cheveux noirs ondulés. Papy est en costume marron et ils sont hilares tous les deux, bras dessus, bras dessous.

Je trouve ensuite mon propre sac. J'en sors mon jean et mon tee-shirt et les fourre dans ma sacoche.

Peña, Amy. Je passe l'alliance de maman à mon doigt : elle mesure juste la bonne taille. Je souris devant son librex intitulé *Deux vies entières de mots croisés du dimanche du* New York Times *par Will Shortz*. Je la revois à la table de la cuisine, son café dans une main, son holostylet dans l'autre, en train de remplir les cases. « Futé ! » criait-elle soudain, et le librex émettait un petit carillon pour la féliciter d'avoir trouvé la solution. La grille du dimanche, la plus difficile, était sa préférée.

Plume, Rubio et Suma aussi mériteraient d'avoir des souvenirs de leurs parents, mais où chercher ? Soudain, je me rappelle

Nyla disant : « *Suma Agarwal sera Zeta-2 pour le restant de ses jours.* »

J'ouvre le premier tiroir, trouve son nom et son sac. J'en sors un dossier marqué *Top Secret* d'une écriture enfantine. À l'intérieur, des pages emplies de stickers et de dessins de licornes. Des licornes qui dansent, des licornes qui chantent, des licornes qui pètent des arcs-en-ciel…

Je sors ses vêtements. Bien sûr, son sweat lavande à capuche avec une corne en mousse argentée est là. Je le roule en boule, ainsi que le jean, et les prends aussi dans ma sacoche.

L'étiquette suivante indique *Agarwal, Preeti*. Quand je l'ouvre, un faible parfum de lilas s'en échappe. Il y a aussi un album de bébé. Lorsque j'appuie sur la première page, une petite musique en sort. Un hologramme se projette instantanément devant moi : Suma est blottie entre deux dames, dont celle que j'ai vue le jour du départ quand elles nous ont doublées sur le sentier. Page après page, je trouve les hologrammes qui montrent Suma avec ses deux mamans, en train de jouer au parc, de souffler une bougie en forme de 5 plantée dans une pizza, d'apprendre à monter sur un hoverboard… Dans le dernier hologramme, Suma est un peu plus grande et il n'y a plus qu'elle et la maman que j'ai vue. Suma fait une grimace exaspérée tandis que sa mère l'embrasse sur la joue. La boule dans ma gorge est dure comme une balle de golf. Je sais qu'une fois libérée du Collectif, Suma se languira terriblement de ce baiser. Je me demande ce qui s'est passé. Ses mères ont-elles divorcé ? Celle qui avait des fossettes est-elle décédée ? Je me dis que même si tout est loin d'être comme je l'avais espéré, au moins j'ai encore Javier. Suma, elle, est seule au monde…

Je voudrais connaître les noms de famille de Plume et de Rubio pour leur rapporter, à eux aussi, un souvenir de leur famille. Quoi qu'il en soit, je ne les laisserai pas souffrir de solitude. Javier et moi serons leur nouvelle famille.

Une fois l'album dans ma sacoche, je me hâte de sortir de la chambre forte et de refermer derrière moi. J'ai un peu de mal à traverser l'étroite couchette en traînant ma sacoche bourrée à craquer. Je la pose le temps de descendre du lit et de me remettre debout. Quand je relève les yeux, Voxy est devant moi. Je ne l'avais même pas vu. Je remonte la sacoche sur mon épaule d'un air tranquille comme si ma présence dans la chambre forte était parfaitement normale.

— Qu'est-ce que tu fais ? me demande-t-il.

— J'ai voulu retourner voir. Et tu étais occupé par la réunion.

— On s'était mis d'accord. Tu ne m'as pas encore raconté un seul *cuento*.

Je n'ai pas le temps, là, vraiment. Surtout avec le risque que Nyla l'ait retourné contre moi. Je comprends, maintenant, pourquoi les histoires de Lita devenaient plus… persuasives quand Javier ou moi refusions d'aller au lit.

Voxy croise les bras d'un air buté, tout à fait comme faisait Javier avec Lita.

— Tu m'avais promis.

— D'accord !

Je soupire. Que ferait Lita, ou tía Berta, à ma place ?

— Tu connais le *cuento* de La Llorona ?

— Qu'est-ce que c'est que ça ?

Je fais cliqueter mes ongles devant lui.

— C'est la pleureuse. Elle vient voler les enfants qui ne sont pas sages et qui refusent d'aller au lit.

Il se prend le menton dans la main.

— Pourquoi une femme aux émotions instables enlèverait-elle un enfant dans sa couchette ? Et pour l'emmener où ?

Je prends conscience que l'histoire ne peut pas avoir d'effet sur quelqu'un qui a toujours vécu cloîtré à bord d'un vaisseau.

— Je vais recommencer. *Érase una vez* une femme qui commit l'erreur de tomber amoureuse d'un homme aussi riche qu'arrogant. Elle l'adorait tellement qu'elle eut des enfants avec lui. Mais cet homme ne lui rendait pas son amour. Alors, elle noya leurs enfants, puis se noya elle-même.

Voxy tressaille, les yeux ronds.

— Qu'est-ce que c'est, noyer ?

Je continue sans répondre.

— Depuis, elle arpente la terre avec ses dents pointues et ses yeux luisants, à la recherche de ses enfants. Quand elle en trouve un qui ne dort pas, elle le prend pour un des siens et elle l'emporte ! (Je me penche sur lui.) Il se peut même qu'elle le dévore.

Je me rends soudain compte que le folklore mexicain est particulier et assez morbide. L'amour, l'humour, la peine, la magie, les âmes perdues… tout cela mélangé pour donner des histoires qu'on adoucirait dans la plupart des autres cultures.

Je ne sais même pas si c'est la bonne version. Mais c'est celle de Lita, et surtout, c'est la plus rapide et la plus effrayante que je connaisse. Ça marche. Voxy reste bouche bée, comme si La Llorona se tenait juste devant lui.

— C'est horrible !

— Ferme les yeux et dors, Voxy.

— Je ne pourrai jamais ! Qu'est-ce que c'était que ce *cuento* ?

— Un conte pour te faire dormir.

Il détourne la tête avec une moue boudeuse.

— Je ne dormirai plus jamais de ma vie !

— J'ai du travail à terminer. J'ai promis à la chancelière.

Voxy me regarde la bouche tombant vers le bas, comme faisait Javier.

— Bon d'accord, juste un.

Je le soulève et le dépose dans sa couchette. Je remonte ses draps jusqu'à son cou et le borde sur les côtés.

— *Había una vez* une toute petite fourmi qui voulait faire autre chose que transporter du maïs toute la journée.

Voxy se détend et s'enfonce dans son oreiller.

— Je ne sais pas ce que c'est qu'une fourmi, mais ce *cuento*-ci fait moins p…

Des pas approchent dans le couloir.

— C'est La Llorona ! souffle Voxy, les narines dilatées.

Je me rue vers la porte et je m'aplatis à côté, contre le mur. Voxy sort la tête de sa couchette et je pose un doigt sur mes lèvres. La porte s'ouvre, Nyla entre.

— Bonsoir ! lance Voxy pour attirer l'attention dans sa direction.

Elle avance vers lui sans me voir. Je retiens mon souffle et sors sans bruit dans le couloir. J'attends que la porte se soit refermée, et je pars en courant à toutes jambes.

Une fois en sécurité dans l'ascenseur, je sors le livre de Javier de ma sacoche et le serre entre mes mains. Est-ce que ça va marcher ? Si Epsilon-5 ne se souvient pas qu'il est Javier, que fera-t-il ? Je porte le livre à mes narines et j'inhale la faible odeur de sa chambre d'enfant. Il faut que ça marche.

Dans la soute, tous les conteneurs ont été déplacés près de la rampe – sans doute en vue du transfert en surface, qui semble à présent compromis. La soute est plongée dans le noir, à l'exception de la lueur des bidons de gel de stase sur le pourtour, entre les caissons vides. Je me hâte d'ouvrir le plus proche. Avec des précautions infinies, je sors de ma sacoche le dernier flacon de toxine. Quand mes doigts plongent dans le gel, je ressens un picotement avant de perdre toute sensation. Je n'ai pas le droit à l'erreur. J'attrape une paire de gants, que j'enfile en vitesse. Puis je plonge le flacon dans le gel, j'en retire le bouchon et je le laisse dans le bidon, où ils ne le trouveront jamais. Je retire les gants et les y jette aussi.

En refermant le bidon, je pousse un soupir de soulagement. Le seul signe de vie alentour est une faible lumière qui sort du logement de Javier, à l'arrière, près du labo.

Mes pas résonnent sur le sol métallique quand je me dirige vers sa chambre. Comme il doit se sentir seul, confiné dans cet immense espace sans personne à qui parler, avec qui chanter, avec qui manger ! Je me dis qu'un tel sort aurait terrifié le Javier de 7 ans. A-t-il seulement ri ou pleuré une seule fois depuis qu'ils l'ont réveillé ?

À chaque pas que je fais, mon cœur bat plus vite que les petites pattes d'El Conejo détalant dans le désert. Arrivée devant sa porte, je lève la main pour frapper.

Mon bras reste figé. Et s'il se mettait en colère ? Et s'il m'en voulait pour tout ? Et si…

Sa porte s'ouvre. Une moitié de son visage est éclairée.

— Zeta-1 ? Qu'est-ce que tu fais là ?

Il indique ma sacoche du doigt.

— Ah, je vois que tu es venue travailler. Je ne te dérangerai pas, dit-il en plaçant sa main derrière son dos pour dissimuler son tremblement.

Avec son sourire et sa main dans le dos, il est exactement comme quand il chipait un œuf de Pâques dans mon panier et croyait que je ne devinais pas où il était. À l'époque, j'avais envie de lui sauter dessus pour reprendre mon bien. Maintenant, je sais que quelque part à l'intérieur d'Epsilon-5 il y a mon petit frère, en train de cacher un œuf en chocolat dans son dos. Quelque part à l'intérieur, il est encore Javier et il veut vivre.

Le souffle court, je relève les yeux vers lui, incapable de parler. Je voudrais lui prendre la main, le forcer à se souvenir, lui dire que je ne laisserai plus jamais personne lui faire de mal et qu'il n'a plus besoin de se cacher.

Mais que fera un pareil afflux de souvenirs à Javier après tant d'années ? Mes souvenirs me semblent dater d'hier. Lui, il a vécu une longue vie sans les siens. Voudra-t-il même partir avec moi ? Il aime peut-être mes descriptions de ce que j'ai vu sur Sagan, mais il n'a rien connu d'autre que ce vaisseau pendant les neuf dixièmes de son existence. De bien des manières, je suis encore l'aînée de ce vieil homme qui se tient devant moi.

Je me sens toujours responsable de lui. Et je l'aime. Si j'échoue à le convaincre de quitter le vaisseau avec moi, c'est terminé pour nous. Je ne partirai pas sans lui.

Je pose la sacoche au sol.

— Epsilon-5, te souviens-tu de quoi que ce soit avant la stase ?

Il incline la tête.

— Je te l'ai dit. Il n'y avait rien avant...

Je l'interromps car je sens que je vais m'énerver s'il continue de me tenir ce discours.

— Ce n'est pas vrai.

J'ai la gorge sèche. Si quelqu'un s'aperçoit que je ne suis pas dans ma chambre ou a vu l'ascenseur descendre au lieu de monter... Décidément, c'est ma dernière chance.

Si j'arrive à lui restituer ses souvenirs, il retrouvera sa propre histoire. Nous sommes faits des histoires que nous nous racontons.

— Tu te rappelles la fois où je t'ai donné des croquettes pour chien en te disant que c'étaient des céréales ?

— Quoi... ?

— Et la fois où on a piqué un cigare à Papy et essayé de l'allumer ? C'est toi qui tenais le briquet, mais tout ce que tu as réussi à faire, c'est me griller une mèche de cheveux.

Je souris.

Il ferme les yeux un instant, puis son regard va se perdre dans la soute.

— Et la fois où maman a trouvé Rápido blessée en se promenant dans le désert derrière la maison, et où on lui a creusé un terrier pour pouvoir la garder, sauf qu'on a tapé dans le système d'arrosage avec la pelle et inondé le jardin ?

Il ferme les yeux et secoue la tête.

— Zeta-1, je ne comprends pas.

Je soupire et sors son livre, attrapant au passage une bouffée de chez nous.

— Epsilon-5 ? Je peux te lire quelque chose ?

Son front se plisse.

— Juste un petit moment ?

Je recule de quelques pas et je m'assois en tailleur, comme nous le faisions toujours, sauf que cette fois Javier ne va pas se blottir sur mes genoux.

— S'il te plaît ? Ça aidera le Collectif.

Il hésite encore un instant, regarde le livre avec curiosité, et finit par s'asseoir à côté de moi.

— Pour le Collectif.

Je pose doucement le livre sur ses genoux. Le cœur battant, je le vois détailler la couverture.

Son sourire retombe et il touche le papillon monarque de l'illustration.

— Je...

Il passe les doigts sur les ailes orange et noir. Javier a le même teint de peau que la femme et son bébé sur l'illustration. Il tourne les yeux vers moi, l'air absolument perdu.

— Je... Je suis... Je ne sais pas...

Les larmes me montent aux yeux. Je lui ai lu ce livre mille fois, mais celle-ci sera la dernière s'il ne se souvient pas de moi.

Il incline la tête et se penche sur le livre. Il chuchote en l'ouvrant à la première page :

— *Les Rêveurs.*

— « Un jour », lis-je d'une voix étranglée, « nous avons emballé des cadeaux dans notre sac à dos et traversé un pont tendu loin comme l'univers. Et nous sommes arrivés de l'autre côté, assoiffés et émerveillés. »

Page après page, je lis, tout en cherchant dans son regard un signe de reconnaissance, la moindre étincelle. Je lis plus fort quand les protagonistes arrivent sur la nouvelle terre, quand ils parlent des choses qu'ils ne comprennent pas, de la peur, des erreurs... Ils cherchent, comme nous, un endroit où se sentir chez eux et en sécurité, jusqu'au jour où ils se trouvent un foyer neuf et magique. J'arrive à la page où on voit l'enfant sur les genoux de sa mère. Comme Javier et moi, avant. Puis à celle où le papillon monarque orange et noir est posé sur le papier comme s'il allait s'envoler. Javier le touche, comme il le faisait toujours, sans exception.

Tout à coup, ce vieil homme est à nouveau mon petit frère. Je suffoque en articulant les derniers mots.

— « Les livres sont devenus notre langue. Les livres sont devenus notre maison. Les livres sont devenus notre vie. »

Puis je le lui tends.

— Veux-tu le tenir, Javier ?

Son menton frémit. Il fait oui de la tête, et une larme roule sur sa joue.

Je ne fais pas un geste, ne prononce pas un mot. Maman disait toujours qu'on ne sait jamais vraiment ce qu'éprouvent les autres. Que parfois il faut se taire et leur laisser le temps. Alors, nous restons simplement assis. Enfin, il inspire longuement.

— Javier ?

Je lui tapote la main. Il relève les yeux.

— Oui ?

— Est-ce que tu te souviens ?

Cette fois, je prends sa main dans la mienne. Il pose son autre main sur ma joue. Pour moi, il y a une semaine, c'était la main poisseuse et potelée d'un petit garçon de 7 ans. Aujourd'hui elle est chaude, sèche et mince. Le temps a transformé sa peau en papier de soie. Nous avons traversé la galaxie en prenant des chemins différents, mais nous nous retrouvons enfin.

— Petra.

Dans le vide de l'espace, nous sommes à nouveau chez nous.

— Ça va s'arranger, dis-je en sanglotant. N'aie pas peur, je te protégeai.

— Mais comment est-ce arrivé ? souffle-t-il.

Je prends le livre et le mets de côté, puis je le regarde bien en face. Il y a trop à dire. Je ne peux que chuchoter :

— Ça n'a pas d'importance.

Il acquiesce.

— Et… ?

Il ne termine pas. Il baisse la tête. Il doit savoir, au fond de lui-même, que papa et maman ne sont plus là. Je ne suis pas prête non plus à le dire à voix haute.

Je secoue la tête. Il se détourne et regarde au loin, vers l'entrée de la soute. Est-il en train de se rappeler ? De se remémorer notre dernier jour avec eux ? Regrette-t-il de ne pas avoir pris le temps d'apprécier la douceur des bras de maman, le temps d'inhaler l'odeur des cheveux et des vêtements de nos parents ? Bien sûr qu'il n'a pas fait ça. Moi non plus. On n'imagine jamais qu'on est en train de se dire adieu.

Javier garde les yeux perdus au loin. Nous restons longtemps ainsi, assis en silence.

— Javier, tu te rappelles qu'on a dû se dépêcher d'aller prendre la navette, dans le Colorado ? Que pendant que je mettais mon manteau, tu m'as piqué ma place à côté de papa et que tu n'as pas voulu me la rendre ?

Il se tourne vers moi.

— Tu te rappelles que papa nous a emmenés dans un compartiment séparé pour nous faire la leçon ?

Il fait oui de la tête. Le sermon de papa m'avait agacée sur le moment. Maintenant, ses paroles résonnent clairement dans ma tête. Je les répète mot pour mot.

— « Vous avez reçu une chance pour laquelle beaucoup donneraient n'importe quoi. Vous avez la responsabilité de représenter notre famille. D'être gentils. De travailler dur. Ne vous disputez pas. »

Javier continue d'une voix enrouée.

— « Nous sommes les Peña. Tout ce que nous faisons à partir de cet instant rendra nos ancêtres immensément fiers ou immensément tristes. »

Je prends sa main et ne la lâche plus.

— Javier. Il faut qu'on s'en aille de ce vaisseau. Le temps presse. J'ai besoin que tu m'aides à faire monter tous les Zeta dans la navette.

Vaut-il vraiment mieux quitter le vaisseau, juste pour échapper au Collectif ? Nous risquons de mourir sur Sagan. Mais bizarrement, le fait d'avoir Javier avec moi rend la décision plus facile.

Sa main est prise de tremblements et il la retire de la mienne. Il murmure tout bas :

— Je sais comment faire.

Puis il sourit.

J'essuie mes joues mouillées de larmes, mais mon cœur exulte. Maintenant que Javier est vraiment là, tout va s'arranger. Mais quelque chose me titille… je sens que j'ai oublié un détail…

Un bruit résonne à l'autre bout de la soute, du côté de l'ascenseur. Javier se lève d'un bond.

— Reste ici.

Ses yeux me supplient. Il ramasse ma sacoche avec toutes nos affaires et la cache dans sa chambre.

— Où tu vas ? demandé-je en le voyant repartir vers l'ascenseur.

Il se retourne et me sourit.

— Tiens-toi prête à partir. Je vais aller chercher les autres Zeta. Je sais quoi dire.

Il se tient le dos pour avancer plus vite. Je me demande à quel point il souffre chaque jour. Il trébuche un peu, mais se rattrape. Je voudrais courir le rejoindre, mais il est déjà trop loin avant que j'aie pu réagir. Et il a raison : à deux, nous attirerions trop l'attention.

L'air silencieux et rance de la soute bourdonne à mes oreilles. Un frisson me remonte l'échine. Si Nyla nous surprend à tenter de fuir, ce sera la fin pour nous deux. J'espère vraiment qu'il sait quoi dire s'il est vu avec les autres.

J'entends derrière moi un bruissement, comme un trottinement de petite bête entre les caissons et les bidons de gel. Je me retourne, m'assois et reste complètement immobile. Il n'y avait personne dans les labos, et Javier est parti dans la direction opposée. Je scrute l'espace devant moi. Mes yeux ont du mal à s'accoutumer, et tout d'abord je ne vois rien. Puis, au centre de mon champ de vision, une petite tête se montre au-dessus du caisson le plus proche.

Je cesse de respirer.

Voxy.

Il sort d'un pas prudent, les mains enfoncées sous les aisselles. Je soupire.

— Ça fait longtemps que tu es là ?

— Je t'avais dit que je n'arriverais pas à dormir, et tu n'as pas terminé le conte plus gai avec la fourmi. J'ai décidé d'aller chercher le livre. Mais quand je suis entré dans la salle des reliques, j'ai vu qu'il n'était plus là.

Je déglutis avec difficulté. Il continue :

— Ensuite, je suis allé dans ta chambre, mais tu n'y étais pas. Alors je suis venu ici, et je t'ai vue…

— J'ai pensé qu'en lui lisant le livre, je pourrais aider Epsilon-5 à s'adapter à la nouvelle planète.

Il laisse retomber ses bras le long de son corps et prend un air maussade.

— Tu me mens.

Il sait. Et à ce stade, m'enferrer dans le mensonge est plus dangereux que lui faire plaisir avec une histoire. Je soulève le livre.

— Si Nyla apprend pour ça, et pour les autres histoires…

— Je sais, dit-il. On risque gros tous les deux.

— Et je ne pourrai plus jamais te raconter de *cuentos*. Alors, on garde le secret entre nous pour l'instant ?

— Juste toi, moi et Epsilon-5 ?

Il sourit, exactement comme Javier quand il était petit.

— Je pense qu'Epsilon-5 ne dira rien.

Les coins de sa bouche remontent légèrement.

— Tu peux me le relire encore une fois ?

N'importe qui pourrait arriver et nous trouver là. Mais après que nous serons partis, je ne pourrai plus aider Voxy. Il sera absorbé à jamais par le Collectif. Et tout ce qu'ils nous ont volé à Javier et moi, ils le lui voleront aussi.

Nous avons une minute ou deux. Je me rassois en tailleur. Voxy s'installe sur mes genoux, comme Javier le faisait avant.

— Lis, lis ! me lance-t-il de sa petite voix.

— *Les Rêveurs.*

Il touche les lettres du titre.

— C'est vert, comme le tonique pour quand j'ai peur.

Il tourne la tête vers moi. Puis son sourire s'envole et il s'immobilise tel un lapin pris dans les phares.

— Voxy !

La voix glacée de Nyla me donne la chair de poule.

Je fais glisser le livre par terre comme un palet de hockey pour l'envoyer sous le caisson le plus proche et repousse Voxy de mes genoux.

— Pardon, madame la chancelière, nous étions…

Je tiens Voxy par la main, et nous nous retournons pour faire face ensemble à la chancelière.

Mes genoux flageolent. Javier se tient à côté d'elle, le visage absolument inexpressif.

Pourquoi aurait-il... ?

Il refuse de croiser mon regard.

— Bonsoir, Zeta-1, dit Nyla en faisant un pas vers nous. Ou dois-je plutôt t'appeler... Petra ?

26.

Nyla et Crick m'escortent jusqu'à un caisson ouvert près de la zone de décontamination. Crick me tient par le coude pour m'empêcher de partir en courant, mais ce n'est pas nécessaire : je suis sonnée. Comment ai-je pu me tromper à ce point ? Javier s'est souvenu de son livre. Il s'est souvenu de moi. Il a touché le papillon, comme il le faisait toujours.

Ce qu'il est devenu est peut-être plus puissant que ce dont il se souvient, plus puissant que l'amour qui régnait dans notre famille. L'emprise du Collectif est peut-être plus forte que le rêve d'une vie sur Sagan.

« Nous sommes les Peña. Tout ce que nous faisons à partir de cet instant rendra nos ancêtres immensément fiers ou immensément tristes. »

Nyla est face au caisson. Les lumières sont plus vives dans cette zone, l'air plus aseptisé que dans le reste du vaisseau. Ils allument la machine conçue pour effacer ce qu'il reste de moi, de Petra Peña. Je ne peux pas être sûre qu'elle va défaillir cette fois-ci encore. Nyla vérifiera son bon fonctionnement. Au moins, quand je serai réellement Zeta-1, je ne me rappellerai plus rien des espoirs que papa plaçait en nous ni de la trahison de mon frère.

Javier et Voxy observent le déroulement des opérations.

Je chancelle, et Crick m'aide à me redresser. Je dégage mon bras de la poigne de ce lâche, et il me laisse faire. Sans lui pour me servir d'appui, je tiens mal sur mes jambes.

Nyla soulève le couvercle du caisson et me fait signe d'y monter.

Je ne vois aucune issue. Si je suis expulsée, je cesse d'exister. S'ils me reprogramment, je cesse aussi d'exister. Je serre les dents et ne bouge pas. Tout est fini, quoi qu'il arrive.

Nyla soupire et me parle à voix basse.

— Si tu résistes, le Collectif se verra forcé d'expulser Epsilon-5. Tu comprends bien pourquoi, j'en suis sûre.

Je jette un coup d'œil à Javier, qui se tient près de la porte avec Voxy, les mains sur les épaules du petit. Je ne saurais dire s'il l'a entendue. Il ne réagit même pas. Voxy a les yeux plus écarquillés que quand je lui ai parlé de La Llorona. Il a un petit hoquet. Javier se baisse pour lui chuchoter quelque chose à l'oreille.

Je ne laisserai pas le Collectif l'expulser. La personne que je deviendrai – Zeta-1, même si elle n'est pas la vraie moi –, cette personne tiendra peut-être compagnie à Javier. Je passe une jambe par-dessus le rebord du caisson. L'autre cède, et je bascule.

Je suis à peine dedans que Nyla fait jaillir les sangles, entravant mes jambes et serrant mes bras contre mes flancs. Je veux lever la tête, mais Crick ajuste une autre sangle sur mon front.

— À bientôt, Zeta-1 !

Il dit ça presque gaiement, sans aucune malice. Comme s'il s'apprêtait à accueillir une vieille amie.

Les larmes coulent le long de mes tempes. Je voudrais me battre, au lieu d'abandonner. Mais ça n'a plus d'importance. Ce pour quoi je me battais – une vie avec Javier, un avenir pour les autres enfants, être une grande conteuse –, c'est terminé. Je n'ai pas de quoi être fière, si je n'ai même pas pu toucher le cœur de mon propre frère. Lita aurait honte. J'ai hâte qu'ils en finissent.

Nyla s'assoit sur un tabouret et enfile des gants en latex, telle une dentiste sur le point de procéder à un détartrage.

— Je n'ai jamais vraiment eu l'occasion de parler avec l'un d'entre vous. Une relique, je veux dire. Tu es l'un des derniers témoins directs de ce que les vôtres étaient devenus. Polluer votre propre atmosphère, vos rivières et vos océans… pour le profit. En affamer certains pour que d'autres se goinfrent. C'est pour ces raisons-là que le Collectif existe.

Je peux dire tout ce que je veux, désormais. Plus besoin de faire semblant. Mais je suis incapable de parler, et même de la regarder. Elle a raison. Tout ça, c'est arrivé à cause de la cupidité de quelques-uns. Mais la plupart, comme mes parents, avaient encore l'espoir d'un avenir meilleur.

Elle s'interrompt un moment pour m'observer.

— Fascinant.

— Vous vouliez vraiment avoir une conversation avec moi, dis-je, ou juste vous écouter parler ?

— Je parle pour nous tous, pour le Collectif.

J'arrive à tourner les yeux vers Voxy. Il affiche une moue boudeuse, et je jure voir de la couleur sur ses joues. Je sais la force qu'il a en lui, et je voudrais lui dire de ne pas avoir peur. Lui dire que les *cuentos* ne finissent pas toujours bien. Chaque histoire, chaque personne est unique. Ce n'est pas toujours bien ordonné. Mais c'est coloré, hétéroclite et beau.

Mon menton tremblote sans que je puisse rien y faire.

— Le Collectif échouera à la fin. Vous vous abrutissez, tous autant que vous êtes, pour effacer notre vraie nature. Les toniques. Les Savs. Mais vous ne pourrez jamais déprogrammer l'amour et l'attention envers les autres.

— Tu te trompes. Nous nous soucions des autres. Nous nous soucions énormément de l'intérêt général, apporté par un Collectif uni. Le Collectif a fait des choix difficiles, pendant toutes les unités qui ont précédé, pour en arriver là.

— Vous avez volé leur vie aux gens.

Ses traits se durcissent.

— Des sacrifices ont été… et sont toujours nécessaires.

— Des sacrifices ? Nous avons perdu notre planète ! Nous étions onze milliards ! Et vous n'êtes que quelques centaines ! Nous avons perdu nos maisons, nos familles, nos amis… (Je songe à Ben et à son frère.) Les Moniteurs étaient prêts à passer leur vie entière à bord d'un vaisseau pour que nous autres arrivions à bon port. Ça, c'est un sacrifice !

Les larmes coulent jusque dans mon cou.

Lita, debout à sa porte, sourit et nous fait au revoir de la main pour la dernière fois. On dirait un au revoir comme les autres.

— Vous n'avez aucune idée de ce que signifient le sacrifice et le courage. Nous n'étions pas parfaits, mais nous avions quand même l'espoir d'arriver à traverser l'Univers et de faire la fierté de nos ancêtres.

Nyla éclate de rire.

— Vos ancêtres ? Remarquable. Erroné, mais remarquable.

Je prends conscience que tous ces gens, créés en laboratoire pour plus d'homogénéité, sont incapables de ressentir un lien quelconque avec le moindre ancêtre. Sur Terre, nous étions si nombreux à en avoir qui étaient issus non pas d'une seule culture, mais de plusieurs !

Crick s'éclaircit la gorge.

— Être détachés de la tradition nous permet de raisonner avec logique, dit-il.

Je me demande s'il y croit réellement. Ce que le Collectif ne comprend pas, c'est qu'en honorant le passé, les ancêtres, les cultures desquelles on est issu – et en se souvenant des erreurs commises –, on devient meilleur.

Cet amour, je l'ai perçu sur le mur de photos de mariage et de faire-part de naissance. Dans l'album de bébé de Suma. Nyla, Crick… et Voxy ne connaîtront jamais cet amour-là.

Elle se penche pour me parler à l'oreille.

— Votre espèce, si inférieure soit-elle, était unique. Je veux bien le reconnaître, elle suscite une certaine… curiosité.

Elle fait signe à Crick qui lui tend le coffret bien connu, celui du *Savoir téléchargeable En Cognito*. Sauf que celui-ci est étiqueté « Adulte » et non « Juvénile ». Je ne m'en remettrai jamais.

Nyla soulève le couvercle. À l'intérieur, un Sav bien plus gros et sombre que ceux des jeunes est calé dans la découpe prévue à cet effet. Nyla approche encore ses lèvres de mon oreille.

— Malgré tes souvenirs de la Terre, tu t'es montrée utile. (Elle se redresse et prend le Sav.) Nous avons hâte de voir de quoi tu seras capable une fois allégée de ton passé imparfait.

Elle insère le Sav dans l'applicateur et appuie sur l'activateur. La bille se met à luire en violet foncé.

— Allez, Petra Peña, tu vas avoir une longue vie sans soucis au sein du Collectif.

Je me crispe en me rappelant les piqûres de fourmis rouges, et je ne peux pas m'empêcher de tourner les yeux en direction du bidon de gel de stase posé juste à côté du caisson. Nyla suit mon regard.

— Oh, on n'en aura pas besoin cette fois-ci. Il n'y en a pas pour longtemps.

J'essaie de trouver Javier, mais je ne peux bouger que les yeux et c'est à peine si j'aperçois sa silhouette. Il faut que je lui dise, une dernière fois tant que je suis encore moi-même.

— Je t'aime !

Mais si l'ancien Javier est encore là, il ne le montre pas. Il ne fait pas un geste, ne dit pas un mot. Je lutte contre les sangles quand la chancelière pose l'appareil dans ma nuque. Cette fois, la bille pénètre dans mon cou comme dans du beurre. Et cette fois le sommeil m'envahit…

Je lance un dernier regard dans la direction de Javier en m'endormant. Il n'est qu'une forme floue à la périphérie de mon champ de vision, mais c'est fou comme il ressemble à papa.

27.

Lita, Rápido et moi sommes assis sous le *pinyon* et Lita repousse mes cheveux de mon front. Les aiguilles sèches de l'arbre s'envolent dans le vent chaud et sont emportées tel un vol d'oiseaux dans le désert. Les pieds nus de Lita et le bas de sa robe blanche sont couverts de poussière, comme si elle avait marché longtemps pour me rejoindre.

— Tu entends le vent qui t'appelle, *mija* ?

Une bourrasque siffle.

— Je l'entends, Lita.

El Conejo est assis juste devant nous et remue son petit nez. Je regarde la Lune : la silhouette du lapin n'y apparaît toujours pas.

Il remue l'oreille comme pour dire au revoir et s'en retourne vers les montagnes rouges. J'ai peut-être voulu le suivre un jour. Mais maintenant… Si c'est là mon dernier souvenir, je veux le passer ici. Avec Lita.

— Je ne veux pas te quitter, dis-je, cramponnée à sa taille moelleuse. Et si je ne te retrouvais jamais ?

Elle prend mon visage entre ses deux mains.

— Je te l'ai déjà dit, tu ne peux pas me perdre.

Elle referme la main sur son pendentif, et un sourire creuse des petits plis au coin de ses yeux. Elle pointe du doigt le lapin, qui rapetisse au loin.

— Va, Petra. Suis El Conejo.

L'image de la montagne saute un peu.

— Lita, ils sont en train de me reprogrammer.

Je tends ma main pour serrer la sienne, mais elle n'est plus là. Prise de panique, je me mets debout et fais le tour de l'arbre. Rápido descend lentement dans son terrier sous les racines. Je pivote vers les montagnes, où le lapin n'est plus qu'un point minuscule.

Cette fois, je cours à toutes jambes. À bout de souffle, je le vois disparaître dans un terrier au pied de la montagne.

Le vent siffle, mais ne forme aucun mot, aucun indice pour me dire où aller. Si c'est vraiment la fin, je préfère retourner sous notre *pinyon*, avec Rápido non loin…

J'ai fait deux pas pour repartir lorsque, pour la deuxième fois, des guitares et des violons me révèlent la présence d'une *fiesta* au loin. Je me retourne lentement vers la montagne. Et alors, parmi les notes de la musique *ranchera*, j'entends :

En une jaula de oro
Pendiente del balcón

Se hallaba una calandria
Cantando su dolor

Même ici, dans ce monde de rêve, je me fie davantage à mes oreilles qu'à ma vue. Je ferme les yeux et suis les paroles de la ballade, l'histoire d'un moineau qui libère une alouette de sa cage dorée, mais se fait trahir par l'alouette qui s'envole. Le moineau, abandonné à son triste sort, chante sa complainte d'amour perdu.

Hasta que un gorrioncillo
A su jaula llegó :
« Si usted puede sacarme
Con usted yo me voy. »

Les notes de guitare se précisent et l'écho diminue. La musique est maintenant si forte qu'elle vibre dans tout mon corps.

Quand j'ouvre les yeux, la musique et les chants se taisent. Mais des cactus en fleur, qui n'étaient pas là il y a une minute, bordent un chemin qui mène à une ravine, comme dans un *cuento* que je connais. *Los Viejos* ? *Blancaflor* ? *Izta et Popoca* ? Pourquoi suis-je incapable de m'en souvenir ? Leurs fleurs rose vif brillent comme des *luces de Navidad* – des lumières de Noël.

J'avance toujours, et le sable du désert cède la place à un chemin pavé, dont les pierres vermillon sont usées et arrondies comme si des millions de gens les avaient foulées avant moi. Mais si des millions de gens sont passés par ici, pourquoi n'ai-je pas plus de courage ? « Clic, clac », font mes pieds… jusqu'au bout du chemin qui s'arrête devant une porte en bois, haute de trois mètres. En son centre, des volutes de fer forgé grimpent comme de la glycine. L'une d'elles est recourbée pour former une poignée. Je tends la main. Sa poussière colle à mes doigts. Le lourd vantail s'entrouvre en grinçant, juste assez pour me laisser passer. Je rentre le ventre et me faufile.

La porte se referme dans mon dos : seul un mince rai de lumière passe encore par-dessous. Devant moi, un couloir descend dans les ténèbres. J'écarte grand les bras, et mes doigts frôlent les parois rocheuses. Je fais un pas et manque tomber dans la pente raide. Je me penche en arrière pour retrouver l'équilibre… À mesure que je descends, le peu de lumière qui filtre de l'extérieur disparaît entièrement.

Pas de musique. Pas de vent. Est-ce comme ça, quand on meurt ? Personne pour me tenir la main ou pour me guider.

Le Collectif est parvenu à ses fins. Je m'arrête. Pourquoi continuer d'avancer ?

Comme si les ténèbres avaient entendu ma question, une lumière apparaît au loin. Je me remets en marche, en me guidant à son éclat. Quand j'arrive au bout du tunnel, une lanterne à la flamme dorée vacille au-dessus d'une arche rocheuse, tel le couchant au-dessus des monts Sangre de Cristo.

Je jette un regard à travers l'arche.

Au centre d'une pièce, une *chimenea* – un brasero mexicain en terre cuite – laisse échapper une fumée paresseuse qui baigne la pièce d'une brume magique. Je renifle. Du *pinyon*. En m'approchant des flammes bleues, j'observe méthodiquement les alentours. Je suis entourée par des rangées et des rangées d'étagères en bois, disposées comme les rayons d'une roue. Du sol au plafond, elles sont entièrement garnies de quelque chose que je distingue mal. Je plisse les paupières pour voir ce qu'il y a de si important pour qu'El Conejo m'ait amenée ici. Mon cœur bondit de joie lorsque je comprends : les étagères sont couvertes de librex.

Je pousse un petit cri et passe les mains sur l'étagère la plus proche. La pièce entière bourdonne des chuchotis spectraux de milliers de conteurs.

Lita a eu raison de me dire de suivre le lapin. Si je ne me réveille jamais de ce rêve, je vivrai dans le bonheur. J'ai retrouvé les histoires de la Terre !

Mais quelque chose ne tourne pas rond. L'un des librex a la reliure de travers, comme un oiseau aurait une aile cassée. D'autres, en grand nombre, gisent par terre. Pareils à des pièces de théâtre exécutées par des fantômes, des holoscripts jouent leurs scènes à faible volume un peu partout dans la salle. Les voix des acteurs chuchotent à peine. Dans la rangée suivante, je trouve encore des librex endommagés ou même brisés de manière irréparable.

Dans la scène projetée par l'un d'eux, un vieux monsieur en turban parle à un jeune garçon en haillons. « *Dis-lui que la crainte de la souffrance est pire que la souffrance elle-même.* »

Je passe toutes les rangées en revue. Sur les milliers de librex, au moins un tiers ne sont que des versions partielles de ce qu'ils furent. J'en suis malade.

L'image de l'homme au turban clignote, et c'est à peine si j'entends ses derniers mots quand il tapote l'épaule du garçon : « *Aucun cœur n'a jamais souffert alors qu'il était à la poursuite de ses rêves.* »

Je ne connais pas ce livre, mais j'aurais bien aimé le lire.

Non loin de là, je trouve un exemplaire de l'intégrale de *Terremer* cassé en deux. Celui-là, je l'ai lu au moins cinq fois. Je pourrais le raconter, mais pas comme Ursula Le Guin. Ça me fait mal de le voir dans cet état, et je me demande s'il peut encore être sauvé. Je ramasse ce trésor en morceaux et le pose doucement sur une étagère.

Dans l'ombre, quelqu'un m'appelle.

— Petra ?

Une silhouette obscure se tient au bout des étagères. Ce n'est pas mon père, et pourtant sa voix me fait me sentir chez moi dans ce lieu inconnu.

L'homme ne bouge pas. Moi non plus. Il ne me fait pas peur, mais je n'arrive pas à situer d'où je le connais. Il s'approche lentement.

— Ça y est, tu es arrivée ?

Il se montre alors dans la lumière de la lanterne. Je reconnais sa tignasse blond cendré et ses lunettes rondes.

— Ben ? dis-je dans un souffle.

Derrière lui, un Aborigène d'Australie translucide chuchote calmement une histoire de la création du monde par un poisson. Une neige électronique envahit sa silhouette, et sa voix se brouille.

Les yeux de Ben sont brillants de larmes.

— Je suis désolé, dit-il en contemplant les librex qui jonchent le sol. J'ai essayé de les sauver.

Je tends une main pour le toucher, puis la retire. C'est trop authentique pour n'être qu'un rêve, et je me demande ce qu'*est* réellement ce Ben.

— Es-tu réel ?

— Tu peux me voir comme… le dernier bibliothécaire de la Terre, sous la forme de… quelqu'un en qui tu as confiance. (Il regarde autour de lui avec un sourire plein de fierté.) Je peux t'aider à trouver tout ce que tu cherches. Du moins, ce qui en reste. Ben a sauvegardé ce qu'il a pu et l'a téléversé dans ton programme.

Je pivote sur moi-même, je suis entourée par un trésor d'histoires terrestres qui me rappellent ses derniers mots : *« Un monde sans histoires est un monde perdu. »* Il les avait cachées. Ici, en moi.

— Ben essayait…

— Je suis un utilitaire, continue le Bibliothécaire sans m'écouter, comme s'il avait un speech préparé d'avance à terminer. Je m'adapterai en fonction de nos interactions. Le patch téléchargé par Ben a fonctionné (il retient la bordure d'un librex en équilibre instable, mais dans sa forme incomplète il ne peut le repousser que partiellement sur l'étagère). Désormais, c'est à toi de protéger ce qui reste.

L'image du bibliothécaire clignote comme un néon en fin de vie.

Je tends le bras pour pousser entièrement le librex, mais en même temps que je le fais je vois ma main s'effacer aussi. Bientôt je serai Zeta-1, et rien de tout cela n'aura plus d'importance. La bibliothèque et toutes les histoires que Ben s'est efforcé de sauver à travers moi seront perdues à jamais. Avec ma reprogrammation, bientôt ce Ben-ci non plus n'existera plus.

— Ben avait vu venir tout ça, me dis-je à voix basse. Ce qu'ils lui ont fait, à lui, et à mes parents, et à mon petit frère. Ce qu'ils sont sur le point de me faire.

Je tourne sur moi-même pour contempler le trésor de librex baignés de brume magique.

— Au moins, il a essayé.

— Ben aurait été désolé pour ta famille, Petra.

Je n'aurais pas cru que le chagrin pourrait me trouver ici, en ce lieu. Mais ma peine est bien réelle, et elle me submerge telle une lame de fond.

Le bibliothécaire lève les yeux vers la gauche, comme s'il cherchait quelque chose de profondément enfoui dans les archives de son programme.

Il sourit.

— Ben savait qu'il avait bien choisi. Et je serai là quand tu auras besoin de moi, pour réparer ce que je pourrai. (Là, il se rembrunit.) Je ne crois pas que je puisse partir, en fait.

Je regarde mes bras. Je m'efface de plus en plus.

— Ben, je ne vais pas revenir…

Un librex tombe soudain d'une étagère et se fendille. Le fantôme d'un homme tatoué armé d'un harpon en surgit. Une pipe en forme de tomahawk pend entre ses lèvres. Je ne reconnais pas ce personnage, mais je l'aime tout de suite.

Ben se baisse pour ramasser le fin librex, qui glisse entre ses doigts. Il le regarde d'un air perplexe.

— Je travaillerai sur celui-là plus tard.

Ce que sont en train de faire Nyla et le Collectif, effacer l'endroit où il vit, n'est pas prévu dans son programme. Le fait de disparaître dans le néant dépasse sa compréhension. Quand le Collectif en aura terminé, il n'y aura plus d'histoires.

— Ils sont en train de me reprogrammer, Ben.

Il ne m'écoute pas.

— Avec ça (il se précipite pour remettre un livre sur l'étagère, mais de nouveau il clignote et sa main traverse l'objet), tu apportes des histoires dans le nouveau monde. C'est inestimable.

Il parle exactement comme Ben. Il est programmé pour la conservation et pour l'espoir. Mais même s'il n'est qu'un programme, il a raison. J'aurais pu emporter ce qu'il y a ici et inventer des histoires nouvelles, encore meilleures, pour notre nouveau monde. À cette pensée, si fugace soit-elle, mon cœur se languit de ce qui n'arrivera plus.

Et même si je suis sur le point de disparaître, je sais en cet instant qui je suis. Je ne suis pas une scientifique. Je ne suis pas ce qu'espéraient mes parents. Je suis ce que Lita voyait déjà en moi. Une conteuse. Au moment précis où je laisse cette idée m'envahir, j'aperçois mon reflet dans la vitre d'un des rayonnages. Il est plus pâle encore que celui du bibliothécaire.

À côté de la vitrine, un petit meuble en bois, en forme de coquillage, recèle une spirale de librex. Je m'en approche avec joie. Ces livres-là sont parfaitement conservés : Douglas Adams, Octavia E. Butler, Louise Erdrich, Neil Gaiman, Toni Morrison…

Je me retourne pour remercier Ben d'avoir essayé. Il a le regard perdu dans la fumée qui monte de plus en plus haut. Il semble préoccupé.

— Il faut que tu partes tout de suite, Petra.

La salle, les étagères et la *chimenea* vacillent. Je reprends *Le Cycle de Terremer* sur son étagère et le tiens précieusement entre mes mains. Je m'assois par terre à côté du brasero et contemple les flammes.

— Ben, que je reste ou que je m'en aille ne changera rien.

Il y a longtemps que je ne me suis pas sentie si heureuse et si protégée. L'image de Ben vacille, mais sa voix devient impérieuse.

— Tu ne p-peux… pas rester. Il fau-fau-fau-faut te réveiller, Petra.

La fumée de *pinyon* et les paroles des meilleurs personnages jamais inventés réjouissent mes sens.

— Je ne veux pas partir.

Le désespoir emplit la voix du bibliothécaire.

— Je serai là quand tu voudras revenir. V-v-v-vraiment, il faut partir.

Je ferme les yeux. Si je suis déjà reprogrammée et si mon esprit est resté coincé ici, c'est le paradis.

— J'ai décidé de rester.

Quelque chose me tapote la jambe. J'entrouvre les yeux : c'est la petite patte du lapin qui essaie de me secouer.

— Réveille-toi, me dit-il.

Je l'ignore et me rallonge. J'en ai fini avec les aventures. Je contemple la fumée qui s'élève au milieu des chuchotements. Le lapin parle encore, mais sa voix change. Elle devient plus puissante, et plus autoritaire. C'est maintenant la voix de Lita qui sort de sa bouche.

— Petra !

J'ouvre entièrement les yeux, cette fois, et le lapin tournoie, devient tornade de brume. Et dans cette brume se tient Lita. Sa longue robe blanche et ses cheveux défaits sont fouettés par le vent. Une étrange lueur emplit l'obsidienne de son pendentif.

Je me redresse, folle de joie.

— Lita, tu es là !

Elle tape du pied, et toute la pièce tremble.

— Debout ! hurle-t-elle. Tout de suite !

28.

Je force mes yeux à s'entrouvrir. Javier, penché sur moi, me soulève d'un bras et passe l'autre derrière ma nuque. Il me supplie d'une voix tremblante :

— Je t'en prie, réveille-toi.

Ma nuque me brûle comme si on y appliquait la flamme d'un briquet, puis soudain la douleur disparaît. J'entends le petit bruit d'une sphère métallique qui rebondit sur une surface dure. Javier pose sa main fraîche et sèche sur l'endroit qui me faisait mal.

Il me regarde d'un air inquiet. Exactement la même expression qu'il y a si longtemps, quand il m'a dit : « *Ne t'en fais pas, Petra. Je serai tes yeux, moi.* »

— Bonjour. Tu sais qui tu es ? me demande-t-il.

Ma tête retombe contre son torse. Un sanglot m'échappe, et il me frotte le dos comme maman frottait le sien quand il faisait un cauchemar.

— Je sais qui je suis. (J'essuie mon nez sur sa blouse et je me redresse.) Et toi, tu sais qui tu es ?

Il sourit un instant et détourne les yeux.

— Tu ne te réveillais pas.

Derrière lui, les rubans lumineux violets de Pléiades éclairent un cockpit : nous sommes dans la navette.

— J'ai cru que j'avais fait une énorme erreur et que tu étais perdue, dit-il.

Il y a encore un instant, je croyais pouvoir passer une éternité dans la bibliothèque de mon esprit. Et je croyais que ce serait le paradis. Mais ce moment avec Javier vaut encore largement mieux.

— Je pense que j'ai *failli* être perdue. Mais ce n'était pas ta faute.

Je lève la main pour toucher ma nuque. Mon bras bouge comme celui d'un paresseux cherchant à attraper une feuille.

— Je n'arrivais pas à me réveiller. Je crois que c'était le Sav pour adultes.

— Je suis vraiment désolé. C'est la seule chose que j'aie trouvée pour t'aider. (Javier me soulève par les aisselles pour m'installer dans un siège.) J'étais en train d'aller chercher les autres Zeta, quand je suis tombé sur Nyla. Elle m'a demandé si je t'avais croisée près des bidons de gel dans la soute.

Quelqu'un a dû me voir y plonger le dernier flacon.

— Je n'ai pas eu le choix. J'ai dû faire semblant...

Sa voix s'arrête dans un petit cri, comme quand il était enfant. Le bruit du moteur de la navette me fait mal à la tête.

En face de nous, attachés dans leurs sièges et parés pour le départ, Suma, Rubio et Plume me regardent fixement.

— Vous êtes là ! dis-je, ravie.

— Qu'est-ce qu'elle a, Zeta-1 ? demande Plume à Javier.

Il se racle la gorge.

— Le téléchargement que le Collectif a administré à Zeta-1 s'est révélé fatigant, c'est tout, affirme-t-il avec assurance. Avec son intelligence nouvelle, elle mènera ce groupe au site de recherche final.

Suma se frotte les paupières.

— Tu es certain qu'on doit partir tout de suite, Epsilon-5 ?

— Oui. Le Collectif a spécifiquement précisé que le départ était avancé.

Rubio fait un geste vers le hublot.

— Les vents d'ouest seront trop forts pour qu'on puisse travailler, à cette heure-ci.

Javier range ma sacoche dans un casier, avec tous les effets personnels que j'ai pu récupérer.

— Le vent tombera bientôt. Il faut être là-bas à l'heure optimale. Ne perdez pas de temps à poser des questions.

Il se place face à eux trois. Sa voix devient soudain sévère et rigide comme celle de Nyla. Il me montre du doigt.

— Tout le monde doit suivre les ordres de Zeta-1. Si vous lui désobéissez, vous en répondrez devant le Collectif.

Je m'efforce de me grandir. Javier s'assoit à côté de moi et me chuchote :

— La chancelière sera bientôt au courant. Tu sais où aller ?

Ma tête pèse une tonne. Cependant, mon esprit engourdi se rappelle l'hologramme projeté lors de la réunion : une cible indiquant la plus petite des trois cascades, où les Premiers Arrivants auraient été localisés.

— Je pense pouvoir nous en rapprocher avant le prochain cycle de tempête.

Je tourne les yeux vers le cockpit et constate avec soulagement qu'il y a des fauteuils pour Javier et moi : je n'aurai pas à piloter debout.

Il pose la main sur ma joue comme le faisait Lita.

— Tu vas avoir une vie extraordinaire.

— Nous deux, Javier.

Je souris. Puis je vois Suma et son air renfrogné.

— Mais il faut qu'on se dépêche.

Il pousse un profond soupir et me serre dans ses bras. Je sens son corps entier frémir. Il m'embrasse comme la fois où je suis partie en colo pour une semaine. Ou comme le jour de sa rentrée en maternelle.

— Je suis désolé, Petra. Il n'y a pas d'autre solution.

— Javier ? Vite ! Aide-moi à m'installer dans le cockpit. Tu vas devoir m'assister au pilotage.

— Ils peuvent arriver d'un instant à l'autre. Il faut que je reste. Comprends-moi, je t'en supplie.

Il se lève, les yeux pleins de larmes.

— Si ma petite contribution à ce voyage peut donner à chacun une chance, alors nos parents et nos ancêtres auront de quoi être fiers.

Il se dirige à petits pas vers la porte.

— Javier, mais qu'est-ce que tu fais ?!

Il se retourne un instant.

— Au revoir, Petra. Moi aussi, je t'aime.

Sur ces mots, il sort, et la porte se referme sur lui.

Je me débats avec ma ceinture de sécurité.

— Non, non, non !

Mon corps refuse de coopérer. J'ai beau presser mon pouce contre le bouton, je n'arrive pas à appuyer assez fort.

— Javier ! Arrête !

Par le hublot, je vois qu'il s'enferme dans la salle de pilotage à distance en verrouillant tout pour que ni Nyla ni personne ne puisse empêcher notre décollage. Les voyants de la console font clignoter sa tête en rouge derrière la grande vitre du poste de commande. La vibration du moteur résonne dans mon corps entier.

Une vague de nausée me retourne l'estomac.

La navette passe du quai aux rails de lancement avec un choc sourd. Un dernier effort, et ma ceinture se déboucle. En essayant de me jeter vers la porte, je m'effondre par terre aux pieds de Suma. Elle me regarde comme si j'avais un bug de programmation.

Je me hisse sur mes pieds et titube jusqu'au hublot de la porte, sur lequel je presse mes deux mains à plat. Autour de moi, la lumière rouge baigne l'intérieur de la navette. Je suis totalement impuissante… Dans la salle de pilotage à distance, Javier se concentre sur la console, mais il relève la tête quand je tambourine contre le hublot. Les coins de sa bouche descendent, ceux de ses yeux aussi. Il actionne une manette devant lui et la navette pivote sur la rampe, face au ciel ouvert.

La lumière moirée en bleu et violet de l'atmosphère de Sagan tombe sur Javier. Il tient son exemplaire des *Rêveurs* d'une main et la manette de l'autre. Je continue de le regarder avec désespoir tandis que nous pivotons toujours. La boule dans ma gorge grossit, grossit, jusqu'au moment où je ne peux plus voir mon frère.

Je titube jusqu'au cockpit, passant devant Rubio, Suma et Plume interloqués. Je repousse la manette dans la direction du vaisseau, en vain : les commandes ne répondent pas. Je tente d'éteindre le moteur, mais il continue de ronfler.

— Non, Javier !

Je cours de nouveau au hublot, en hurlant maintenant. Mais je sais qu'il est trop tard. Le moteur gronde de plus en plus fort et nous sommes propulsés dans la stratosphère. Je suis projetée dans l'allée centrale.

Plume déboucle sa ceinture et bondit à mon secours. Elle lève une main pour arrêter Rubio quand il essaie de faire de même. Aussitôt que je suis sur pied, elle se dépêche d'aller se rattacher. Elle rouspète après moi.

— Zeta-1, tu vas te faire mal ! Tu manques à tous tes devoirs.

Je cours de nouveau vers la vitre et tambourine des deux poings. Les sanglots restent coincés dans ma gorge. Ce n'est pas ce dont nous avions rêvé.

— Pourquoi ?

Mais Javier, inexorablement, s'éloigne de moi, et je ne peux rien faire pour le rejoindre.

Sous mes yeux, une petite explosion clignote au niveau de la rampe de lancement, et un rail se tord sur le côté tandis que l'autre se détache complètement. Je ne peux plus respirer : il a fait en sorte que nous ne puissions pas revenir.

— Qu'est-ce que c'était que ça ? s'écrie Plume.

Heureusement que les Zeta sont attachés sur leurs sièges et qu'ils ne peuvent pas tout voir.

— Rien. Un arc électrique.

J'espère que le cycle des tempêtes suffira à rendre mon mensonge convaincant. Je garde les yeux rivés sur le vaisseau jusqu'à ce qu'il ne soit plus visible. Je reste aux commandes dans le cockpit, à essayer tout ce que je connais, mais la navette ne réagit pas. D'ailleurs, même si elle m'obéissait, je ne serais pas assez calée en pilotage pour réussir un accostage sans les rails, et Javier le sait bien.

— Zeta-1 ? lance Rubio. Si tu es blessée, il va falloir annuler la mission.

Sans l'écouter, je m'affale dans mon siège. Jamais je ne reverrai mon frère.

« *Deux mille six cents mètres* », annonce l'altimètre.

Nyla doutait déjà de l'utilité de Javier. Ses tremblements, ses erreurs… J'aurais pu le protéger. Mais à présent, avec ce qu'il a fait pour nous aider à fuir, il a scellé son destin. Le dernier fil qui maintenait mon cœur en place est sur le point de se rompre.

Je contemple Sagan en contrebas. Les arbres me font penser à ceux de mon mini-village de poupées, à la maison. Javier me piquait mes poupées miniatures quand il m'en voulait, et il les cachait dans le créosotier. Je ne les retrouvais qu'en hiver : dépouillé de ses feuilles, l'arbuste avait soudain les branches pleines de minuscules figurines en plastique.

« *Mille cinq cents mètres.* » Même à cette distance, je distingue l'écume que le vent fait bouillonner à la surface du lac. En me repérant à la chaîne de montagnes à l'est, je comprends que nous approchons du site d'atterrissage.

C'est là que nous aurions dû descendre de la navette ensemble, main dans la main. Comme le jour de sa rentrée en maternelle.

Pendant que maman parle avec sa maîtresse devant l'école, Javier serre ma main si fort qu'il me fait mal.

— Ça a l'air effrayant vu d'ici, dis-je pour le calmer. Mais une fois dedans, tu trouveras des tas de copains avec qui jouer et une cour à explorer. Je te promets que tu vas adorer, Javier.

« *Quatre cents mètres.* » Le vent secoue la navette, et les arbres qui paraissaient minuscules il y a un instant sont soudain immenses.

« *Deux cents mètres.* »

Des essaims lumineux aux formes changeantes évoluent en dessous de nous, juste sous la surface du lac turquoise. Pourquoi n'ai-je pas pris plus de temps pour décrire à Javier les papillons aquatiques ? J'essaie de chasser de ma tête l'image de son sourire de vieil homme quand je lui en ai parlé. J'aurais pu en faire davantage. Je me retourne pour regarder Suma, Rubio et Plume. Plus jamais je ne prendrai de raccourcis.

« *Cent mètres.* » Notre descente ralentit très nettement, mais nous sommes ballottés par les bourrasques.

Quelles options me reste-t-il ? Même si j'arrivais à trouver les terraformateurs et s'ils nous aidaient à remonter sur le vaisseau, j'arriverais trop tard pour l'aider.

« *Dix mètres.* » Une alarme stridente nous vrille les tympans. Le sol approche plus vite que la normale.

Alors que la navette est sur le point de se poser, un sifflement semblable à celui d'un missile vient hurler à nos tympans. Plume et Suma plaquent leurs mains sur leurs oreilles. La rafale propulse la navette en avant et la fait déraper vers le lac. Je suis projetée hors de mon siège et Rubio tend ses longues jambes pour me retenir avant que j'aille m'encastrer dans l'acier du poste de pilotage. Le train d'atterrissage grince et nous nous arrêtons dans un grand soubresaut.

Dehors, j'entends déjà la rampe se déployer. Javier ne perd pas de temps.

Le bruit du moteur diminue. Quelques secondes plus tard, la porte s'entrouvre. Un vent chaud s'engouffre dans la navette, nous rappelant ce qui nous attend à l'extérieur. Même si nous sommes arrivés à la surface, nous ne sommes pas encore tirés d'affaire.

Le moteur se tait complètement, et l'éclairage de secours s'allume. Dans un dernier effort, j'appuie sur l'interrupteur système de la navette, mais rien ne se passe. J'abats alors la main sur le bouton de rétraction de la rampe : rien. Je sais que de toute manière, c'est inutile : Javier a coupé le courant. Il m'a complètement privée des commandes.

J'imagine le Collectif découvrant ce qu'il a fait, et je m'effondre en sanglots dans mon siège. Plume s'approche de moi.

— Zeta-1 ?

Le visage dans les mains, j'inspire à fond plusieurs fois.

— Il y a un problème ? demande Suma.

Mes ongles s'enfoncent dans mes paumes. Quand Nyla finira par récupérer la navette, ce sera pour se lancer à notre poursuite, et à ce moment-là le Collectif et elle auront déjà châtié Javier. Rester à bord, ce serait priver Suma, Plume et Rubio de tout espoir de liberté. Ce n'est pas envisageable.

Suma attend, son casque sous le bras.

— Équipe-toi, dis-je tout bas.

Dans une dernière tentative, j'essaie l'émetteur-récepteur inclus dans ma combinaison.

— Javier ?

Mais rien, absolument rien, n'indique qu'il me reçoive. Je n'ai pas le choix. Submergée par le chagrin, j'éteins mon traqueur corporel. Plus jamais je n'entendrai la voix de mon frère. J'enfile ma combinaison et j'attrape le casque suspendu derrière mon siège.

Rubio m'observe avec curiosité en passant sa propre combinaison. Je me hâte de le rejoindre et, en faisant semblant de l'aider, j'éteins son traqueur aussi. Je fais de même avec Plume. Mais Suma est déjà habillée, et je la sens sur ses gardes.

Lorsque je remonte ma fermeture à glissière, ma main effleure une bosse sur ma poitrine. En appuyant, je sens le chapelet de papa sous mes vêtements. Par contre, en regardant ma main, je réprime un cri : l'alliance de maman n'est plus là. Nyla a dû me la retirer.

Au moins, Javier a eu la bonne idée d'apporter ma sacoche. Je la prends en bandoulière et serre la deuxième sangle autour de ma taille.

Les autres m'attendent à côté de la porte. Je l'ouvre en grand : le vent chaud nous frappe de plein fouet et les embruns venus du lac nous aveuglent.

Si le lac est juste devant nous, je sais quelle direction prendre pour rejoindre la grotte. J'élève la voix pour que tous m'entendent par-dessus le hurlement du vent.

— Je connais un abri pour attendre que ça se calme !

Une feuille d'arbre grosse comme un aérocar atterrit au pied de la rampe. Si nous nous étions tenus là, elle nous aurait tous assommés.

— Pourquoi on ne reste pas plutôt ici ? s'étonne Suma.

Je jette un coup d'œil à la navette. Le Collectif pourra la récupérer à distance aussitôt que les rails auront été réparés – et envoyer du monde à notre poursuite. Je ne peux pas tolérer l'idée que Javier se soit sacrifié pour rien.

— Comme l'a dit Epsilon-5, on ne conteste pas les ordres du Collectif. Ce sont les ordres, et nous sommes là pour servir.

Je culpabilise de les manipuler, mais Javier avait raison : ça me garantit leur obéissance. Suma soupire et acquiesce consciencieusement. Malgré sa peur de la tempête, elle s'exécute.

Un par un, Rubio, Plume et elle descendent la rampe d'un pas lourd, puis s'abritent sous la coque. Les cheveux légers de Plume sont soulevés par le vent.

Je les suis. Malgré la protection partielle de la navette, un mélange de sable, d'eau et de vent vient me gifler le visage. J'enfile mon casque et je vois que les autres ont fait de même. J'abaisse la visière.

Derrière moi, une petite voix m'appelle.

— Zeta-1 ?

Je compte les trois autres devant moi – Suma, Rubio, Plume – pour m'assurer qu'ils sont tous là. Mon esprit doit encore être en train de se recalibrer après le retrait du Sav. Je cligne fortement des yeux et je continue d'avancer.

— Zeta-1 ? répète la voix, plus fort cette fois.

Même dans l'air tiède de Sagan, et malgré la chaleur de la combinaison, mon sang se glace. Je me retourne : une minuscule crevette fantôme se tient timidement au sommet de la rampe.

— Voxy ?

29.

Je râle comme le faisait maman.

— Mais qu'est-ce qui t'a pris, enfin ?

Plume, Rubio et Suma attendent cinq mètres plus loin pendant que je remonte à toute allure dans la navette. Je pose un genou au sol.

— Désolée, Voxy, mais tu dois rester ici.

Son menton se met à trembler. Ça me rappelle ce que j'ai ressenti, à 7 ans, quand je me suis perdue dans le Jardin botanique du désert.

— Ne t'en fais pas. Nyla va vite s'apercevoir de ton absence et trouver un moyen de te faire remonter.

C'est une demi-vérité. Je ne sais pas combien de temps elle mettra à le retrouver. Mais il est quand même plus en sécurité dans la navette que dehors avec nous. En repensant au triste sort de Len – d'abord la nausée, puis les cloques sur sa peau –, je pose mes deux mains sur ses épaules et lui parle très sévèrement.

— Voxy, tu ne peux pas descendre de cette navette, sous aucun prétexte.

Il fait la moue.

— S'il te plaît, ne me laisse pas, Zeta-1.

Je le serre dans mes bras.

— Mais qu'est-ce que tu fais ici ?

— J'ai vu ce que Nyla et les autres t'ont fait. Je ne veux pas devenir comme eux. Si j'y retourne, je serai l'un des leurs. Je ferai partie du Collectif.

Cette seule idée me fait frémir. Le petit baisse le nez.

— Et puis aussi... je veux des *cuentos*.

Comment ne l'ai-je pas vu venir ? Il a raison, il a droit à tout cela. Le Collectif lui tiendra-t-il la main quand il aura peur ? Quelqu'un lui racontera-t-il des histoires pour l'apaiser ?

C'est trop tard pour mon petit frère, mais peut-être puis-je encore donner à Voxy l'enfance que Javier n'a jamais eue.

— Si je reste avec toi, est-ce que... ? insiste-t-il timidement.

Une larme tombe à l'intérieur de ma visière.

— Si tu restes avec nous, tu seras Voxy, dis-je. Juste Voxy. Un garçon qui a la chance d'avoir son conte à lui.

Sa mâchoire se serre et il prend un air buté.

— Alors je choisis d'être Voxy. Voxy qui a son conte à lui.

Je décroche une combinaison intégrale et je l'habille tant bien que mal. Je débranche son traqueur de sorte qu'ils ne puissent pas le suivre non plus, et je mets un casque sur sa tête. J'active la fermeture hermétique pour le protéger de l'environnement.

Sa voix me parvient encore, mais assourdie, comme s'il parlait dans un bocal.

— Ils vont essayer de me retrouver ?

Je lui passe une sacoche vide en bandoulière. Venir le chercher mettrait en danger le Collectif entier, mais je n'oublie pas le temps que Nyla a investi en lui, le grand avenir auquel elle le préparait.

— Ce n'est pas le moment d'y penser.

Je jette un coup d'œil en direction des cascades. En partant tout de suite, nous pourrions y être en moins de vingt-quatre heures, mais il faut que nous passions récupérer à manger dans la grotte. Mon soupir embue ma visière.

— Voxy, est-ce que tu es vraiment sûr de toi ? Ça ne sera pas facile de vivre sur cette planète. Nous ne reviendrons pas.

Il fait oui de la tête.

— Alors d'accord. Promets-moi de faire exactement tout ce que je te dis. Pour l'instant, si on te demande, tu es là pour nous aider à prélever des échantillons.

Ses lèvres pâles esquissent un sourire et le casque remue une nouvelle fois de haut en bas. Je le prends par la main pour aller rejoindre les autres.

Il s'arrête net, avec un petit cri. Je panique et me baisse pour vérifier que sa visière est bien fermée. Je regarde dans son casque : il contemple le lac d'un air émerveillé. Puis il tourne la tête vers les pics montagneux, et enfin vers le ciel.

Il lève les deux bras tel un magicien présentant un tour.

— Regarde ça !

Je prends conscience que c'est la première fois de sa vie qu'il voit autre chose que les murs stériles et la lumière froide du vaisseau.

— Salut, Voxy ! lui lance Plume comme si sa présence était parfaitement normale.

Au même instant, une bourrasque projette une pluie de graviers contre le flanc de la navette.

— Tu es sûre qu'on ne devrait pas plutôt attendre à bord ? demande Rubio.

Je me dis que Nyla doit déjà avoir découvert l'absence de Voxy. Leur inventer un conte, là, maintenant, juste après avoir perdu Javier, me semble au-dessus de mes forces.

— Le Collectif a besoin que nous soyons au site de prospection dès que possible, j'articule en espérant que cela suffira à les convaincre.

Sans leur laisser le temps d'émettre des objections, j'accroche mon coude à celui de Voxy et les autres m'imitent jusqu'à ce que nous formions une chaîne humaine.

— Prêts ?

Je fais le premier pas hors de l'abri procuré par la navette et m'avance dans la tempête. Le vent souffle très fort, avec de puissantes rafales qui pourraient nous envoyer voler si nous n'étions pas accrochés les uns aux autres.

— Ooooooh ! s'écrie Voxy quand son pied se pose sur la mousse du sol.

Dans le crépuscule de Sagan, à travers la brume de poussière et d'embruns, le lac luit doucement. Arrivés au bord de l'eau, nous virons en direction de la jungle et de la grotte qui se trouve non loin. Notre chaîne humaine se tend à chaque bourrasque, mais nous nous tenons bien. Toutes les deux secondes, je me retourne pour vérifier que mes compagnons sont tous encore là.

Les combinaisons de Plume et de Voxy, trop larges pour leur petit corps, claquent comme des bâches prises dans un ouragan.

Il nous faut deux fois plus de temps que la normale pour atteindre l'entrée de la grotte. Le rideau de lianes est fouetté par le vent. À l'intérieur, des lumières jaunes et vertes filent sur le sol comme des fées minuscules. La lueur me rappelle ma bibliothèque intérieure et les lampes qui m'y avaient attirée. Mais ici, dans le monde réel, ce ne sont que les lucioles de Sagan nous guidant en lieu sûr.

J'écarte les lianes et je fais signe aux autres de se dépêcher d'entrer. Je ne quitte pas Suma des yeux quand elle passe devant moi. Le seul moyen pour nous localiser est ce petit bouton à l'intérieur de sa combinaison. Si j'arrive à le désactiver, il n'y aura plus que nos signatures thermiques pour signaler notre présence. Le plus sûr serait alors de rejoindre rapidement les Premiers Arrivants en nous cachant dans des grottes ou dans l'eau froide du lac si jamais Nyla renvoie la navette.

Dans l'étroite entrée, Suma, Plume, Rubio et moi retirons nos casques et les posons pour reprendre notre souffle. L'air tiède a une odeur minérale.

Voxy commence à détacher son casque. Je soulève sa visière.

— Seulement à l'intérieur, dans l'ombre de la grotte. Dehors, tu dois toujours le mettre.

Ça me rappelle papa m'obligeant à porter un casque au parc de Rockhound. Comme moi à l'époque, Voxy hoche la tête pour montrer qu'il a compris, mais avec un regard triste.

Nos casques alignés par terre font penser à des chaussures dans l'entrée d'une maison.

Pour la première fois, je m'enfonce un peu plus loin dans la grotte. Le passage s'élargit et débouche dans une salle plus vaste, où les créatures luminescentes abondent. Cette fois, je pousse une exclamation plus forte que Voxy un peu plus tôt : les lumières jaunes et vertes des insectes forment une véritable aurore boréale sur les parois.

Des tunnels plus petits partent de la cavité principale, on dirait une fourmilière, géante et lumineuse.

Voxy en reste bouche bée. Suma et Plume ont l'air légèrement impressionnées. Je souris.

Je recule de quelques pas vers l'entrée et passe la main sur la corniche où j'ai entreposé la biopâte. Je pousse un petit cri quand quelque chose de velu grimpe sur mon bras et saute de mon épaule pour s'enfuir. Ce n'est qu'un mini-chinchilla.

J'attrape le coin d'une boîte, et j'ai un coup au cœur. Le peu qu'il en reste tombe en morceaux. Plus une miette de biopâte. Je cherche une autre boîte. Il n'y a plus rien.

Un frisson me parcourt l'échine et j'ai soudain la bouche sèche. Nous aurons bientôt besoin de manger. Et nous ne pouvons pas passer des heures au bord du lac, en terrain découvert, pour cueillir des algues lacustres… Cela nous laisserait encore moins de temps pour trouver les Premiers Arrivants.

Je rejoins les autres. Rubio indique du doigt un point lumineux vert qui avance doucement.

— Intéressant. Difficile de dire s'il s'agit d'un vertébré chimiluminescent ou de bactéries bioluminescentes. (Il sort de son sac son lecteur atmosphérique.) Ça va prendre un petit moment…

— Ne t'installe pas trop, dis-je, en tâchant de masquer mon anxiété. Il faut qu'on parte pour le site de prospection aussitôt que le vent se calmera.

Rubio range son lecteur dans sa poche, mais semble clairement contrarié. Je voudrais lui dire qu'on pourra revenir une autre fois, comme quand papa me promettait que nous retournerions au parc naturel de Rockhound. Mais je sais maintenant qu'on ne contrôle pas tout. Que nos plus grands espoirs ne se réalisent pas toujours.

Nous n'avons rien à manger. Et si nous n'arrivons pas rapidement à la colonie…

Le vent qui hurle dehors semble se moquer de moi.

— Il y a quelque chose qui ne tourne pas rond, intervient Suma. Pourquoi nous avoir déposés ici, et pas directement au pied de la cascade ?

Voxy se tourne vers elle, les mains posées avec autorité sur les hanches.

— Tout est vrai. Le Collectif m'a demandé de venir pour vous aider.

Il m'adresse un clin d'œil, et je secoue discrètement la tête pour qu'il n'en fasse pas plus. Suma se baisse pour le regarder dans les yeux.

— Et comment est-ce que tu comptes aider le Collectif, au juste ?

Il bombe le torse.

— Je suis expert en...

— Voxy, arrête, dis-je. S'il te plaît.

Suma vient se camper devant moi, presque nez à nez.

— Je vais vérifier cette nouvelle directive auprès de la chancelière avant de partir pour le nouveau site de prospection.

Elle attrape sa sacoche et s'en va vers l'entrée de la grotte.

— Stop !

J'ai crié plus fort que je ne l'aurais voulu, et tout le monde sursaute.

— Viens avec moi, Zeta-2.

Je passe devant elle pour aller me placer dans l'entrée exiguë. C'est le moment ou jamais. Je l'attends en me mordillant l'intérieur de la joue. Le vent siffle derrière moi et les lianes frôlent mon dos. Suma s'arrête face à moi. Sa silhouette se découpe sur les parois luminescentes. Je respire un grand coup et sors de ma sacoche son sweat-shirt licorne mauve. Je le tiens par les épaules.

Pendant un long moment, elle le regarde fixement. Puis elle incline la tête, les sourcils froncés. Elle finit par le prendre dans ses mains. Elle le porte à son visage et inspire profondément.

Je sors son album de bébé de mon sac et l'ouvre à la première page. Avec un petit carillon, l'image 3D de Suma et de ses mamans se projette entre nous.

— Tu te rappelles ? dis-je dans un souffle.

Elle promène son regard sur la roche qui nous entoure, comme si elle remarquait seulement maintenant où nous sommes. Elle tend la main pour toucher la maman qui a disparu des hologrammes à la moitié de l'album.

Pour Javier, j'ai dû puiser dans nos souvenirs communs. Mais je n'ai aucun souvenir de la vie de Suma pour l'aider. Juste ces images. Je la désigne dans l'hologramme.

— C'est toi, ça.

Elle souffle par le nez.

— Ouais. Je sais bien que c'est moi.

Mon cœur bat la chamade. Était-ce vraiment si facile ?

— Tu veux dire : tu sais que c'est Zeta-2 ? Ou tu sais qui est la fille dans cet hologramme ?

Elle reste muette, les yeux rivés sur l'image. Je lui indique les deux femmes.

— Et elles, ce sont...

— Mes mamans.

Je passe à la dernière page. Le livre carillonne, et la scène dans laquelle la mère embrasse la jeune fille exaspérée surgit entre nous.

— Où est-elle ? demande Suma.

Ce n'est pas le moment de lui dire que j'ai vu le caisson vide de Preeti Agarwal.

— Je ne sais pas exactement ce qui s'est passé.

— Pourquoi tu nous as amenés ici ? balbutie-t-elle. Il faut que je la retrouve. Je retourne au vaisseau !

Elle fait un pas vers la sortie.

— Tu ne peux pas.

Elle tressaille et s'arrête.

— Puisque tu te souviens de ça, tu sais aussi ce que te fera le Collectif s'il est au courant. Tu te rappelles la première fois que tu es sortie de stase, quand tu as réclamé ta mère ?

Elle baisse la tête et contemple son sweat-shirt.

— Moi oui, dis-je. J'y étais. Si tu y retournes et qu'ils t'attrapent, ils vont te reprogrammer... et je te garantis que cette fois, tu ne reviendras jamais. Ils y veilleront, et je ne serai pas là pour te rappeler qui tu es. Quel bien est-ce que ça fera à ta mère, si tu ne te souviens même pas d'elle ?

Je sais ce que j'éprouvais quand je cherchais encore désespérément mes parents. J'aurais combattu le Collectif entier à mains nues si cela avait pu me permettre de les retrouver…

— Je comprends que ta mère te manque, murmuré-je.

Je ne peux pas lui dire la vérité maintenant. Sa mère n'est plus là. Il n'y a rien à retrouver. Et le vaisseau où nos parents ont terminé leur vie va bientôt s'en aller pour de bon. Je pose une main sur son épaule, mais elle se dégage.

— Il faut qu'on rejoigne les passagers du premier vaisseau Pléiades, les Premiers Arrivants.

À ces mots, elle relève les yeux. Je continue.

— J'ai besoin de ton aide pour y arriver.

Elle regarde dans la direction de la navette.

— Il nous faudra combien de temps pour aller là-bas ?

D'après la carte holographique qu'a montrée la chancelière, ils étaient dans un rayon d'environ vingt-cinq kilomètres.

— Avec un peu de chance, on peut y être avant la prochaine tempête.

Elle contemple les lianes mouvantes. Soudain, elle enfile son sweat-shirt à licorne et glisse son album de bébé dans sa sacoche.

— Alors allons-y.

Je souffle enfin. J'avance ma main, et elle ne bronche pas quand j'éteins le traqueur dans sa combi.

Son menton tremble et ses yeux sont pleins de larmes.

— J'espère que quand on trouvera ma mère, elle fabriquera une centrale thermique à fusion et poussera la chancelière dedans. (Elle fait une grimace farouche.) Ma mère fera exploser le Collectif en un million de morceaux !

Suma repart dans la grotte d'un pas furieux. Je suis derrière elle, mais je la vois lever la main pour s'essuyer les yeux.

— Faisons ce que dit Zeta-1, lance-t-elle à Rubio et Plume. Le vent s'est suffisamment calmé. On part tout de suite.

Je sais à quel point elle doit souffrir, mais je suis contente d'avoir enfin avec moi quelqu'un d'autre qui se souvient. Le vent est sans doute encore dangereux… mais je ne vais pas discuter.

Je prends ma voix la plus autoritaire.

— Tous sauf Voxy, laissez vos casques et vos sacoches ici. Il y aura tout ce qu'il nous faut au nouveau site.

Le matériel ne ferait que nous ralentir, et il faut au moins que nous tentions de trouver les autres avant de passer en mode survie dans les grottes et de nous nourrir d'algues lacustres.

— Comme l'ont dit Epsilon-5 et Zeta-2, vous devrez suivre mes ordres à la lettre, faute de quoi vous devrez en répondre devant le Collectif.

Rubio rajuste sa combinaison et Plume lisse ses cheveux, prête à se mettre au travail. Ils sortent avec Suma. Voxy vérifie que sa combi est bien fermée.

— Qu'est-ce qu'elle a, Zeta-2 ? demande-t-il.

— Elle s'appelle Suma, maintenant. Tu vas devoir apprendre nos vrais noms, Voxy.

Il enfile son casque.

— J'ai entendu Nyla t'appeler Pitra.

Je pouffe de rire.

— Petra.

— En tout cas, c'est un joli nom, dit-il. Et Zeta 3 et 4 ?

Je ne vais pas leur imposer un prénom, ce serait injuste de ma part.

— Je ne sais pas encore.

— Mais qu'est-ce qu'elle a, Suma ?

— Sa maman lui manque.

Je repense à la petite couchette de Voxy dans la chambre de Nyla, à la manière dont celle-ci le préparait à un rôle majeur.

— Peut-être que Nyla ou Crick te manqueront aussi un jour, Voxy.

— Je n'appartiens plus au Collectif.

Quelque chose se déclenche dans ma mémoire. Je m'agenouille pour me mettre à sa hauteur. Il faut que je sache.

— Voxy, qu'est-ce que… Qu'est-ce qu'Epsilon-5 t'a dit à l'oreille ? Quand Nyla et Crick m'ont remise en stase ?

Il sourit.

— Il m'a dit de ne pas avoir peur, qu'il avait un plan et que ce n'était pas la fin de ton histoire !

Sur ces mots, Voxy verrouille sa visière et sort entre les lianes. Je souris à la vue de ce petit fugitif qui a toujours vécu isolé dans un vaisseau, sans jamais courir ni jouer, qui ne riait peut-être que quand personne ne le voyait, et dont la couleur préférée était probablement le transparent.

Je le suis à l'extérieur, où les autres attendent.

— C'est par où ? demande Suma à mi-voix.

— Au pied des cascades.

Elle tourne les yeux vers la rive opposée du lac, vers les lointains pics glacés d'où l'eau se déverse. Plume, en revanche, semble hypnotisée par son sweat licorne. Elle arbore une expression perplexe, mais non dénuée d'envie.

Nous nous mettons en marche vers le lac. Maintenant que la poussière et l'écume sont retombées, la navette devrait être clairement visible. Pourtant, elle n'est plus là.

30.

Mes yeux me brûlent, ma vue se brouille. La disparition de la navette ne peut signifier qu'une chose : ils ont réparé les rails d'amarrage et Javier a été découvert.

C'est certain, maintenant : il n'est plus en vie.

Je jette un coup d'œil vers la grotte derrière moi. Ce serait si facile d'y retourner, de me rouler en boule et de vivre avec les souvenirs de mon frère dans la sécurité de ces parois de pierre. Qu'ai-je à gagner à continuer d'avancer ? Tout ce que j'aimais est derrière moi. La Terre. Lita. Mes parents. Javier…

La distance est longue sans rien à boire ni à manger. Nous n'y arriverons peut-être même pas. Nous ne trouverons peut-être jamais les Premiers Arrivants.

Je ferme les yeux, et la voix de Javier emplit mes pensées comme s'il était à côté de moi. « *Si ma petite contribution à ce voyage peut donner à chacun une chance, alors nos parents et nos ancêtres auront de quoi être fiers.* »

Mon souffle est saccadé, les sons me parviennent assourdis. S'il y a une chance que je puisse un jour raconter la bravoure déployée par un vieil homme pour nous sauver, alors je veux bien prendre le risque d'essayer.

— Allons-y.

Je dépasse Suma, Plume et Rubio en tirant Voxy par la main. Je fais signe à Suma de fermer la marche, de façon que les trois autres soient entre nous.

— Ne vous éloignez pas les uns des autres, dis-je.

Cap à l'est : en file indienne, nous prenons la direction de la cascade la plus basse en longeant le lac. La brume formée par la rencontre entre l'air froid venu de l'est et le reste de souffle chaud venu de l'ouest bouillonne au-dessus de l'eau. Le ciel au sud-ouest vire au rose, et de temps en temps, quand la brume s'écarte, on aperçoit son reflet à la surface du lac.

Des bancs de papillons aquatiques suivent nos ombres sous l'eau le long de la rive. Ils forment des globes ondulants de lumière or et violet qui avancent au même rythme que nous.

Malgré son casque, j'entends le rire de Voxy. Je me retourne juste à temps pour le voir agiter les bras. Les papillons qui se sont aventurés à nous observer de près se hâtent de regagner leur banc. Le silence revient un instant, puis j'entends à nouveau sa combi qui claque dans le vent et ses cascades de rire. De temps en temps, Plume rit avec lui. Pendant deux heures, je les écoute chahuter avec les créatures timides. À n'importe quel autre moment, je les supplierais d'arrêter ; mais Nyla et le Collectif ne tarderont pas à arriver... C'est peut-être leur dernière occasion de s'amuser comme ça. Si la chancelière nous repère avant que nous ayons rejoint la colonie, qui sait comment le Collectif les châtiera...

Pendant les cinq ou six heures qui suivent, nous marchons pratiquement en silence. Je ne ralentis pas un instant, même si je sais qu'ils doivent être aussi exténués que moi.

Au début, je crois imaginer le grondement. Mais nous passons un virage, et il se mue en rugissement. Devant nous, des vaguelettes agitent la surface du lac. Suma sort de la file et me double avec un sourire décidé. Je trottine après elle, suivie par les autres. Nous sommes rapidement arrêtés par un torrent, couvert de remous blancs. Juste en face, sur l'autre rive, un bosquet nous attend. Au-delà, la cascade est à moins d'un kilomètre. Il devrait y avoir une prairie à son pied : l'emplacement idéal pour une colonie, et l'endroit que visait la cible de Nyla.

— Qu'est-ce que tu en penses ? me demande Suma.

Le vent va bientôt se lever, et je ne vois ni grotte ni autre abri à proximité. Nous sommes épuisés, affamés, assoiffés.

— Il faut qu'on trouve un endroit où traverser.

— C'est encore loin ? demande Plume, les yeux fermés comme si elle dormait debout.

Suma fait quelques pas sur la berge sableuse.

— Ici, ça me paraît bien.

Je sais qu'elle a hâte de retrouver sa mère, mais prendre des risques alors que nous sommes si proches du salut n'est pas une solution.

— Le courant m'a l'air trop fort. Allons plutôt par là...

J'indique un endroit plus large mais moins agité, pas trop loin de nous.

Le vrombissement caractéristique d'un drone se fait alors entendre. La bouche de Suma s'ouvre toute seule, et nous nous regardons avec inquiétude.

Il approche vite. Et il est bruyant. Bien trop bruyant.

Voxy se cramponne à mon bras. Nous remarquons alors un point sombre au loin, haut au-dessus du lac, dans la direction d'où nous venons. À mesure qu'il se rapproche, je finis par comprendre que ce n'est pas un appareil isolé.

C'est un essaim de petits engins volants qui nous fonce dessus, tel un nuage de sauterelles. Et ce ne sont pas les inoffensifs drones de prélèvement d'échantillons ni les drones de secours qu'on emploierait pour aller chercher un enfant perdu. À la base de chacun est attaché un diffuseur d'aérosol, comme ceux prévus pour diffuser mon défoliant. Mais ce qui me donne un coup au cœur, ce sont les réservoirs auxiliaires à l'arrière. Ils sont emplis à ras bord d'un liquide vert pomme.

J'ai soudain très chaud. J'avais oublié.

S'il s'agit seulement de nous éliminer tous les cinq, les réservoirs sont disproportionnés. L'air, tellement immobile et calme il y a encore cinq minutes, est maintenant empli de vacarme. Je repense aux flacons dans la hotte stérile du labo : je ne suis jamais retournée les chercher. Je nous ai tous tués.

Suma me donne un coup de coude.

— Qu'est-ce que c'est ?

Je ne peux pas répondre.

— Impressionnant ! lance Rubio.

Je crie d'une voix tremblante :

— Pas de panique, surtout !

Plume agite les bras au-dessus de sa tête.

— Pourquoi est-ce qu'on paniquerait ? Ce n'est que le Collectif. Mais à quoi servent ces drones ?

À côté de moi, Voxy halète sous son casque. Il me serre la main à me faire mal.

Les drones se rapprochent toujours, en formation triangulaire. Ils sont si nombreux et si serrés qu'on croirait voir un seul aéronef.

Suma immobilise les mains de Plume le long de son corps.

— N'attire pas l'attention sur nous, dit-elle avec un regard autoritaire.

Je suis contente de l'avoir dans mon camp.

L'eau froide et oxygénée de la rivière pourrait être notre seule chance de survie, aussi mince soit-elle. Les autres savent-ils nager, au moins ? Si seulement nous avions pris nos casques ! Tout est de ma faute.

Sans lâcher la main de Voxy, je me tourne vers Suma.

— Je suis la plus grande, je passe en premier, dis-je. Toi, tu nous assures le plus fermement possible de l'autre côté.

Suma prend la main de Plume, et nous reconstituons notre chaîne humaine : Voxy tient la main de Rubio, qui tient celle de Plume.

— Ne vous lâchez pas ! dis-je en criant avant d'entrer dans la rivière.

L'eau glaciale s'insinue dans mes bottes, et soudain je me sens comme dans mon caisson, le premier jour, quand il s'est rempli de gel. Le courant fait tout son possible pour me renverser.

Nous entrons dans l'eau les uns derrière les autres tandis que les drones se rapprochent encore, noyant le fracas du torrent. À mi-chemin, je me retourne pour vérifier que nous sommes tous dans l'eau. Suma en a jusqu'à la taille et peine autant que moi. Cependant, les drones ne sont pas encore assez proches pour qu'il soit temps de retenir notre souffle.

Je bois la tasse. Le courant balaie mes jambes comme si j'étais une quille dans un bowling. Je cherche à reprendre pied, mais le courant est trop violent dans le fond. Voxy serre ma main plus fort, et j'arrive à poser un orteil. Nous avançons tel un mille-pattes jusqu'à être tout près de la rive opposée. Mon pied trouve le fond et je parviens de nouveau à nous procurer un ancrage.

Voxy lève vers moi des yeux épouvantés. Dans le rugissement du torrent, ses mots fragiles me serrent le cœur.

— C'est à cause de moi, dit-il.

Les drones sont presque au-dessus de nous. Leur vacarme est assourdissant. Je n'ai pas le temps de lui expliquer que ce serait arrivé même s'il ne s'était pas enfui.

— Tout le monde sous l'eau !

Voxy ouvre d'aussi grands yeux que Javier le jour où Lita nous a montré le crotale mort dans le poulailler.

— Ça va aller, Voxy. N'aie pas peur, ton casque te donnera de l'oxygène. Prêts ?

L'enfant, qui n'a sans doute jamais pris un vrai bain de sa vie, fait non de la tête. Je l'encourage comme j'aurais fait avec Javier.

— Un, deux…

Nous plongeons, et j'ouvre les yeux pour voir si les autres vont bien. Sous les remous du torrent, je ne distingue qu'une forme noire passant devant le soleil. L'ombre d'un drone isolé ne se verrait pas, mais celle de l'essaim nous plonge dans les ténèbres. Je retiens mon souffle jusqu'à ce que le soleil revienne illuminer les eaux. Je suis au bord de l'évanouissement, mais il ne s'est pas passé assez longtemps pour que l'aérosol soit dissipé, au cas où les drones aient détecté notre chaleur.

Je remonte la tête à la surface, paniquée à l'idée d'inhaler le poison. Mais les drones nous ont dépassés, ils continuent vers le sud, et il n'y a pas de brume verte au-dessus de nous. Les autres sortent la tête un à un, toussant et cherchant de l'air. Sauf Voxy, qui est toujours protégé par son casque.

Soit les centaines de drones ne nous ont pas vus, soit le Collectif ne se soucie plus de nous. Je suis du regard l'appareil leader et sa trajectoire, pour voir où il va. Et je me rends compte que c'est exactement notre destination. La plus basse des trois cascades.

Je nage en direction d'un gros rocher, auquel je m'accroche d'un bras. Mais j'ai un peu trop d'élan et je me cogne la rotule. Je pousse un cri et empoigne mon genou, ce qui me fait perdre la main de Voxy. Ma sacoche me serre la taille, et je vois la main gantée du petit se cramponner à la sangle. Je lâche mon genou pour m'assurer qu'il tient bon ; la douleur martèle ma rotule. Tant bien que mal, j'utilise la sangle de ma sacoche pour propulser toute notre chaîne humaine vers la berge sableuse. Suma, enfin, arrive à grimper sur la terre ferme. Un par un, elle tire Plume, Rubio et Voxy à côté d'elle, et quand le petit lâche ma sangle je me retrouve seule, accrochée à mon rocher.

Suma parvient à rattraper ma sangle dans l'eau et tire dessus.

— On y va, Zeta-1, allez ! me crie-t-elle.

Je réalise alors qu'elle ne connaît même pas mon vrai prénom. Je lâche le rocher et me jette dans leur direction alors même que le courant essaie de m'emporter. Suma et Voxy agrippent chacun une sangle de ma sacoche tandis que Plume et Rubio les retiennent pour qu'ils ne soient pas entraînés. Enfin, ils parviennent à me hisser à terre. Nous nous allongeons tous sur la rive, dégoulinants et pantelants.

Dans le ciel, les drones approchent de la crête de la montagne, là où l'eau glacée venue de l'est se déverse dans la cascade. Ils se divisent en groupes et quadrillent l'espace. Des nuages de brume vert pomme jaillissent de leur base avec un sifflement terrifiant.

J'en suis malade. J'ai contribué à cette horreur.

Sous l'effet de la brume verte, le ciel orange et violet de Sagan prend une teinte marron écœurante. J'essaie d'évaluer l'altitude des drones : ils sont à peine visibles, en tout cas assez éloignés pour que nous ne risquions rien dans l'immédiat.

Les feuilles énormes du bosquet ondulent doucement dans la brise, comme pour nous inviter à venir nous mettre à l'abri dessous.

— Ça va ? me demande Suma.

Je fais signe que oui, mais c'est un mensonge.

— Qu'est-ce qu'ils font, à ton avis ? demande-t-elle encore, en scrutant le ciel.

Je hausse les épaules, comme pour dire que je n'en sais rien : encore un mensonge.

J'essaie de me lever, mais mon genou proteste avec véhémence. Voxy me tient par la main et je parviens finalement à clopiner avec les autres jusqu'au petit bois.

Très haut dans la canopée, des oiseaux – ou de minuscules lézards ailés ? – filent entre les feuillages. Le sol est un spongieux tapis de mousse, si bien qu'à chaque pas on a l'impression de marcher sur un oreiller. Les rochers ronds ressemblent à des fruits mûrs tombés au sol.

Nous nous regroupons sous un arbre. Je vois déjà mon genou enfler sous ma combinaison. Je lève les yeux vers le plafond de feuilles en oreilles d'éléphants. Cet abri procure la même sensation que quand on se cache sous ses couvertures, au lit : on sait alors que si quelque chose de méchant veut nous attraper, les couvertures ne seront qu'une bien maigre protection...

— Qu'est-ce qu'on fait ? dit Suma.

L'estomac noué par l'appréhension, j'observe la brume bourbeuse qui descend peu à peu. Même si c'est encore loin, je sais que le vent pourrait nous l'apporter très vite, et nous n'avons pas nos casques – à l'exception de Voxy. Notre situation me fait enrager.

Il faut au moins que nous trouvions le camp des Premiers Arrivants. Peut-être, là-bas, dénicherons-nous quelque chose qui pourra nous aider. Je ne peux pas concevoir que Voxy passe sa vie entière enfermé dans une combinaison spatiale.

Rubio se frictionne les bras.

— On ne devrait pas essayer d'entrer en contact avec le Collectif ?

Suma lui envoie un regard meurtrier.

— Epsilon-5 a été très clair : vous devez suivre les ordres de Zeta-1. Si vous ne le faites pas, j'en référerai moi-même à la chancelière.

Rubio déglutit et recule contre l'arbre.

Nous passons la tête hors du bosquet. Telle une légion sanguinaire quittant le site d'un massacre, les drones se remettent en formation. Une fois qu'ils ne sont plus qu'une masse compacte et sombre, ils repartent vers le nord.

Suma vient se glisser à côté de moi et me parle tout bas.

— On part dans combien de temps ?

Il n'y a pas pire posture. Nous ne pouvons pas avancer vers le camp tant que je ne serai pas certaine que la toxine s'est dissipée. Mais si nous attendons trop longtemps, la tempête reviendra, et ni les jeunes arbres ni les rochers ne suffiront à nous protéger.

Je ne peux pas me résoudre à lui parler de la toxine. Pourquoi la terrifier à l'avance, s'il n'y a rien à y faire ?

— Pas longtemps.

Le ciel brun commence à retrouver ses teintes orange et rose vif.

Nous nous asseyons pour attendre. Quelques minutes plus tard, Rubio ronfle déjà. Plume se couche sur le côté pour faire un somme. Je donnerais n'importe quoi pour effacer de ma tête l'image des drones et de leur attaque mortelle. Voxy, allongé sur le dos, observe à travers sa visière les petits lézards volants dans les frondaisons.

Suma s'assoit en tailleur face à moi, adossée à un arbre. Sa corne argentée dépasse de ses longs cheveux ondulés.

— Je m'appelle Suma, dit-elle.

Mes yeux recommencent à me brûler et mes larmes débordent. Je m'essuie le nez, et tant pis si c'est dégoûtant.

— Je sais, dis-je en me rendant compte que je ne l'ai pas encore appelée par son prénom. Moi, c'est Petra.

— Petra, répète-t-elle. Merci, Petra.

Ses lèvres frémissent et je me demande si au fond elle n'a pas déjà compris l'inéluctable vérité à propos de sa mère.

— Zeta-1 ? J'ai froid, me lance alors Plume en claquant des dents.

— Et faim, marmonne Rubio dans son demi-sommeil.

Je me dis soudain que je comprends un petit peu ce que vivent les parents au quotidien. Je me lève, m'approche de l'orée du bois et contemple la couleur changeante du ciel. La prairie est trop loin pour que je la distingue clairement.

Je boitille jusqu'à Rubio.

— Il faut que je t'emprunte tes jumelles.

Il les sort de sa poche sans faire de commentaire, me les tend et referme les yeux. À la limite des arbres, je fais le point sur le pied de la cascade, que j'étudie méthodiquement. De petites grottes sont visibles des deux côtés de la chute d'eau. La toxine semble s'estomper peu à peu. Une étendue vert vif, de la couleur du jardin de cactus de Lita, s'étend au pied de la cascade… mais ce n'est qu'une prairie herbeuse. Au-delà, c'est la jungle. Contrairement à ce que disait Nyla, il n'y a pas de colonie. Pas de premier vaisseau Pléiades. Pas d'humains.

Qu'est-ce que j'ai raté ?

Je sens une présence à côté de moi : c'est Suma qui est venue me rejoindre. Je lui tends les jumelles.

— Tu peux essayer ?

À cet instant même, une abeille vient se poser sur la corne de sa licorne. Ne sachant pas trop si Suma les craint, je me dépêche de la chasser.

Puis, soudain, je m'immobilise.

— C'était une vraie, dis-je tout bas.

Suma tourne distraitement la tête.

— Hmm ?

Je revois maman me dire que les abeilles, c'est la vie. Que sans elles il n'y a pas de nourriture, et sans nourriture, pas d'humains. Suma hausse les épaules et regarde dans les jumelles.

— Hmmmm… fait-elle au bout de quelques instants.

— Quoi ?

Elle tient les jumelles devant mes yeux et pointe le doigt vers le côté le plus éloigné de la prairie. Au lieu d'avoir le tronc droit, les arbres à oreilles d'éléphants sont tressés ensemble, formant un mur d'enceinte semblable à un panier en vannerie. Ce n'est naturel sur aucune planète, ça. Combien étaient les Premiers Arrivants, et quelle avance avaient-ils sur nous ?

— C'est quoi, à ton avis ? me demande-t-elle.

C'est forcément le campement. Mais il n'y a pas un humain en vue. Quoi qu'il se soit passé, nous arrivons trop tard. Il n'y a plus personne.

Au loin, vers là où sont partis les drones, notre vaisseau, la mante religieuse, apparaît soudain dans le ciel.

— Vite, cachons-nous ! dis-je.

S'ils décident de passer juste au-dessus de nous, les petits rochers ne suffiront pas à dissimuler notre signature thermique, mais que faire d'autre ?

Suma et moi nous précipitons à nouveau sous les arbres. J'attrape Voxy et Plume au passage, et Suma va chercher Rubio. Cependant, le vaisseau s'arrête à plusieurs kilomètres de nous. Même vu de si loin, il paraît gigantesque : on croirait presque que ses trains d'atterrissage pourraient se déployer jusqu'à nous et nous cueillir. Mais le vaisseau reste en vol stationnaire et ne se rapproche pas d'un pouce.

— Restez où vous êtes jusqu'à nouvel ordre ! crié-je depuis notre cachette dans les rochers.

De toute manière, Voxy et même Plume sont cramponnés à moi.

Je sors prudemment la tête pour voir ce qui se passe dans le ciel. Il n'y a pas un seul drone chargé de toxine. Aucun signe de la navette quittant le vaisseau pour venir nous chercher. Au loin, les stabilisateurs gravitationnels du vaisseau commencent à bourdonner, de plus en plus fort. Exactement comme quand nous avons quitté la Terre, ils utilisent la gravité de Sagan pour accumuler de l'énergie. Et c'est là que je comprends : c'est terminé. La concurrence étant éliminée, ils s'en vont. Je sens une petite main prendre la mienne : c'est Voxy, qui me serre les doigts. Je serre les siens en retour.

Les boosters s'allument et le vaisseau est catapulté dans l'hyperespace. Il s'éloigne à toute vitesse, dans un grand rugissement. Je me demande si le Collectif reviendra quand ils auront reconfiguré leurs filtres épidermiques, ou s'ils trouveront une autre planète boucle-d'or et ne reparaîtront jamais. Je baisse les yeux vers Voxy : le seul foyer qu'il ait jamais connu est en train de disparaître au loin.

— Ça va aller, dis-je.

Il hausse les épaules.

— Je sais.

Nous regardons le vaisseau s'en aller. Avec la planète à anneaux en toile de fond, la tache lumineuse prend une forme ovale, comme une luciole, et diminue jusqu'à s'éteindre complètement.

L'histoire de Javier s'achève dans ce vaisseau. Dans cette fin-là, il sait que je l'aimais, et il a eu sa propre histoire. Une histoire qu'il termine en tant que Javier – et non comme un numéro dans le Collectif.

Et maintenant qu'ils sont partis, nous nous retrouvons seuls. Rien que nous cinq sur une planète immense. C'est un choix que j'ai fait pour nous tous. Je préfère ne pas penser à ce que cela implique. Je regarde Suma : ses joues sont baignées de larmes. Elle doit se dire que sa mère vient de partir avec ce vaisseau.

— Suma ?

Elle ne quitte pas le ciel des yeux.

— Suma, ta maman… ils l'avaient déjà…

— Je sais.

Elle essuie ses paupières sur sa manche.

Je voudrais la serrer dans mes bras, mais elle prend les mains de Voxy et de Plume et les entraîne plus loin, avec Rubio, dans le sous-bois.

Je ferme les yeux très fort pour bloquer l'image des cadavres que nous allons trouver dans le camp des Premiers Arrivants. À supposer qu'ils soient là. La toxine devrait s'être dissipée, mais je ne veux pas que nous ayons à endurer cette scène macabre. Et pourtant, il le faut : c'est notre seule chance de trouver un abri. J'ai juste besoin d'un petit moment.

Je mets la main dans ma poche, et quelque chose de pointu s'enfonce dans mon pouce. Je sors mon pendentif argenté et je le contemple, tout en frottant une pointe ternie du soleil. Mes yeux s'emplissent de larmes, et je penche la tête en arrière pour les empêcher de déborder. J'ai l'impression que Lita m'a passé le bijou autour du cou il y a quelques jours à peine. Et même si les étoiles de Sagan sont bien plus nombreuses, elles scintillent de la même manière ici que dans le désert du Nouveau-Mexique, quand nous étions allongées sur sa couverture à rayures noires et rouges, ma joue contre sa poitrine. Des milliards de kilomètres d'espace, et plus de soleils et de lunes que je ne peux en compter, me séparent de chez moi.

J'élève mon pendentif devant le ciel et je place le soleil nain au centre de l'obsidienne. La sphère minuscule luit faiblement à travers la pierre. Je parle tout bas pour ne pas être entendue des autres.

— Lita, tu es là ? J'ai besoin d'aide.

J'attends.

Rien ne se passe. Nulle voix magique ne chuchote dans le vent. Son parfum ne vient pas frapper mes narines. Peut-être le soleil d'ici est-il trop petit, trop bas, trop froid pour que ça fonctionne.

— Zeta-1 ? m'appelle Rubio.

Je remets le pendentif dans ma poche, que je prends soin de bien refermer. Je clopine jusqu'à l'arbre sous lequel ils se reposent, et je m'assois à côté de Plume.

— Nous trouverons bientôt à manger, dis-je avec un sourire enjoué, sachant que ce seront des algues lacustres visqueuses et bouillies.

Plume s'appuie contre moi, grelottant dans ses vêtements mouillés.

J'ouvre un compartiment de ma sacoche. Les vêtements de Javier y sont roulés en boule. Je sors son jean taille 7 et son sweat Gen-Gyro-Gang. L'émotion me submerge. Il n'y a pas de corne de licorne, mais ce sera déjà plus confortable que la combi mouillée de Plume. Je les lui tends, et ses yeux s'agrandissent. Un sourire immense passe sur son visage, et je me demande si elle aussi était membre du GG Gang, comme Javier et tous les autres enfants de 7 ans de la Terre.

— C'est pour toi, dis-je.

— Ah !

Elle prend les vêtements et file derrière un arbre. Suma et moi sourions en l'entendant se dépêcher de dézipper sa combi. Il y a un bruit mouillé quand celle-ci tombe au sol.

Une bourrasque isolée souffle de l'ouest entre les troncs. Elle réchauffe notre peau glacée et fait disparaître la chair de poule qui la hérisse. Les lézards volants se hâtent déjà de gagner leurs trous dans les arbres, guidés par leur instinct qui depuis un millénaire leur dicte de fuir les tempêtes cycliques.

— Merci, Zeta-1, me dit Plume.

Suma parle doucement derrière moi.

— Elle s'appelle Petra.

Plume se tourne vers elle, les mains sur les hanches.

— Zeta-1 est une experte en géo…

Suma l'interrompt d'une voix soudain autoritaire.

— *Petra* est une conteuse.

Une vague de chaleur vient m'envelopper, comme un câlin dans les bras de Lita.

Je ferme les yeux, et soudain je suis derrière sa maison dans le désert. Les cris légers des lézards volants d'ici, chantant pour leurs amis au sommet des arbres, rappellent ceux des coyotes chez nous. J'imagine même une douce fumée de bois d'arbres à feuilles en oreilles d'éléphants montant dans le ciel étoilé de Sagan.

La voix de Lita résonne alors dans ma tête. « *Définis ton intention.* » Les larmes me montent aux yeux. Je laisse mes souvenirs m'envahir. Je les fais tous revenir : maman, papa, Lita, Javier, la maison. Ben et ma bibliothèque croulante, au fond de ma tête. Les histoires de Lita et de mes ancêtres. J'apporte tout cela dans ce monde-ci.

Le vent forcit. Au-dessus de nous, les branches sont agitées par la brise chaude, comme dans le désert du Nouveau-Mexique.

Plume s'assoit, encore frissonnante, et entoure ses genoux de ses bras. Rubio empoigne à deux mains son ventre creux. Voxy me dévisage avec espoir, comme si je pouvais combler je ne sais quel vide.

Au moins, avec le Collectif, ils avaient à manger tous les quatre. Ils étaient au chaud. Ils avaient des toniques et de la biopâte à volonté pour bien dormir. À présent, chaque jour sera une lutte. La vie sera-t-elle vraiment meilleure qu'à bord du vaisseau ?

Le vent siffle encore plus fort, me rappelant que nous allons bientôt devoir trouver un abri. À travers les arbres, il semble hurler.

— Qu'est-ce que c'est ? demande Voxy d'une voix tremblante.

Le jour où j'ai eu le plus peur de ma vie, Lita a trouvé un moyen de me distraire de la comète de Halley.

— Ça ? Ne t'inquiète pas. C'est juste le Serpent de Feu. Il vit là-bas, à l'ouest…

— Pfff ! me coupe Rubio. Nos études des formes de vie ont montré qu'il n'y avait pas d'ophidiens sur cette planète.

— Chut, c'est mon histoire !

Plume lui donne une petite tape.

— Tais-toi ! Elle va nous raconter un *cuento*.

Je suis ramenée dans le passé, comme s'il ne datait que de quelques jours. Je regarde Lita jeter une bûche de *pinyon* dans le feu.

Mais cette fois, j'adopte une voix grave et je parle lentement.

— *Había una vez, siglos en el pasado*, le premier serpent... Il quitta sa mère, la planète Terre, pour partir à la recherche de son père... (Je désigne le soleil nain.) Celui-ci était bien plus grand et plus puissant et plus éloigné que le soleil de Sagan.

— La Terre... chuchote Plume en fouillant sa mémoire. C'est quoi, Sagan ?

— Ah ! Qui c'est qui interrompt le *cuento*, maintenant ? la rabroue Rubio.

Je continue en formant une boule avec mes mains.

— Le père du Serpent de Feu était un soleil très brillant. (Je mime une explosion devant eux.) En le saluant, il brûla les yeux de son fils tandis que celui-ci approchait – et l'aveugla !

Plume réprime un petit cri et se serre contre son arbre. J'imagine Lita riant de me voir raconter son histoire sur la nouvelle planète. Je baisse le menton.

— *Pobrecito* – le pauvre. Sans ses yeux et sans ami pour le guider, il s'en retourna vers chez lui pour retrouver l'amour de sa maman : la Terre, une planète bleu turquoise et vert émeraude, avec des océans immenses pleins de poissons et de baleines.

Je jette un coup d'œil à Suma. Elle a les yeux fermés et le sourire aux lèvres. Une larme roule sur sa joue.

Je me penche en avant et prends une voix rauque et mystérieuse.

— Mais aussi des créatures encore inconnues, dans les profondeurs marines. (Je lève les bras, et leurs yeux suivent.) Des montagnes si hautes et isolées qu'aucun humain n'y avait encore posé le pied. Des grottes si vastes que nulle âme vivante ne s'était jamais émerveillée devant leurs cristaux. Des calottes glaciaires au scintillement doré sous le feu du Soleil, le père du Serpent.

J'inspire profondément en pensant à la suite.

— Mais à son retour, le serpent aveuglé ne pouvait plus voir sa mère, si bien qu'il s'en approcha trop vite et trop près.

Je ferme les yeux, et je revois l'image holographique de la collision, lors de la fête du Collectif. Je sais que si j'arrive à vieillir comme Lita, c'est ici que je demanderai aux autres de venir partager des histoires des proches qu'ils ont perdus le jour où le Serpent de Feu a volé trop près de la Terre. Je transmettrai les histoires de ma grand-mère. Je raconterai tout l'amour et toute la vie qu'elle mettait dans sa cuisine, dans sa maison, dans ses contes à dormir debout.

— Oh, non ! se lamente Voxy.

Suma a encore les yeux fermés, et je ne saurais dire si elle essaie d'oublier ou de se rappeler. Après tout, les histoires sont peut-être là pour nous aider à faire les deux. Je sais que toutes ne peuvent pas bien finir… Mais si nous voulons améliorer notre sort, nous devons dire tout haut ce qui fait le plus mal.

— Au lieu de joyeuses retrouvailles entre mère et fils, le retour du *nahual* n'apporta que mort et destruction.

Nous restons assis en silence. Même si Voxy n'a jamais vu mourir personne, ses yeux sont brillants de larmes. Et je sais que ces histoires sont les siennes aussi. Comme moi, il a eu des ancêtres quelque part sur Terre.

— Quelques humains courageux quittèrent à temps leur foyer sur la mère du *nahual*, la Terre. Ils emportèrent peu de choses et laissèrent derrière eux tout ce qu'ils aimaient, dans l'espoir de trouver un nouveau foyer pour leurs enfants, et les enfants de leurs enfants, et tous les humains à venir.

Suma se tourne pour s'essuyer la joue.

— Le Serpent de Feu pleura sa mère et s'en voulut beaucoup.

— Alors qu'est-ce qu'il a fait ensuite, sans sa maman ? demande Rubio.

Je marque une pause comme le faisait Lita, et je prends le temps d'adresser à chacun un sourire rusé.

— Il n'eut pas le choix. Il suivit la seule chose qui lui rappelait sa maison, la seule qui lui était familière. (Je pointe le doigt vers lui, vers Plume et vers Voxy.) Les humains. Pendant des siècles et des siècles, le Serpent de Feu suivit les humains dans leur exode. (J'indique la direction de l'ouest.) Il n'osait pas s'approcher, de peur de leur faire du mal, à eux aussi. Mais lorsqu'ils arrivèrent dans leur nouveau monde, le Serpent de Feu comprit qu'il ne pourrait pas vivre sur la face obscure de Sagan, à l'est, car la glace risquait d'éteindre à jamais son souffle enflammé.

Une bourrasque chaude venue de l'ouest souffle à point nommé.

— Vous voyez ? Il envoie aux humains son vent réconfortant, la promesse qu'il restera à distance mais qu'il sera toujours là pour les réchauffer. Il nous rappelle qu'il veille sur nous pour nous protéger, nous, les autres enfants de sa mère la Terre.

Une bourrasque plus forte siffle entre les arbres. Plus un lézard ne crie. Je mords ma lèvre tremblante. Il faut que nous partions nous mettre à l'abri, maintenant. Après tout le chemin parcouru, je ne laisserai pas notre histoire se terminer ici. Même si nous ne sommes plus que cinq, je partagerai les histoires que je connais, venues de la mère de Lita et de la mère de sa mère. Je veillerai à ce que le folklore de mes ancêtres imprègne le sol de Sagan. Et je réciterai dans ce nouveau monde les meilleurs passages de la bibliothèque magique enfouie dans ma tête.

Je regarde autour de moi Rubio, Plume, Voxy et Suma : toutes les couleurs, toutes les tailles. Aussi différents que nous soyons, je prends conscience que j'ai fini par retrouver une famille. Nous avons de la chance. Une poignée d'êtres qui ont connu la vie sur deux planètes. Et je sais que tous méritent d'entendre la vérité sur ce qui a mal tourné. Qu'il ne reste plus que nous. Que tous nos parents sont partis, et qu'un dur labeur nous attend pour pouvoir survivre.

Je reprends ma respiration pour parler, quand Rubio se lève d'un bond, la bouche entrouverte et les sourcils froncés.

— Le *cuento* de Zeta-1 est vrai ! dit-il. Je sens l'haleine du Serpent. (Il renifle.) Ça sent la fumée.

— Tu te souviens de la fumée ? demandé-je sans réfléchir.

Je me dis soudain que les choses vont se compliquer s'ils se rappellent tous le passé en même temps.

— Moi aussi, dit Plume.

Je crois d'abord qu'elle ne fait que le copier, mais soudain…

— Ça me fait penser à des guimauves grillées, ajoute-t-elle, la tête inclinée sur le côté.

Suma inspire profondément à son tour.

— Petra ! De la fumée !

Elle aussi saute sur ses pieds. Je l'imite. Nous nous approchons lentement de l'orée du bois. Je fais un pas hors du couvert des arbres pour scruter le torrent en direction de sa source.

Le crépuscule est calme, à part une nouvelle bourrasque. Je serre mon pendentif dans ma main… et là, j'entends quelque chose. La voix de Lita, portée par le vent. « *Tu seras une grande* cuentista*, Petra.* »

Je contemple les lunes à travers mes larmes. La plus petite regarde par-dessus l'épaule de la grande. Je jurerais voir la silhouette d'El Conejo à sa surface.

Et moi aussi, je perçois l'odeur. Si je me laisse aller à espérer, ça fera trop mal. La fumée pourrait venir d'un feu allumé par les Premiers Arrivants avant que la toxine soit déversée...

Cependant, là, venant des grottes à côté des cascades... Ce ne sont que quelques notes, mais mêlées au doux bruissement du vent, j'entends... des accords de guitare, et des rires.

Javier. La toxine dans le labo. Aurait-il réussi ?

Soudain, je comprends exactement le sens de ses dernières paroles. « *Si ma petite contribution à ce voyage peut donner à chacun une chance, alors nos parents et nos ancêtres auront de quoi être fiers.* » Il ne parlait pas seulement de nous aider à fuir le vaisseau. Il parlait de sauver tous ceux qui avaient survécu au voyage depuis la Terre.

La musique augmente.

— Qu'est-ce que c'est ? demande Rubio.

Je cligne des yeux, et mes larmes coulent.

— Ça ? C'est chez nous.

... se acabó el cuento
Se lo llevó el viento
Y se fue... por las estrellas adentro.

... ici s'achève l'histoire,
Emportée par le vent
Elle est partie là-bas, loin dans les étoiles.

hélium

Pour nous contacter :

info@helium-editions.fr

Rendez-vous sur notre site :
helium-editions.fr

Pour envoyer votre projet de roman :
manuscritsfiction@helium-editions.fr

Diffusion Actes Sud
Cet ouvrage a été composé par Actes Sud
à Arles

Imprimé en France en janvier 2024
par Normandie Roto Impression s.a.s.
N° d'imprimeur : 2305476
Dépôt légal : premier semestre 2024